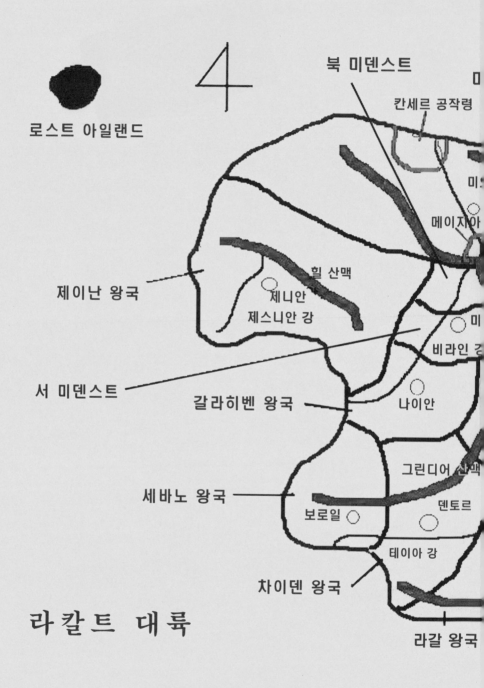

4

로스트 아일랜드

북 미덴스트

칸세르 공작령

미

메이지아

제이난 왕국

힐 산맥

제니안
제스니안 강

미

비라인 강

서 미덴스트

갈라히벤 왕국

나이안

그린디어 산맥

세바노 왕국

덴토르

보로일

테이아 강

차이덴 왕국

라칼트 대륙

라갈 왕국

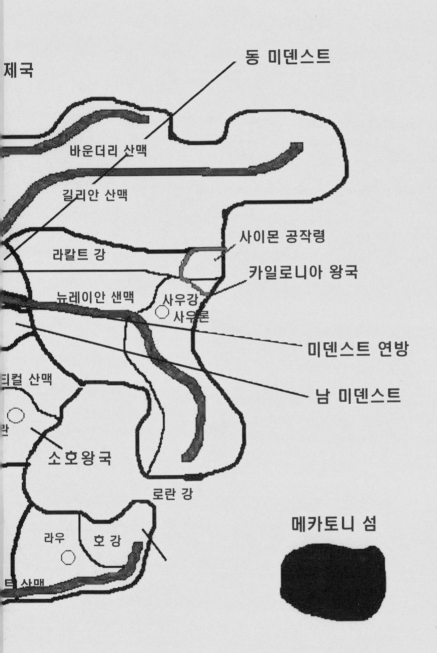

제국

동 미덴스트

바운더리 산맥

길리안 산맥

사이몬 공작령

라칼트 강

카일로니아 왕국

뉴레이안 샌맥

사우강

사우론

미덴스트 연방

남 미덴스트

티컬 산맥

소호왕국

로란 강

메카토니 섬

라우

호 강

ㅌ 산맥

GUARDIAN
SWORD

휘파람 소리

가디언 소드

FANTASY FRONTIER SPIRIT

신가 판타지 장편 소설

가디언 소드 1

신가 판타지 장편 소설

초판 1쇄 찍은 날 § 2006년 3월 24일
초판 1쇄 펴낸 날 § 2006년 3월 30일

지은이 § 신가
펴낸이 § 서경석

편집장 § 문혜영
편집책임 § 김민정
편집 § 이재권 · 서지현

펴낸곳 § 도서출판 청어람
등록번호 § 제1081-1-89호
등록일자 § 1999. 5. 31
어람번호 § 제1-0691호

주소 § 경기도 부천시 원미구 심곡1동 350-1 남성B/D 3F (우) 420-011
전화 § 032-656-4452 팩스 § 032-656-4453
http://www.chungeoram.com
E-mail § eoram99@chollian.net

© 신가, 2006

ISBN 89-251-0048-7 04810
ISBN 89-251-0047-9 (SET)

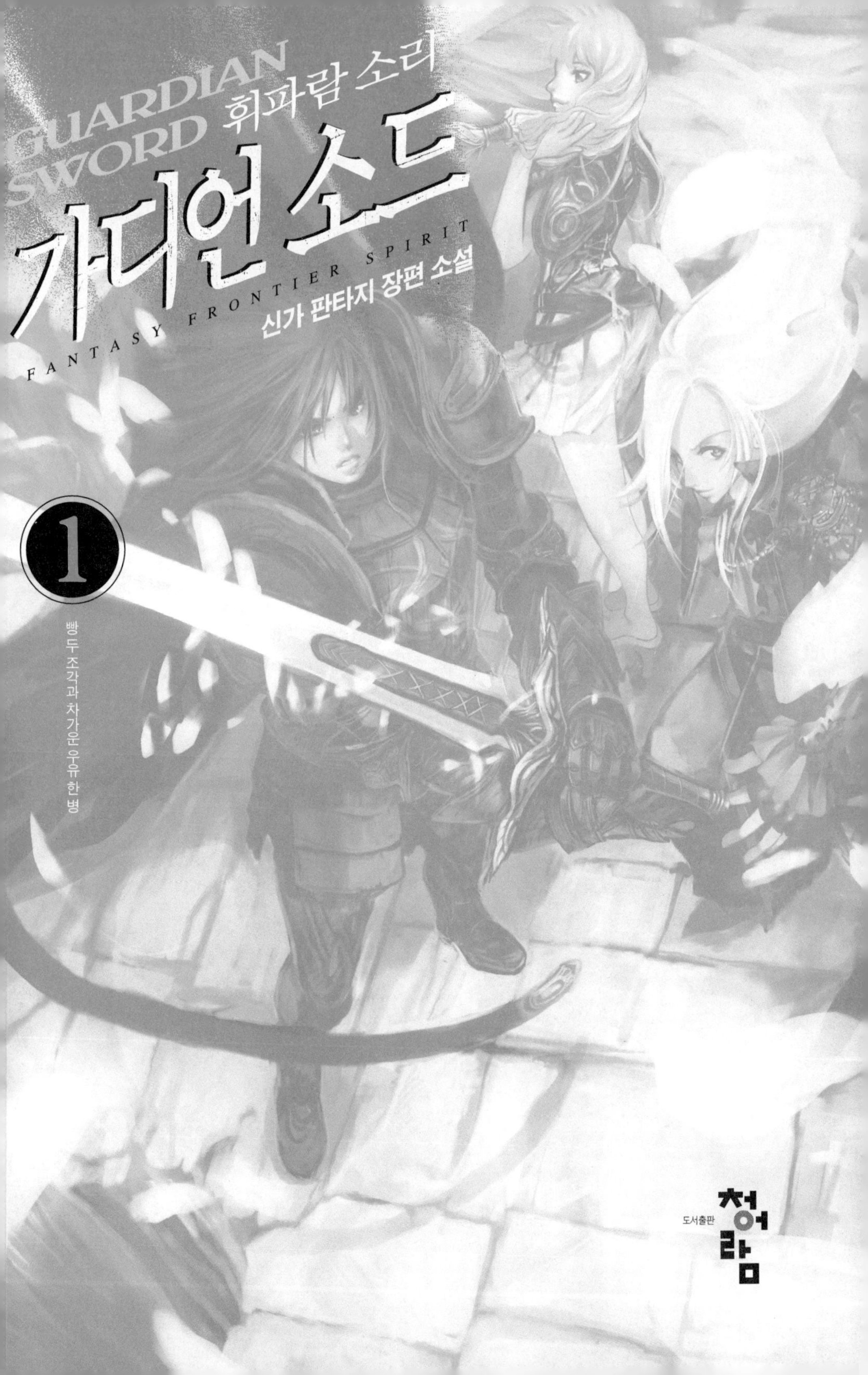
GUARDIAN SWORD
휘파람 소리
가디언 소드
FANTASY FRONTIER SPIRIT
신가 판타지 장편 소설
1
빵두 조각과 차가운 우유 한 병
도서출판
청어람

Contents

인터넷에 판타지 소설을 연재한 것이 엊그제 같은데 벌써 제가 두 번째로 쓴 글이 나오는군요. 케이를 완결한 것이 작년 10월이었으니 꼭 반년 만에 새로운 글로 인사를 드리게 됐습니다.

사실 새로 시작하는 두 번째 글 '가디언 소드'를 쓰면서 이런저런 불안이 많았습니다. 내가 즐거워 쓰던 글이 어떻게 기회가 닿아 출간하게 된 케이의 경우와는 달랐으니까요.

사이몬가 전기라는 제목에서 이니안으로 제목이 한 번 바뀌고 그때까지 쓴 한 권에 가까운 분량을 폐기하고 다시 썼습니다.

구상을 한 단계에서 계약을 하고 이후로 오로지 출판을 생각하며 글을 쓴다는 것, 무척이나 어려운 일이더군요. 게다가 출판 이후의 결과에 대한 부담감까지 쉽지 않은 작업이었습니다.

더우기 제가 무척이나 게을러 제게 주어진 시간 내에 제대로 된 원고를 완성할 수 있을지도 불안했습니다. 그래서 결국 저는 출판사에 드나들면서 가디언 소드를 썼습니다. 집에서는 놀기만 하지 글을 쓰지를 않으니까요. 출판사에 나가면서 글을 쓰는 것이 효과가 있었는지 상당히 빠른 속도로 원고를 쓸 수 있었습니다. 그 과정에서 정말이지 출판사 분들에게는 폐를 많이 끼쳤네요. 이 자리를 빌어서 청어람 출판사의 모든 직원 분들께 감사의 인사를

전합니다. 그리고 출판사에서 함께 글을 쓰며 많은 도움을 주신 여러 선배 형님들께도 감사드립니다. ^^

항상 많은 도움을 받고 있는 누벨바그 가족과 연무지회 식구 분들께도 감사의 말을 전합니다. 그리고 저를 낳아주시고 항상 따뜻하게 지켜봐 주시는 부모님께 감사합니다.

가디언 소드에서는 지킨다는 것에 대한 제 나름의 생각을 이야기 속에서 풀어나갈 생각입니다. 구상을 처음 했던 것은 2004년 여름인데 이제야 책의 형태로 만들어내는군요.

아직 학생이라는 신분을 지닌 제가 방학이라는 시간을 모두 쏟아 부어 쓴 제 두 번째 이야기입니다. 이제 겨우 두 번째 글이지만 이것 하나는 확실하더군요. 쓰면 쓸수록 어렵다. 그럼에도 열심히 쓴 이야기입니다. 부디 재미있게 읽어주십시오.

신가 올림

서장

 책상 위에 곱게 놓인 한 통의 편지, 그리고 그 옆에 반듯하게 놓인 검 한 자루. 그것을 지켜보는 공작의 눈이 파르르 떨렸다. 전날 심한 언쟁을 하기는 했지만 설마 이런 일을 벌일 줄이야……

 "후우……!"

 편지를 읽은 공작의 입에서 한숨이 새어 나왔다.

 공작은 고개를 저으며 책상에 편지를 다시 올려놓았다. 침착하게 행동하는 듯하나 그의 머리 속은 혼란으로 소용돌이치고 있었다. 심하게 떨리는 걸음걸이가 그런 공작의 마음을 보여주고 있었다.

 그 순간, 어디선가 작은 바람이 불어왔다. 바람에 공작이 놓아둔 편지가 하늘거리며 바닥으로 떨어졌다. 떨어지는 편지 위로 언뜻 보이는 문자들의 나열.

…그래서 저는 사이몬이라는 성을 버릴 것입니다. 가문이 제게 준 모든 것도요. 일단 그동안 쌓은 마나 스피어(Mana Sphere)의 마나를 모두 흩어버렸습니다. 소드 마스터라는 저의 경지는 가문으로부터 받은 것이나 다름없으니까요. 훗, 저는 더 이상 소드 마스터가 아닙니다. 검도 여기에 둡니다. 하지만 머리 속에 든 건 어떻게 할 수가 없군요. 마법사에게 기억 소거 마법이라도 걸어달라고 해야 하는 것인지……. 하지만 가문에서 얻은 기억만을 선택적으로 지울 수는 없을 테니 그것은 그만두기로 했습니다. 그 아이와의 추억을 지울 수는 없으니까요.

그럼 안녕히 계십시오. 그리고 절 찾지 마십시오. 저는 더 이상 사이몬이 아닙니다.

열려진 창에서 불어온 바람에 바닥으로 떨어지던 편지는 잠시 공중으로 날아올랐으나 다시금 천천히 내려앉았다.

"응?"

힘겹게 걸음을 옮기던 공작이 잠시 멈춰 서서 고개를 갸웃거렸다.

"환청이었나?"

바람과 함께 공작의 귀에 울린 그 소리.

그 소리는 편지만 남겨두고 집을 떠난 무심한 아들이 기분이 좋을 때면 즐겨 부르던 휘파람 소리였다. 하지만 바람이 멈춤과 동시에 그 소리도 사라졌다.

공작이 나가자 편지와 검만이 쓸쓸히 주인없는 방을 지키고 있을 뿐이었다.

Chapter 1

빵 두 조각과
차가운 우유 한 병이면 충분해

빵 두 조각과 차가운 우유 한 병이면 충분해

바람이 분다. 보통 바람이 아니다. 거센 바람이다. 게다가 천지를 하얗게 뒤덮고 있는 눈. 그렇다. 지금 눈보라가 치고 있는 것이다. 그 눈보라를 헤치고 걷는 인영이 있다. 로브로 온몸을 둘러싸고 힘겹게 걸음을 옮기는.

"응? 저건?"

걸음을 옮기던 인영이 무엇인가를 발견한 듯 멈춰 섰다. 얼어버린 입에서 새어 나온 목소리는 의외로 여자 아이의 미성이다.

"동굴이다."

로브의 주인은 동굴을 발견한 것이다. 이런 눈보라 속에서 동굴을 발견했다면 더 이상 망설일 이유가 없다. 동굴 속에서 몸을 쉬어가는 것은 당연한 선택이다.

이제 쉴 수 있다는 생각에 힘이 솟아난 것일까? 어느새 동굴의 입구 지척에 당도해 있었다.

푹.

그때,

그녀는 무엇엔가 걸린 듯 앞으로 고꾸라졌다.

"아야야! 이런 데 돌부리가 있을 게 뭐람?"

넘어진 사이, 차가운 눈이 로브 자락을 헤치고는 옷 속으로 들어왔다. 그 차가움이란……. 그녀는 자신을 눈 구덩이에 박히게 한 돌부리가 있을 법한 곳으로 시선을 돌렸다.

"응?"

이상했다. 돌부리가 있는 곳치고는 눈이 쌓인 모습이 기묘했다. 이건 마치…….

그래,

사람이 쓰러져 있는 모습이었다. 몸통과 머리가 있었고, 팔과 다리로 보이는 네 개의 기다란 부분이 있었다.

"설마?"

눈이 쌓인 모양이 쓰러진 사람의 모습과 똑같다는 것을 알아차리자마자 로브의 주인은 재빠른 동작으로 그 부분의 눈을 치웠다.

"이런 날씨에 이런 곳에 쓰러져 있다가는 죽는다고."

목소리는 다급했다. 눈을 치울 때마다 드러나는 것이 이곳에 사람이 쓰러져 있음을 확신케 했기 때문이다.

"역시……."

머리 부분을 먼저 치운 덕에 금세 사람의 얼굴을 확인할 수 있었다.

엎드려 있는 듯 머리가 옆으로 돌아가 있었다.

"사, 살아 있을까?"

이미 죽었으면 이 사람은 시체라는 생각에서였을까? 여자 아이의 목소리가 살짝 떨렸다.

"이, 이봐요?"

막상 사람의 얼굴이 드러나자 더 이상 어찌할 줄을 모르고 조심스레 쓰러진 사람을 불러본다. 하지만 아무런 반응이 없었다. 얼굴은 이미 창백하게 질려 있었고, 입술 역시 새파랬다.

"이봐요?"

이번에는 조금 전보다 좀 더 큰 소리로 부른다. 하지만 그는 여전히 미동도 없다.

"주, 죽었나?"

시체라 생각되자 자신도 모르게 목소리가 떨려 나온다.

들썩.

그때였다. 팔이라 생각되는 부분이 살짝 움직였다.

"방금… 분명 움직였지?"

잘못 본 것일 수도 있다는 생각에 자신없이 중얼거린다. 그래도 조금 더 얼굴 가까이 다가가 손가락으로 쿡쿡 찔러본다.

"이봐요, 살아 있으면 반응을 보여봐요."

꿈틀.

얼굴을 찌른 것에 반응한 것일까? 안면의 근육이 살짝 움직였다. 그 모습에 로브의 주인은 천천히 오른손을 정체불명의 남자의 코끝으로 가져간다. 이미 동상 걸리기 직전의 손이라 감각이 무뎠지만 분명히 숨결이 느껴졌다. 아주 미약해 곧 죽을 사람의 그것 같기는 했지만 말이다.

"확실히 살아 있어!"

살아 있는 사람이라는 것을, 시체가 아니라는 것을 확인하자 용기가 생긴 것일까? 그녀는 주위의 눈을 재빠르게 치우고 양다리를 잡아서 질질 끌었다.

그녀의 체격과 체력으로는 남자를 안고 가기는커녕 이렇게 끌고 가는 것도 버거웠다. 곧 그녀의 이마에 땀이 송골송골 맺혔다. 얼었던 몸도 녹았다. 혼자 걷기도 힘든 눈길을 사내를 끌고 가려니 무척이나 힘이 들었지만 그녀는 굴하지 않고 걸음을 옮겼다.

동굴 입구의 지척에서 이 사람을 발견한 것 같은데 좀처럼 동굴에 도착할 수가 없었다. 대체 얼마나 오랫동안 걸었는지 알 수 없을 정도로 힘겹게 걸어서 그녀는 겨우겨우 동굴에 도착할 수 있었다.

동굴 내부는 그리 크지도 깊지도 않았다. 사람 대여섯 명이 들어서 앉으면 꽉 찰 정도였다.

그것이 오히려 그녀에게는 다행이었다. 짐승들이 거처로 삼기에는 작았기에 동굴에는 어떠한 흔적도 없었다. 그리고 눈과 바람을 피하기에는 충분한 크기였다.

"휴우, 겨우 다 왔네."

로브에 달린 후드를 벗고 이마의 땀을 닦는 그녀의 얼굴은 땀 범벅이었다. 소녀보다는 성숙했지만 여인이라 불리기에는 어딘가 어린 감이 있는 외모다.

땀에 젖어 이마에 달라붙은 머리칼이 묘한 매력을 풍겼다. 새하얀 얼굴로 살짝 흘러내린 푸른빛 머리카락. 푸른빛은 푸른빛이되 어딘가 좀 더 신비스러운 빛깔이었다. 바닷속에 있는 산호 같은. 굳이 말하자면 코랄 블루(Coral Blue), 그러니까 산호빛이 나는 푸른색의 머리칼이라고 할까? 그리고 커다란 눈과 그 가운데의 녹색 눈동자는 머리칼과 절묘한 조화를 이루며 소녀의 얼굴을 아름답게 만들어주었다. 거기에 오뚝한 코와 도톰하면서도 크지도 작지도 않은 붉은 입술은 계란형의 얼굴과 부드럽고도 갸름한 턱 선과 너무도 잘 어울렸다.

사내를 끌고 오느라 힘을 써 전신이 땀 범벅이었지만 그녀는 로브를 벗는 어리석은 짓을 하지는 않았다. 체온의 상승은 과한 에너지를 쓴 것에 따른 일시적인 작용일 뿐이었다. 땀이 식으면 체온 역시 급격히 식을 터, 지금은 오히려 몸속의 열이 달아나지 않도록 잡아두는 것이 중요했다.

그녀는 동굴 주변을 훑어보았지만 아무것도 없었다. 사람이 거주한 적이 없던 곳이니 쓸 만한 것이 있을 리 없었다.

"어쩌지? 이대로 있다간 나도 이 사람도 얼어 죽을 텐데······."

바람은 들어오지 않았지만 그래도 차가운 공기는 쉬지 않고 동굴 입구로 들어왔다. 살을 에는 바람은 없었지만 몸을 떨게 만드는 추위는 여전했다.

"어쩔 수 없어."

그녀는 로브를 벗어 동굴 입구를 막았다. 동굴 크기에 비해 입구가 작아 한 사람이 겨우 드나들 정도였기에 그녀의 로브로도 충분히 막을 수 있었다. 일단 입구를 막은 후 그녀는 등에 메고 있던 가방에서 작은 카드를 꺼냈다.

그 카드를 보는 그녀의 눈동자에 진한 갈등이 어렸다.

"이게 마지막 불꽃 카드인데⋯⋯."

어찌할지 결정하지 못한 망설임 가득한 음성. 하지만 이내 그녀는 고개를 끄덕였다.

"어쩔 수 없지. 지금 죽어가는 사람이 눈앞에 있는걸. 일단 살리고 봐야지. 앞으로는 어떻게든 된다고 믿고."

그녀는 아쉬운 눈으로 카드를 잠시 바라보더니 두 눈을 감았다. 그리고 카드를 북 찢었다.

"불꽃."

그녀의 작은 중얼거림과 함께 찢어진 카드는 제법 커다란 불꽃으로 화해 동굴의 가운데에서 훈훈한 열기를 뿌리기 시작했다.

"동굴이 작으니까 금방 따뜻해지겠지. 앞으로 다섯 시간은 지속될 테니까."

그녀가 찢은 것은 마법 아이템이었다. 스크롤 카드라 불리는 것으로, 종류가 무척이나 다양한데 그녀가 가지고 있는 것은 여행자용 불꽃 카드로 난로 대용이었다.

지금과 같이 몸을 녹여야 하는데 주위에 아무것도 없을 때 응급 대책으로 사용하도록 만들어진 카드였다.

과연 그녀의 말대로 동굴의 공간이 작은 덕인지 금세 동굴 안은 훈훈해졌다. 입구를 막은 두꺼운 로브가 열기가 밖으로 달아나는 것을 막는 동시에 외부의 한기가 침습하는 것 역시 막았기에 효과는 더욱 빨리 나타났다.

"이 사람, 왜 이 앞에 그렇게 쓰러져 있었을까?"

그제야 그녀는 자신이 끌고 온 남자를 자세히 바라보았다.

얼굴은 한마디로 잘생겼다. 제법 고생을 한 듯 지저분하기는 했지만 그것이 본디 타고난 얼굴을 가리지는 못했다. 반듯한 이마에 적당한 높이의 코, 하얀 얼굴, 짙은 눈썹, 거기에 검은 머리카락까지 모두가 잘 어울렸다. 어느 것 하나만 달라졌어도 못생겼다는 생각이 들 수 있는 얼굴이었는데, 절묘하게 균형을 이루고 있었다.

그도 여행자인지 몸에 로브를 걸치고 있었다. 그리고 허리춤에는 낡은 검이 하나 매달려 있었다.

"기사인가?"

검을 발견한 그녀는 고개를 갸우뚱거렸다. 기사라고 하기에는 그의 행색이 너무나 남루했기 때문이다.

"용병이겠지?"

곧이어 확신하는 듯한 어조로 고개를 끄덕였다. 남루한 행색에 검을 찬 여행자라면 용병일 가능성이 컸다.

그렇게 생각하는 순간, 그녀의 얼굴이 살짝 어두워졌다.

"위험하지는 않겠지?"

용병들의 거친 성격에 대해서는 익히 알고 있다. 게다가 좁은 동굴에 자신은 여인의 몸. 낯선 사내, 그것도 용병으로 보이는 사내와 이 좁은 동굴에 같이 있게 되다니……. 다급한 마음에 무작정 이 사람을 끌고 올 때는 생각하지 못했던 것들이 하나둘 걱정이 되어 그녀의 머리 속에 피어올랐다.

"으으……."

그런 복잡한 마음으로 낯선 사내를 가만히 바라보고 있을 때 그의 입에서 신음 소리가 흘러나왔다.

"어머!"

그렇지 않아도 이런저런 걱정을 하고 있었기 때문일까? 갑작스러운 사내의 움직임에 화들짝 놀란 그녀는 재빨리 뒤로 물러섰다. 어느새 차가운 동굴 벽의 감촉이 등으로 전해져 왔다.

신음을 흘리던 사내는 이어서 몸을 조금씩 움직이기 시작했다. 처음에는 떨림, 이어서 꿈틀거림 정도이던 움직임이 점점 커지더니 이윽고 그는 눈을 떴다. 소녀는 그 모습을 조심스레 지켜보았다.

두 눈을 뜬 사내는 잠시 움직이지 않고 멍하니 천장을 바라보았다.

"저… 여보세요?"

한참을 그렇게 가만히 있자 소녀는 조심스레 입을 열었다.

휙!

그 순간, 그녀의 앞에 드리워진 검은 그림자, 그리고 목에서 느껴지는 차가운 감촉.

"아아……!"

그녀는 갑작스러운 상황에 정신을 차리지 못하고 알 수 없는 신음 소리만 흘렸다. 그녀의 눈앞에는 분명 조금 전까지 누워서 가만히 천장만을 바라보던 사내의 얼굴이 자리해 있었다. 그녀의 목에서 느껴지는 차가운 감촉의 근원은 그의 허리에 매달려 있던 검이다. 언제 뽑혀서 이곳에 온 것일까? 그녀는 조금씩 몸을 떨었다. 사람을 살리려다 자신이 죽을지도 모른다는 생각에 떨림은 점차 커져 갔다.

"너는 누구지?"

차가운 목소리가 사내의 입에서 흘러나왔다.

"으으으……."

하지만 소녀는 대답하지 못하고 알 수 없는 신음만 흘릴 뿐이었다.

"다시 묻는다. 너는 누구지?"

사내의 손에 힘이 살짝 들어갔다.

"으으으, 여행자예요……."

"어떻게 내가 여기에 있지?"

허튼수작은 용서하지 않겠다는 듯 사내의 눈이 번뜩였다.

"제, 제가 이리로 옮겼어요. 눈에 파묻혀서 얼어 죽을 것 같기에……."

소녀는 말을 제대로 끝맺지 못했다. 그녀의 길지 않은 생에서 이런 경험은 없었다. 당장에라도 그녀의 목을 파고들 듯 차가운 살기를 날름거리고 있는 검이라니.

'분명…….'

사내는 소녀의 대답에 자세를 그대로 유지한 채 자신의 기억을 더듬었다. 정확히는 정신을 잃기 전까지의 기억을.

분명 자신은 추위와 배고픔과 피로에 떨며 동굴을 향해 힘겨운 걸음을 옮기고 있었다. 그러다가 다리에 힘이 풀려 쓰러졌다. 그 사실을 기억해 낸 그는 두 가지 사실을 인지할 수 있었다.

'여기가 내가 그때 가려던 그 동굴이로군. 그리고… 배가 고파…….'

정신을 차리고 상황 파악이 되자 가장 먼저 그를 두드린 감각은 위장의 쓰라림이었다. 벌써 3일째 굶었으니 그럴 만했다.

"미안하군. 내가 신경이 곤두서서."

사내는 천천히 검을 검집에 집어넣었다.

"후아~"

소녀는 한숨을 내쉬며 고개를 숙였다. 얼굴 가득 맺힌 식은땀이 그녀가 얼마나 놀랐는지를 보여주었다.

"그런데 먹을 것 없나? 배가 고프군."

사내가 손가락으로 얼굴을 긁적이며 말하자 소녀는 어이가 없었다. 기가 막혔다. 아니, 고생고생해서 기껏 살려놨더니 눈을 뜨자마자 자신에게 칼을 들이대지를 않나, 이번에는 먹을 것을 달라?

이럴 수는 없었다. 적어도 사람이라면 구해줘서 고맙다는 인사를 먼저 해야 할 것 아닌가. 칼을 들이댈 뿐 아니라 초면에 반말을 찍찍 날리고 먹을 것을 달라니 대체 어떤 정신 구조를 가진 사람인지 궁금해졌다.

하지만 그녀는 속마음과는 달리 가방을 열고 있었다. 솔직히 그의 허리춤에 매달려 있는 검이 무서웠다. 지금까지의 행태로 보아 자신의 가방을 뒤지는 것 정도는 태연히 할 인종 같으니 차라리 이렇게 꺼내주는 것이 자신의 안전을 위하는 길이다.

가방 속에 먹을 것이라고는 빵 두 조각과 차가운 우유 한 병이 전부였다.

전 마을을 떠날 때 들은 대로라면 오늘 오후면 다음 마을에 도착할 예정이었다. 중간에 이 거센 눈보라만 만나지 않았어도 말이다. 사실 지금의 눈바람은 그나마 많이 잠잠해진 것이다.

'후우, 그래서 준비는 철저히 해야 한다는 건가?

좀 더 넉넉하게 준비하지 않고 여정에 딱 맞춰 식량을 준비한 스스로를 탓하며 그녀는 빵 두 조각과 우유를 그에게 내밀었다.

"빵 두 조각과 차가운 우유 한 병이라······. 이것뿐?"

사내는 어이없다는 눈으로 소녀를 보며 되물었다.

'이 인간이······.'

소녀는 사내의 말에 어처구니를 상실했다. 그녀로서는 마지막 남은 최후의 식량을 눈물을 머금고 넘겨주고 있건만 돌아오는 저 반응은······. 그가 칼을 찬 용병만 아니었다면 폭발했을지도 몰랐다. 오로지 폭력이란 존재가 그녀의 화를 억누르고 있었다.

"쳇, 어쩔 수 없지. 이거라도 먹어놔야지."

사내는 무척이나 마음에 들지 않지만 먹을 것이 이것밖에 없으니 어쩔 수 없다는 티를 팍팍 내면서 그녀의 손에서 빵 두 조각과 우유를 받아 들었다. 그의 입장에서는 당연한 일이다. 3일 만의 음식이다. 아무리 하찮은 음식이라도 일단은 허기를 해결해야 했다. 그리고 우유라면 3일간의 공복으로 잔뜩 민감해져 있을 위장에 큰 부담도 되지 않는다. 차갑다는 것이 흠이기는 하지만.

그때 그의 눈에 장작도 없이 활활 타오르는 불꽃이 들어왔다.

'스크롤 카드인가?'

물끄러미 불꽃을 바라본 그는 삐그덕거리는 몸을 억지로 움직여 불가로 다가가 가만히 우유를 불꽃 근처로 가져갔다. 데워 먹기 위함이다.

'하, 점점······.'

그녀는 더 이상 그의 행동에 놀라지 않았다. 저 정도면 어떤 인간인지 충분히 짐작이 됐다. 그녀는 자신의 행동을 후회했다. 괜히 아까운 스크롤 카드와 빵과 우유만 날려 버린 것이다.

다른 쪽 길을 택해 동굴로 향할 걸 하는 후회도 했다. 그랬다면 저 어처구니없는 남자에게 걸려 넘어지지도 않았을 것이고, 그랬다면 땀을 흘리지도 않았을 것이고, 그랬다면 이렇게 스크롤 카드를 쓰지도 않았을 것이다. 정말 억울했다.

"내 이름은 이니안이다."

빵을 다 먹자 사내는 대뜸 그렇게 말하고는 소녀를 빤히 쳐다보았다. 자신이 먼저 이름을 밝혔으니 이제는 네 차례라는 눈빛이었다.

"난 로즈."

사내의 검이 걸리기는 했으나 계속 이렇게 당할 수는 없었다. 자신은 목숨도 구해주고 따뜻한 불도 제공했으며 먹을 것까지 주었다. 이런 푸대접을 받고 참을 이유가 없었다. 상대가 예의없이 반말을 찍찍 날린다면 자신도 똑같이 하면 그만이다. 이건 그녀의 최소한의 자존심이었다.

그녀의 대답에 이니안이라는 남자는 훗 하고 웃었다.

"예의가 없는 아가씨로군."

로즈는 눈에서 불을 뿜었다. 누가 할 소리를 누가 하는 것인지.

"그 말 그대로 돌려주지."

일순 훈훈한 기운이 감돌던 동굴이 차갑게 식었다.

"풋, 푸하하하하하!"

하지만 이니안이라는 사내의 웃음이 냉기를 날려 보냈다.

"재미있는 아가씨로군. 푸하하하!"

이니안의 갑작스러운 웃음에 로즈는 더욱 기분이 나빠졌다.

"대체 뭐가 그렇게 우스워?"

로즈의 음성에 가시가 돋아 있었다.

"하하하하, 오랜만이야. 이렇게 대가 센 아가씨는 말이지."

이니안은 로즈의 태도가 재미있다는 듯 연신 웃어댔다.

"나도 이렇게 예의없는 사람은 처음이야. 기껏 살려줬더니 정신을 차리자마자 칼을 겨누질 않나, 반말에, 먹을 것을 달라고 하고, 기껏 마지막 식량까지 줬더니 겨우 이게 뭐야? 하는 그 태도, 하나같이 마음에 안 든다고."

로즈는 이니안이 눈을 뜬 이후의 모든 불만이 한꺼번에 터져 나왔는지 쉬지도 않고 이니안에게 쏘아붙였다. 로즈의 말에 이니안은 웃음을 멈췄다.

"이런, 잊었어. 분명 날 살려준 건 그쪽 아가씨지?"

이니안의 그 말과 함께 그의 분위기가 바뀌었다. 진중하면서도 엄숙한 분위기.

"저의 목숨을 살려주신 은혜, 진심으로 감사드립니다, 아름다운 레이디여."

한쪽 무릎을 꿇고 고개를 숙이는 행동. 그것은 분명 기품있는 기사의 그것이었다.

'용병이 아니라 기사인가?'

로즈는 잠시 그런 생각을 떠올렸다. 이니안의 행동이 너무나 어울렸기에.

"이제 됐지? 난 고맙다는 인사, 분명히 했다?"

하지만 몸을 일으키자마자 그는 원래의 시건방진 태도를 보였다.

"뭐야?"

"아, 마지막으로 남은 기사로서의 내 자긍심이야. 기사라면 당연히 생명의 은혜에는 최고의 예를 다해야 하니까."

이니안은 아무것도 아니라는 듯 대수롭지 않게 말했다. 로즈는 그의 말에서 사연이 있는 과거를 읽을 수 있었다.

"내 이름은 이니안. 카일로니아 출신으로 일단 지금은 용병 일을 하고 있어."

이니안은 피식 웃으며 손을 내밀었다. 로즈는 마음에 안 든다는 눈으로 그런 이니안을 바라보았지만 이니안이 청한 악수를 거절하지는 않았다.

"난 로즈. 네가 칼을 들이댔을 때 말했지? 그냥 여행자야. 출신은 아마 미오나인일 거고."

로즈의 소개에 이니안은 고개를 갸웃거렸지만 굳이 캐묻지는 않았다.

"뭐, 내가 반말을 한다고 너무 무서운 얼굴로 날 보진 마. 난 다른 사람에게 말을 높인 적이 별로 없어서 익숙하질 못하니까."

이니안의 말에 악수한 손을 놓는 로즈의 입에서 절로 한숨이 새어 나왔다. 그녀가 할 수 있는 최대의 불만 표출은 그것밖에 없었다. 자신은 그저 평범한 여자 여행자, 상대는 남자 용병. 게다가 밖은 잠잠해졌다지만 눈보라가 치고 있고 이곳은 아무도 없는 작은 동굴이다. 자신이 눈앞의 이 무례한 남자를 어찌할 방도가 없는 것이다.

'잠깐, 아무리 기사였다지만 지금은 용병이라고 했지?'

번득이며 로즈의 머리를 스치는 생각. 이니안은 스스로를 용병이라

했다. 거칠기 짝이 없는 용병. 거기에 생각이 미치자 로즈는 와락 겁이 났다. 그런 생각은 행동으로 이어졌다. 좁디좁은 동굴에서 한쪽 벽을 향해 슬금슬금 몸을 움직이기 시작한 것이다.

"응?"

이니안의 표정이 변했다. 무례하기는 하지만 그렇다고 특별히 거칠게 보이지 않았던 얼굴이 딱딱하게 굳어드는 듯했다. 그런 이니안의 변화에 로즈의 몸이 조금씩 떨리기 시작했다. 그녀도 인지하지 못하는 사이 몸이 제멋대로 반응한 것이다.

이니안이 고개를 갸웃거린다. 그리고 천천히 몸을 움직인다. 아주 조심스럽게 조용히 몸을 움직이는 이니안이다. 그 모습에 로즈는 두 무릎을 양팔로 감싸 안았다. 오들오들 떨리는 몸을 필사적으로 진정시키려는 듯 입술을 꽉 깨물었다.

'나쁜 인간, 나쁜 인간, 나쁜 인간……. 아니, 인간도 아냐. 인간도 아냐.'

로즈는 마음속으로 이니안에게 욕을 마구 퍼부었지만 몸은 마음과는 정반대로 격하게 떨렸다. 떨림이 정점에 달할 때쯤 로즈는 두 눈을 꼭 감았다. 더 이상 눈을 뜨고 있을 용기가 나지 않았다.

하지만 아무리 시간이 지나도 로즈가 생각하는 일은 일어나지 않았다. 무언가 이상한 느낌에 로즈는 눈을 살며시 떴다. 이니안은 동굴의 입구를 막은 로브 앞에 서 있었다.

'이런, 내가 무슨…….'

자신이 괜히 오버해서 생각한 것을 깨달은 로즈의 얼굴이 붉게 물들었다.

이니안은 동굴 입구에서 두 눈을 감고 심각한 얼굴로 서 있었다. 잠시 후 이니안의 두 눈이 뜨였다.

"너."

"왜?"

"혹시 쫓기고 있냐?"

이니안의 물음에 로즈는 고개를 갸웃거렸다. 적어도 자신이 아는 한 자신은 쫓길 일이 없다. 하지만 모르는 일이다. 자신이 모르는 일도 있으니.

"글쎄… 적어도 내 기억에는 그럴 일이 없는데."

"그래? 하지만 이상한걸. 동굴 주변에서 아까부터 사람의 기척이 느껴진다."

"그래서?"

이니안의 대답에 그제야 로즈는 이니안의 조심스러운 행동의 의미를 알 수 있었다. 그리고 자신이 무슨 오해를 했는지도 깨달았다. 그러자 붉어졌던 얼굴이 더 붉게 물들었다.

"확신은 못하겠지만 아마 세 명일 거야. 어새신 같은데, 최하류 어새신인지 기척을 숨기는 게 서툴러. 그래서 나 같은 놈에게도 걸린 거겠지. 적어도 난 어새신에게 쫓길 일이 없어. 그렇다면 밖의 손님들은 아마도 너에게 볼일이 있는 것 같은데……."

그의 말에 로즈의 머리에 스치는 생각이 있었다. 최근 여행을 하면서 느낀 불쾌한 기분. 누군가가 자신을 감시하고 있는 듯한 느낌. 하지만 자신에게 그럴 일이 없었기에 대수롭지 않게 생각했다. 그런데 자신을 노리고 숨어 있는 자들이 있었다니…….

이니안은 로즈의 표정 변화에서 밖의 불청객들이 로즈를 기다리고 있음을 확신할 수 있었다.

"훗, 잠시 기다려. 동굴 밖으로 나오지 말고."

그런 로즈를 향해 피식 웃은 이니안은 로즈가 걸어놓은 로브를 들추고 동굴 밖으로 나갔다. 잠시 빛이 새어 들어온 동굴은 이니안이 나가자 다시 내려온 로브 자락에 스크롤 카드의 불꽃이 만들어낸 빛만이 자리했다.

"휴우, 눈부시군."

이제 눈보라는 거의 그쳐 있었다. 눈보라 대신 하늘에 자리한 태양빛이 눈에 반사되어 이니안의 얼굴로 쏟아져 들어왔다. 어둑어둑하던 동굴에서 갑자기 밖으로 나왔기에 이니안은 잠시 그렇게 서 있었다. 밝은 빛에 눈을 적응시키는 것이다.

눈이 빛에 적응됐다 싶은 순간 이니안의 몸이 튀어나갔다. 어느새 뽑아 든 검을 눈밭 한가운데 깊숙이 박아 넣었다.

이니안의 검이 들어가는 순간, 하얀 눈이 붉게 물들었다.

"우선 한 놈."

이니안의 중얼거림에 이니안의 뒤에서 눈이 튀어 올랐다. 눈을 헤치며 모습을 드러낸 두 어새신은 재빨리 손에 든 검을 이니안을 향해 찔러왔다.

하지만 이니안은 이런 상황을 이미 예상한 듯 자신의 검을 움직여 가볍게 어새신의 검을 쳐냈다. 검과 검이 부딪치는 소리가 울린다. 그때 이니안은 흐르는 물과 같이 부드럽게 두 사람 사이를 파고들어 갔다. 두 사람 사이에 정확히 위치하는 순간 이니안의 오른팔이 빠르게 움직였다.

"컥!"

"크윽!"

그 일격에 두 어새신은 각자의 목을 움켜쥐고 쓰러졌다.

"역시. 어새신은 일단 기척만 감지하면 상대하기 어렵지는 않지."

이니안은 여유로운 웃음을 지으며 검을 어새신의 옷에 닦았다.

이니안이 나가 홀로 남겨진 로즈. 그녀는 귀를 곤두세우고 동굴 밖의 기척에 정신을 집중했다. 검이 부딪치는 소리가 짧게 울렸다. 그리고 조용해졌다. 누가 이긴 것일까? 상대는 세 명이라 했는데.

그다지 소란하지는 않았지만 갑작스레 찾아온 정적에 로즈는 긴장했다.

"젠장!"

그때 들려온 이니안의 커다란 목소리. 무언가 다른 일이 벌어진 듯했다. 욕설과도 같은 그 말속에 자리한 낭패한 기색을 느낄 수 있었으니까.

챙챙!

그때 로즈의 귀를 울리는 검과 검이 부딪치는 소리.

그 소리는 조금 전과 마찬가지로 금세 멎었다.

"어떻게 됐을까?"

바깥이 조용해지자 로즈는 몸을 살짝 떨었다. 밖의 결과에 따라 자신의 처지도 변할 것이기에. 로즈의 두 눈은 동굴의 입구를 막아놓은 자신의 로브를 뚫어지게 바라보고 있었다.

드디어 로브가 들춰졌다. 그와 동시에 강렬하게 동굴 안으로 쏟아져 들어오는 태양 빛.

로즈는 손을 들어 눈을 가렸다. 너무나 강렬한 빛에 앞을 제대로 볼 수 없었다. 그녀의 눈에는 강렬한 빛을 등진 검은 그림자가 어렴풋이 보일 뿐이다. 빛에 시각을 잠시 잃은 그녀의 코를 자극하는 냄새.

그것은 피 냄새였다. 그녀로서는 이렇게 진한 혈향을 맡아본 적이 없었기에 절로 얼굴이 찡그려졌다. 역겨웠다. 속에서 구역질이 나오려 했다.

"뭐야, 그 얼굴은? 기껏 열심히 싸워줬더니."

자신의 귀를 울리는 목소리에 로즈는 구역질이 치미는 가운데 내심 안도했다. 이 목소리는 분명 이니안의 그것이다. 그녀는 고개를 들어 동굴의 입구를 바라보았다. 어느 정도 빛에 적응한 눈에 이니안의 모습이 들어왔다.

강렬한 빛을 등지고 선 그 모습.

'멋지다.'

로즈 자신도 모르게 떠올린 생각.

분명 눈에 반사된 태양 빛을 후광으로 서 있는 이니안의 모습은 멋있었다.

"하아!"

이니안을 보고 멋지다고 느낀 것은 느낀 것이고, 로즈의 입에서 안도의 한숨이 새어 나왔다. 혹시라도 저 로브를 들추고 들어오는 자가 자신에게 해코지를 하려는 어새신이었다면 어쩔 뻔했는가? 그런 생각에 저 얄미운 녀석의 얼굴을 보는 것만으로도 마음이 편해졌다.

"뭐야, 이번의 그 얼굴은?"

무엇이 마음에 안 드는지 이니안은 퉁명스레 말하고는 바닥에 털썩 주저앉았다. 그리고 로브를 뒤적이더니 곧 작은 병과 하얀 붕대를 꺼냈다.

"다쳤어?"

그 모습에 로즈가 걱정스런 얼굴로 물었다. 따지고 보면 자신 때문에 싸우다 다친 것이니 미안한 마음이 들었다.

"너, 몇 살이야?"

로즈의 물음에 대답하지 않고 이니안은 엉뚱하게 나이를 물어왔다. 갑작스러운 물음에 로즈는 두 눈을 동그랗게 떴다.

"열여덟."

어쨌든 물어왔으니 대답을 했다.

"난 스물하나다."

다시 들려오는 이니안의 목소리. 로즈는 그 말에 여전히 두 눈을 동그랗게 뜨고 있었다. 그녀의 눈은 '그래서 뭘 어쩌라고?' 이렇게 말하고 있었다. 눈빛을 읽었음인가? 이니안의 말이 이어졌다.

"아까부터 생각한 건데, 나이 많은 사람에게 하는 말이라고 보기에는 좀 짧은 듯해서. 난 반말을 듣는 데는 익숙하지 않거든."

그 말에 로즈는 어이가 없었다. 이니안의 상처를 보며 가졌던 미안한 마음과 고마운 마음이 일순간에 날아가 버렸다. 어쩜 이리 아니꼽게 행동하는 걸까?

"그래서 뭐?"

그에 대한 반발 심리일까? 로즈는 고개를 당당히 쳐들고 이니안을 똑바로 바라보면서 또박또박 발음을 하여 반말을 했다.

그 순간, 자신의 몸을 향해 이니안에게서 스멀스멀 피어오르는 살기. 온몸에 오한이 돌았다. 자신의 생각과는 상관없이 몸이 오들오들 떨렸다.

"…요."

결국 로즈는 뒤에 조그맣게 한마디를 덧붙일 수밖에 없었다. 이니안에게서 풍겨 나오는 살기는 그녀가 견뎌내기에는 너무나 무서웠다.

'치잇, 치사하게 나같이 연약한 여자에게……. 무식한 인간 같으니.'

속으로는 잔뜩 욕을 하고 있었지만 그것을 표현할 수는 없었다.

"아니, 됐어. 아는 듯하니까."

그제야 이니안의 몸에서 피어오르던 살기가 사라졌다. 만족스러운 웃음을 살짝 머금은 이니안의 손이 바쁘게 움직였다. 붕대와 함께 꺼내 든 수건으로 몸에 묻은 피를 닦아냈다. 온몸에 잔뜩 피를 묻히고 들어와 잘 몰랐는데 이니안의 오른쪽 허벅지가 쩍 벌어져 있었다. 그리고 그곳에서 연신 붉은 피가 솟아 나오고 있었다.

"아!"

로즈로서는 난생처음 보는 큰 상처였다. 로즈는 급히 가방을 뒤적였다. 그리곤 곧 그녀가 찾으려는 것을 손에 쥘 수 있었다. 로즈는 황급히 이니안의 곁으로 다가갔다.

"됐어. 그렇게 큰 상처는 아냐. 이런 상처에 그런 걸 쓰는 건 아까워."

이니안은 로즈가 무얼 하려는지 다 안다는 듯 무덤덤하게 말했다.

"하지만……."

이니안은 아무것도 아니라고 했지만 자신이 보기에는 무척이나 큰 상처였다. 허벅지가 쩍 벌어져서 붉은 속살을 드러내고 있었다.

"동맥도 정맥도 멀쩡해. 뼈가 상한 것도 아니고. 근육이 좀 상하기는 했지만 결을 따라 잘려서 움직이는 데 큰 지장도 없어. 게다가 깨끗하게 잘려서 며칠이면 대강 붙어. 네가 손에 들고 있는 게 필요하면 내가 먼저 말해."

그러고는 이니안은 좀 전에 품에서 꺼낸 병에서 녹색 가루를 상처에 뿌렸다. 뒤이어 익숙한 솜씨로 허벅지의 상처에 붕대를 감았다. 제법 벌어진 상처였기에 힘을 주어 단단히 감았다. 상처 부위가 압박을 받자 붉은 피가 붕대로 스며들었다. 그 모습에 로즈는 고개를 돌렸지만 이니안의 눈은 무심했다. 이런 일에 익숙한 눈이었다.

"목적지가 어디야?"

상처의 치료를 끝낸 이니안이 로즈를 바라보며 물었다.

"미오나인이… 요."

조금 전의 살기를 생각하며 로즈는 억지로 말을 높였다.

"수도라……. 멀리도 가는군. 그곳까지는 왜 가는데?"

로즈는 대답하지 않았다. 다만 어두운 얼굴로 눈을 낮게 깔았다.

"뭐, 그것까지는 내가 알 필요 없겠지."

사연이 있는 모습에 이니안은 더 이상 묻지 않았다.

"그런데 상대해 보니 상당히 실력이 있는 녀석이 있었는데… 혼자서 수도까지 가는 건 무리가 아닐까?"

"하지만 가야 하는 걸요."

"그렇다면 지켜줄 용병 하나 고용하는 게 어때?"

이니안의 말에 로즈는 가만히 고개를 저었다.

"돈이 없어요. 그럴 돈이 있으면 진작에 고용했겠지요. 수도까지 가는 여비로도 빠듯해요."

로즈의 대답에 이니안은 잠시 그녀를 바라보았다. 그의 눈은 이미 무언가를 결심한 듯했다.

"내가 아까 먹은 빵 두 조각과 차가운 우유 한 병."

"네?"

"그게 네 마지막 식량이었지?"

로즈는 대답 대신 고개를 끄덕였다.

"난 3일을 굶었다."

이니안의 말에 로즈는 그를 빤히 쳐다보았다. 대체 무슨 말이 하고 싶은 거지?

"그 눈 속에서 하루를 있었지. 네가 날 이곳으로 데려오지 않았다면 난 분명 죽었다."

이니안의 말에 로즈는 고개를 끄덕였다. 분명 사실이었으니까.

"누구라도 죽어가는 사람을 보면 그렇게 할 거예요."

로즈는 별것 아니라는 듯 말했다. 상대가 말도 못할 무뢰한이라도 쓰러져 있다면 그런 것을 알 게 무언가. 일단 살리고 봐야지.

"후우, 난 기사였다."

이니안이 담담하게 말했다.

"물론 스스로 기사의 신분을 버리고 용병이 되었지만 그 자긍심은 남아 있어. 나의 생명을 구해준 사람이 누구인지는 모르겠지만 어쨌든 목숨의 위협을 받고 있다. 그냥 지나칠 수 없는 일이야."

"그러면······?"

로즈는 혹시나 하는 마음으로 살짝 말을 늘였다.

"나의 허기를 달래준 빵 두 조각과 우유 한 병을 의뢰비로 하지. 많이 부족하기는 하지만 내 생명의 은인이니까 특별히 그렇게 싸게 해주는 거야. 수도까지 데려다주지."

로즈는 멍하니 이니안을 바라보았다. 그의 말이 믿어지지가 않았다. 아무리 생명을 구해줬다고는 하지만 이렇게 자신을 지켜줄 사람이 생길 줄은 몰랐다.

"정말요?"

로즈가 믿기지 않는다는 듯 물었다.

"정말이다."

이니안이 고개를 끄덕이며 단호히 대답했다.

로즈는 순간 앞이 잘 보이지 않는다고 생각했다. 어느새 흘러나온 눈물이 시야를 가리고 있었다.

"고, 고마워요."

진심이 담긴 감사의 말. 그 말과 함께 눈물이 볼을 타고 흘러내렸다.

"뭘. 나로서는 당연한 행동이다. 게다가 난 대단할 것도 없는 이류, B급 용병일 뿐이고."

이니안은 바닥에 꺼내놓았던 붕대와 약병, 그리고 수건을 주섬주섬 챙기고 자리에서 일어났다.

"그럼 이제 출발하도록 하지. 눈은 이미 그쳤고, 저 불꽃도 곧 꺼질 것 같군."

"네."

로즈는 이니안을 따라 몸을 일으켰다. 그리고 동굴 입구를 막아놓았던 로브를 다시 몸에 걸쳤다. 눈에 비친 밝은 햇살이 동굴 밖으로 나온 그녀의 전신을 비추었다.

수북이 쌓인 흰 눈 위로 두 사람의 발자국이 아로새겨진다.

Chapter 2

젠장, 내가 이런 꼴이 될 줄이야

젠장, 내가 이런 꼴이 될 줄이야

뽀드득뽀드득.

아무도 닿은 적이 없는 순백의 벌판을 걸어가는 소리가 주변으로 울려 퍼졌다. 파란 하늘 아래 대지를 하얗게 덮은 눈 위를 두 사람이 조용히 걷고 있다.

두 사람은 로브의 등 부위가 불룩 솟아 있었다. 여정에 딱 맞게 필요한 물건을 준비했다가 낭패를 본 경험이 있는 로즈가 이번에는 좀 많이 준비한 덕이다. 로즈와 이니안이 동굴에서 만나고 3일이 지나 있었다.

그사이 마을에 들러 휴식을 취하고 준비도 새로이 했다. 그리고 이니안이 앞으로의 경로를 정해 현재 바운더리 산맥 자락을 따라 서쪽으로 이동하는 중이다.

'대체 저 로브 안에는 물건이 얼마나 들어가는 걸까?'

로즈는 이니안의 뒤를 따라가며 신기하다는 듯 이니안의 로브를 바라보았다. 자신의 것과 큰 차이가 없어 보이는 로브다. 그런데 그곳에서 별의별 물건이 다 나왔다. 식당에서 테이블 크기의 지도가 저 로브 안에서 나올 때 얼마나 놀랐던가.

"분명 트롤이 나오면 도망쳐야 한다고 했죠, 이니안?"

로즈는 경어는 썼지만 이니안의 이름은 그냥 불렀다. 그것이 그녀가 할 수 있는 최선이었다. 자신이 나이가 많으니 경어를 쓰라 하면서도 그냥 이름을 부르는 것에 대해서는 이니안도 아무 말을 하지 않았다. 내심 처음 이니안의 이름을 부를 때 '오빠'라고 부르라고 하면 어쩌나 고민도 했지만 그건 기우였다. 아예 당사자가 신경을 안 쓰니.

로즈는 여행 경로를 정하며 이니안이 했던 말을 떠올리며 확인하듯 물었다.

"그래, 다시 말하지만 너를 지키며 싸운다는 가정 하에서 오크는 세 마리가 한계, 트롤은 나 혼자라도 도망가야 해."

이니안은 감정의 기복 없이 대답했다.

'쳇, 재미없어.'

은근히 이니안의 자존심을 긁으려 한 물음이었는데 자신의 의도한 결과가 나타나지 않자 로즈는 다시 별말없이 걸음을 옮겼다.

하지만 실상은 로즈의 생각과 달랐다. 겉으로는 태연한 척했지만 지금 이니안의 속은 부글부글 끓고 있었다.

'젠장, 내가 겨우 트롤 따위를 만나면 도망쳐야 한다니…… . 왕국의 천재 소드 마스터였던 내가.'

이니안의 손이 가늘게 떨렸다. 자신도 모르는 분노에 손아귀에 힘이 들어간 것이다. 하지만 로즈는 미처 그것을 알아차리지 못했다.

앞장서 걷는 이니안의 눈에 불꽃이 피어올랐다.

'소드 마스터, 나는 분명 소드 마스터다. 아니, 였다가 맞나?'

지나간 과거. 스스로 버린 힘이다. 하지만 트롤 따위를 피해야 한다고 생각하자 스스로의 선택과는 상관없이 자신의 무력함에 화가 치밀어 올랐다.

'후우, 그따위 가문에서 받은 힘이건만 이렇게 힘에 연연하다니……. 잊자. 지금의 자유를 소중히 여겨야지. 말도 안 되는 가율 때문에 먼저 검도 못 뽑는 반쪽짜리 기사보다는 지금은 약하지만 자유가 있는 용병이 나아.'

이니안은 천천히 고개를 저었다. 자신의 한심한 모습을 떨치기 위해. 이니안의 뒤를 따르던 로즈는 갑작스러운 이니안의 행동에 고개를 갸웃거렸지만 그 영문을 알 수는 없었다.

3일을 더 이동한 이후에야 두 사람은 경로상에 있는 영지의 영주성에 도착할 수 있었다. 현재 두 사람이 지나고 있는 영지는 바실러스 자작령으로 지방의 작은 영지였다.

"제법 크네요."

멀리 보이는 성을 본 로즈의 첫 마디였다.

"자작의 영지면 저 정도는 보통이야. 그리 큰 것도 아니지. 영지치고는."

이니안은 대수롭지 않다는 듯 대답했다. 그리고는 성문으로 향하는 이니안의 걸음이 약간 빨라졌다.

이 성에서 이틀거리 내에는 다른 마을이 없었기에 노숙을 해야만 했다. 추운 겨울날 눈밭에서의 노숙은 상당히 몸을 상하게 했다.

지금 이니안의 머리 속에는 따뜻한 물로 목욕을 하고 쉬고 싶은 생각뿐이었다. 그랬기에 자신도 모르는 사이 점차 걸음이 빨라졌다. 덕분에 그 뒤를 쫓는 로즈는 다리를 바삐 놀려야 했다. 이윽고 성문이 보이고 성문을 지키고 있는 두 명의 경비병이 눈에 들어왔다.

그 순간 이니안이 우뚝 멈춰 섰다. 갑작스레 멈췄기에 로즈는 뛰듯이 걷던 자신의 속도를 못 이기고 이니안의 등에 부딪쳤다.

"아야! 갑자기 멈춰 서면 어떻게 해요?"

"너."

이니안은 돌아보지 않은 채로 입을 열었다.

"신분증 있어?"

"신분증? 그런 것도 있어야 해요?"

돌아온 로즈의 대답에 이니안이 고개를 저었다.

"후우! 너 정말 여행자 맞아? 영지를 지나치는 것은 상관없지만 성내에 들어갈 때는 스스로의 신분을 증명하는 신분증을 지녀야 한다고. 그렇지 않으면 못 들어가."

이니안이 어이없다는 듯 고개를 돌려 로즈를 바라보며 말했다.

"그럼 어떻게 하죠? 지금까지 영주성에는 들어가 본 적이 없어서……."

로즈가 어두운 표정으로 중얼거렸다.

'정말, 이 녀석 정체가 뭐야?'

로즈의 진실한 신분에 대한 의구심이 커졌지만 현재로써는 그다지 중요한 문제가 아니었다. 이니안은 품을 뒤져 나무 패 몇 개를 꺼내 일일이 그것에 쓰인 내용을 확인했다. 그중 한 개를 펜과 함께 로즈에게 내밀었다.

"내가 지니고 다니는 비상용 용병패야. 용병패는 신분증 역할을 하니까. 거기 공란에 네 이름 적고 내용 제대로 읽어서 외워라."

이니안에게 용병패를 건네받은 로즈는 펜으로 패의 이름란에 'ROSE' 라고 적어 넣었다.

'정말 별걸 다 들고 다니네.'

간단하게 자신의 신분증 문제를 해결한 이니안을 신기하게 바라보던 로즈는 이니안이 다시 걸음을 옮기자 그 뒤를 바삐 따랐다.

성문 입구에 이르자 성문을 지키던 경비병이 두 사람을 제지했다.

"신분증을 보여주시오."

경비병은 강압적인 어조로 말했다. 이니안은 그의 말에 따라 순순히 용병패를 건네주었다.

"B급 용병 이니안이라……. 좋아. 당신은?"

로즈가 조금 전 이니안에게서 받은 용병패를 건넸다.

"으음, 견습 용병 로즈? 당신, 대단하군. 여자인데 용병 일을 지망하다니."

경비병은 로즈의 행색을 다시 훑어보고는 그녀에게 용병패를 건넸다. 하나 로즈가 용병패를 받기 직전 잠시 멈칫했다. 그 행동에 로즈가 고개를 갸웃거리며 그를 쳐다보았다.

"아, 잠시만 실례."

경비병은 로즈에게 용병패를 돌려주다 말고 성문 옆의 경비 초소로 들어갔다. 오래지 않아 경비병은 다시 나와 로즈에게 용병패를 돌려주었다.

"무슨 문제 있습니까?"

"아아, 아무것도 아냐. 내가 잠시 착각했나 봐."

경비병은 손을 흔들며 대수롭지 않게 말했다.

"그나저나 자네도 대단하군. B급밖에 안 됐는데 벌써 견습을 맡고."

"이번에 수도에 가서 승급 심사를 받을 예정입니다."

"역시. 건투를 비네. 바실러스 영주성에서 잘 쉬다 가게나."

처음과 달리 경비병의 태도가 제법 사근사근하게 변해 있었지만 이니안은 굳이 그것에 신경 쓰지 않았다. 단지 그러려니 했다. 지금은 어서 여관에서 쉬고 싶은 마음뿐이었다. 경비병이 길을 비켜주자 로즈와 이니안은 영주성 내로 들어서 걸음을 옮겼다. 지친 몸을 푹 쉬게 할 수 있는 여관을 찾아서.

이니안과 로즈가 흐릿하게 보일 정도로 멀어지자 경비병은 옆의 자신의 동료를 바라보며 말했다.

"아무래도 저 여자가 그 여자 같아. 우리 영지에 올 줄은 몰랐는데."

"그래? 별일이군. 수도와 여기 거리가 얼만데. 대단하군, 이곳까지 경계를 뚫고 온 걸 보면."

동료의 말에 다른 경비병은 제법 놀란 듯했다.

"아무튼 난 영주성에 보고하러 다녀오겠네."

"그래, 어서 다녀와."

이니안과 로즈의 용병패를 검사했던 경비병은 이니안 등이 간 곳과는 다른 길로 바삐 달려갔다.

　"아아, 좋다."

　따뜻한 물을 가득 채운 욕조에 몸을 담근 이니안의 입에서 정말로 기분 좋은 목소리가 흘러나왔다. 이틀간 노숙을 하며 몸에 쌓인 피로가 깨끗이 씻겨 나가는 듯했다.

　"후우! 우습군, 우스워. 이제 익숙해질 때도 됐는데 말이야. 이런 몸이 된 것도 벌써 3년째인데 이렇게 한심한 모습을 볼 때면 자연스레 예전이 떠오르니……. 이니안아, 이니안아, 아직 멀었구나. 벌써 그날의 일이 희미해진 것이냐?"

　어떤 일이 떠올랐음인가? 자조적인 목소리로 중얼거리던 이니안은 머리끝까지 욕조에 담겼다.

　목욕을 마친 이니안이 옷을 갖춰 입고 1층 식당으로 내려오니 로즈가 먼저 내려와 있었다.

　"빨리빨리 내려와야지 숙녀를 기다리게 하면 돼요?"

　테이블에 앉아 있던 로즈가 이니안을 발견하자 기다렸다는 듯 핀잔을 주었다. 그녀는 이미 식사를 시작한 듯 테이블에 몇 가지 음식이 놓여 있었다.

　"알고 있겠지만 각자 계산이에요."

　"알아."

　로즈의 말에 이니안은 대수롭지 않게 대답하곤 테이블에 앉아 자신의 식사를 주문했다. 마음속으로는 깐깐한 녀석이라고 말하고 있었지만 별다른 내색은 하지 않았다.

"식사 나왔습니다."

식사는 금방 나왔다. 3일 만에 제대로 된 따뜻한 음식이 목구멍으로 넘어가자 속에서 훈훈한 기운이 솟아오르며 몸을 따스하게 데워주었다.

"좋군."

딱 한 마디. 하지만 그 한마디에 현재 이니안의 감정이 농축되어 들어가 있었다.

"그래요."

어느새 식사를 마친 로즈가 고개를 끄덕이며 동조했다.

"자, 그럼 푹 쉬어볼까?"

재빨리 식사를 마친 이니안은 테이블에서 몸을 일으켜 2층으로 향했다.

"내일 오후까지 깨우지 말아요."

뒤따르는 로즈는 아주 푹 자겠다는 각오를 다진 듯 이니안을 향해 당차게 말했다.

"걱정 마, 나도 그때까지 잘 거니까."

"풋."

돌아온 이니안의 대답에 작게 웃음을 터뜨린 로즈는 자신의 방으로 들어갔다. 정말 제대로 자보겠다는 각오를 다진 얼굴로.

쿵쿵쿵!

잠에 빠져든 후 얼마나 시간이 지났을까? 방문을 두드리는 요란한 소리에 로즈의 눈이 잠시 떨리다가 뜨였다.

"이봐! 일어나라! 나와라!"

다짜고짜 밖으로 나오라는 거친 목소리에 로즈는 인상을 썼다. 하지만 계속 저리 놔두면 시끄러워 잘 수 없을 것 같기에 문을 살짝 열었다. 정말 살짝 열었다. 하지만 문이 열린다 싶은 순간 밖의 인물들이 완력으로 난폭하게 문을 열어젖혔다.

챙챙챙!

그리고 섬뜩한 금속음과 함께 달빛을 받은 창날이 요사스럽게 빛났다. 더욱 끔찍한 것은 그 창날이 바로 로즈 자신의 목 언저리에 있다는 사실이었다.

"이, 이게… 무슨 일이지요?"

일순간 로즈에게 남아 있던 잠의 기운이 모두 달아났다. 갑작스러운 일에 로즈는 떨리는 목소리로 간신히 입을 열었다.

"지명 수배자 로즈. 제국법에 따라 체포한다."

이 무슨 마른하늘에 날벼락 같은 소리인가? 지명수배라니? 도무지 알 수 없는 말이었다.

"그, 그럴 리가요? 전 지명수배를 당할 만한 일을 한 적이 없는 걸요. 분명 무언가 착오가……."

애써 입을 열어 말을 꺼내는데 병사들의 지휘관인 듯한 자가 로즈의 앞으로 종이 한 장을 내밀었다. 그곳에는 분명 자신의 얼굴이 아주 정교하게 그려져 있었다. 마법으로 그려진 지명수배 전단이었다.

"이게 대체……?"

혼이 달아난 얼굴로 로즈는 멍하니 자신의 얼굴이 그려진 수배지를 바라보았다.

로즈가 아무 말이 없자 병사들이 로즈를 거칠게 방에서 끌어냈다.

그리고 방 안의 짐도 하나 남김없이 정리해서 나왔다. 로즈의 팔은 뒤로 돌려진 채 묶였다.

멍한 로즈의 두 눈에 익숙한 얼굴이 들어왔다. 역시 자신처럼 묶인 이니안이었다. 그의 얼굴은 무심하기 이를 데 없었다. 한데 그런 무심한 얼굴이 더욱 무서웠다.

그도 자다가 끌려나온 듯 자신처럼 잠옷을 입은 채였다.

"간도 크군. 지명수배 상태로 영주성이 있는 영지의 성도로 들어오다니."

이니안의 곁을 지나칠 때 작지만 차가운 목소리가 그녀의 귀로 흘러 들어 왔다.

"모, 모르는 일이에요, 난."

가녀린 목소리와 함께 잔잔히 떨리는 두 눈동자가 이니안의 눈에 비쳤다.

"쳇."

그 모습에 이니안은 고개를 돌렸다. 이니안의 반응을 확인한 로즈는 이니안을 향해 필사적으로 외쳤다.

"믿어줘요, 이니안 오빠! 전 정말 아니에요!"

필사적인 외침인만큼 절박하게 울렸다. 그녀의 그 말이 이니안의 움직임을 정지시켰다. 로즈의 목소리에 어린 절박함에 반응한 것은 아니다. 그녀가 외친 말 중 단 한 단어. 그 단어가 이니안의 움직임을 정지시켰다. 마치 이니안만의 시간의 흐름을 빼앗은 것처럼.

오빠.

그 한마디가 이니안의 머리를 백지로 만들었다.

"오빠… 이니안 오빠. 오빠, 뭐 해요? 오빠. 호홋."

이니안의 머리 속에서 소용돌이치는 목소리와 그 목소리의 주인이
자신을 부르던 말. 그것들이 섞이고 얽혀 이니안의 머리를 지배했다.

"이봐! 뭐야, 지명수배자의 공범자 주제에? 빨리빨리 걷지 못해?"

"큭."

거친 목소리와 함께 허리를 강타하는 둔중한 충격에 이니안은 반사
적으로 신음을 흘렸다. 하지만 그의 머리 속의 혼란은 여전했다. 하지
만 무의식적으로 걸음은 옮기고 있었다.

지금 이니안은 자신이 어디로 가는지도 몰랐다. 그저 다리를 움직일
뿐인 것이다. 그의 의식은 오직 한곳에 집중되어 있었다.

'오빠.'

단 두 글자로 이루어진 그 짧은 단어. 그 단어가 지금 이 순간 이니
안을 지배하고 있었다.

'쉐이나……'

한 사람의 목소리가 이니안의 귀에 무수히 울린 후 이니안은 그 이
름을 떠올렸다. 푸른 바닷빛의 머리칼과 에메랄드 빛의 심유한 눈을
가진 아이. 언제나 자신을 바라보며 웃어주었던 아이. 그리고 끝내 지
키지 못했던 아이.

'오빠……'

이니안의 시간은 다시 그때로 돌아갔다. 자신이 쉐이나에게 그 말을
마지막으로 들었던 때로. 전력을 다했으나 지키지 못했던 그때로.

'오빠.'

로즈가 자신을 향해 필사적으로 외치던 그 말이 당시의 쉐이나의 목소리와 겹쳐졌다. 코랄 블루의 머리칼과 녹색 빛의 눈동자가 어느새 바닷빛과 에메랄드 빛으로 변한다. 로즈의 모습에 쉐이나의 모습이 겹친다.

차가운 바람이 얼굴을 두드리는 가운데 이니안은 뺨으로부터 따뜻한 기운이 느껴졌다.

"훗, 무섭긴 한 모양이군. 사내 녀석이 눈물을 흘리다니. 뭐, 그래 봤자 소용없어."

뒤에서 들려오는 병사의 목소리에 이니안은 그것이 눈물임을 알 수 있었다.

'눈물이라고? 내가? 왜?'

이니안은 혼란스러웠다. 로즈의 그 한마디에 이렇게 자신이 흔들리게 될 줄은 몰랐다.

'잊었다고 생각했다. 그런데……'

순간 자신의 눈앞에 나타난 쉐이나의 환영, 그리고 그 위에 겹쳐지는 로즈의 모습. 마음 한곳이 아려왔다.

이니안의 얼굴은 짙은 아픔으로 물들었다.

"들어가."

그때 병사의 목소리가 들리며 이니안은 거칠게 떠밀렸다. 어느새 감옥에 도착해 있었다. 자신의 눈앞에 자리한 굵은 쇠창살, 사방에 자리한 어둠.

철컹!

거친 쇳소리와 함께 철창이 단단히 잠겼다.

"손을 내밀어라."

이니안은 순순히 병사의 지시에 따랐다. 내면에 자리한 혼란이 이니안을 고분고분하게 만들었다. 몸을 뒤로 돌려 철창 사이로 손을 내밀자 병사가 단검으로 그의 손에 묶인 밧줄을 잘라주었다.

"뭐, 밥은 먹어야 할 테니까 말야. 하지만 과연 먹을 수 있을까? 흐흐흐."

기분 나쁜 웃음을 남긴 채 병사는 감옥 밖으로 사라졌다.

"후아! 감옥이라……."

이니안은 힘없이 중얼거리며 한쪽 벽에 기대앉았다. 추운 겨울, 차가운 돌 바닥으로 이루어진 살벌한 감옥에 겨우 잠옷 한 벌을 걸치고 이니안은 내팽개쳐져 있었다.

벽으로 머리를 젖힌 이니안은 가만히 자신을 찾아온 혼란을 정리하고 있었다. 지금 그의 내면에서 소용돌이치는 이 혼란을 어떻게든 정리해야 앞으로의 일을 결정할 수 있을 것 같았다.

"젠장, 내가 이런 꼴이 될 줄이야."

나직한 중얼거림이다. 자신이 처한 상황과 자신을 찾아온 혼란. 그 속에서 이니안의 짜증 섞인 음성이 작게 새어 나온 것이다.

"염병, 이 꼴이 뭐 어때서 지랄이야? 뭐, 여기까지 온 것을 보면 어찌 살았는지 알 만하지만 말야. 크크크."

그때 옆방에서 기분 나쁜 목소리가 이니안의 귀를 자극했다.

"닥쳐."

이니안은 지금 조용히 자신만의 시간을 갖고 싶었다. 감옥에 갇힌 이가 자신밖에 없을 리는 없겠지만 적어도 자신의 혼란을 정리할 때까지는 조용히 있고 싶었다.

"닥치긴, 네가 뭔데? 여기 들어온 것도 내가 선밴데! 네놈이나 닥쳐!"

옆방에서 들려온 대답에 이니안의 몸에서 살기가 솟구쳐 올랐다. 지금 이니안이 원하는 것은 조용히 마음을 정리하는 일이다. 한데 옆방에서 그것을 방해하는 소음이 계속해서 들려오는 것이다.

"훗, 꼴에 한가락했던 녀석인 것 같군. 살기가 제법인데?"

하지만 이니안의 살기는 상대에게 별 영향을 못 미치는 듯 여전히 그의 신경을 자극하는 목소리가 들려왔다. 그 말에 이니안의 눈꼬리가 솟아올랐으나 곧 원래대로 내려왔다. 손바닥도 마주쳐야 소리가 나는 법. 상대를 하지 않기로 마음을 정한 것이다.

이니안은 가만히 그대로 두 눈을 감았다. 그리고 자신의 마음에 찾아온 혼란을 가만히 들여다보았다. 그사이 무어라 옆방에서 소리가 들려오기는 했으나 무시했다. 그리곤 더욱 깊이 자신의 내면에 빠져들었다. 그러자 더 이상 바깥의 소음이 들리지 않았다.

얼마나 시간이 흘렀을까? 이니안은 두 눈을 떴다. 처음 로즈가 이니안을 오빠라고 불렀을 때 보였던 동요와 혼란은 사라져 있었다. 하지만 자신의 내면에서 일어난 변화가 과연 무엇인지는 아직 깨닫지 못했다.

이니안은 몸을 일으켜 잠시 감옥 안을 걸었다. 굳은 몸 이곳저곳을 풀기도 했다. 추운 겨울의 차가운 돌 바닥에 장시간 앉아 있었더니 뼈와 근육이 딱딱하게 굳었다. 게다가 지금 이니안이 걸친 것이라고는 겨우 잠옷 한 벌. 딱 얼어 죽기 좋은 상황이었다.

"후우."

좁은 감방 안에서 이리저리 움직이고 몸을 굽혔다 폈다 하자 어느 정도 체온이 올랐다.

"이봐."

그때 옆방에서 다시 소리가 들렸다.

"이제 일어난 건가? 한참 동안 미동도 없더니 말이야. 크크크."

기분 나쁜 목소리다.

"뭐지?"

이니안의 목소리가 무미건조하게 울렸다.

"아니, 이렇게 옆방에 자리한 것도 인연인데 서로 이름 정도는 알자고 말이야. 그래 봤자 이곳에는 너와 나 둘밖에 없지만 말야."

그의 말에서 이니안은 이곳의 감옥에 그와 옆방의 사람 단둘만이 있다는 사실을 깨달을 수 있었다.

"여긴 영주성의 지하 감옥이야. 크지도 않은 영지에서 영주성의 지하 감옥에 들어올 정도로 죄를 지을 녀석은 흔치 않은 법이니까."

그제야 이니안은 자신이 있는 곳의 정확한 위치를 파악할 수 있었다.

"내 이름은 이니안. 이니안이다."

어차피 단둘뿐이라면 서로 이름 정도는 알아도 괜찮겠다 싶어 이니안은 순순히 대답했다.

"크크크, 나는 케라우 드로 라토시스. 그냥 케라우라고 불러라."

"귀족인가?"

옆방의 인물이 성을 가졌다는 사실에 이니안은 고개를 갸웃거렸다.

"푸훗, 귀족이라······. 뭐, 귀족은 아니야. 너희랑은 좀 다를 뿐."

의미를 알 수 없는 말이다. 하지만 이니안은 굳이 묻지 않았다. 어차피 감옥에 갇힌 죄수일 뿐이니까.

"그런데 너는 대체 무엇 때문에 이런 곳에 갇힌 거지? 제법 오랫동안 나 혼자 이곳에 있었거든."

"오랫동안?"

"대강 10년쯤 됐군, 이곳에 있었던 마지막 녀석이 죽은 것이."

10년간이나 이곳에 갇혀 있었다는 말에 이니안은 가만히 고개를 끄덕였다. 무척이나 큰 죄를 지은 죄수라 생각했다.

"대단하군."

"뭐, 한 150년 정도 이곳에 있으면 별의별 녀석을 다 보게 되니까."

돌아온 대답에 이니안은 피식 웃었다. 150년이라니? 어찌 인간이 150년을 산단 말인가? 인간의 수명은 고작해야 100년 안팎이다. 물론 검의 경지를 이루거나 마법의 깨달음을 얻은 이들은 간혹 100년 이상을 살기도 한다. 이니안의 가문에도 그런 인물이 몇 있었다.

하지만 이니안이 들은 상대의 목소리는 젊었다. 아무리 많이 잡아도 자신 또래인 목소리다. 그런데 150년을 감옥에 갇혀 있었다니?

물론 엘프나 드워프 같은 유사 인종은 몇백 년의 수명을 가지고 있다. 하지만 그런 유사 인종이 고작 자작령의 지하 감옥에 갇혀 있을 턱이 없다.

"안 믿는군."

케라우는 이니안의 반응을 느낀 듯했다. 하지만 그의 목소리는 그런 것에는 개의치 않는 듯했다.

"하긴 뭐, 인간은 직접 보지 않은 사실은 믿지 않으려고 하니까. 억지로 믿으라고 하지는 않겠어. 하지만 난 사실을 말했다구."

오히려 유쾌한 목소리가 케라우의 입에서 흘러나왔다. 어떻게 이런 감옥에서 저렇게 유쾌하게 말을 할 수 있을까? 이니안은 그 점이 궁금했지만 곧 머리에서 그 생각을 지웠다. 세상에는 다양한 사람들이 존재하는 법이니까.

"나는……."

이니안은 벽에 가만히 머리를 기대고 천천히 입을 열었다. 케라우의 물음에 대답하는 것이다. 아니, 어떻게 보면 스스로에게 대답하는 것인지도 몰랐다. 어쩌다가 자신이 이런 빌어먹을 꼴이 되었는지를.

단 두 사람만이 존재하는 지하 감옥에 이니안의 목소리가 구석구석까지 울렸다. 케라우는 이니안이 말하는 동안 아무 말도 하지 않고 가만히 듣고만 있었다.

"…그렇게 된 거다."

이윽고 이니안의 이야기가 끝났다.

"푸하하하하하!"

이니안이 이야기를 마치자 케라우는 무엇이 그리 즐거운지 커다랗게 웃었다. 그의 웃음에 이니안의 얼굴이 일그러졌다. 마치 그 웃음이 자신을 향한 비웃음인 듯 느껴졌기 때문이다.

"이봐."

이니안의 몸에서 미약한 살기가 일었다. 사실 지금 이니안의 신경은 상당히 곤두선 상태였다. 갑작스레 지하 감옥에 갇혔으니 어찌 그렇지 않겠는가? 그런데 케라우가 커다랗게 웃음을 터뜨리며 자극을 한 것이다.

"아아, 미안미안. 절대 너 때문에 웃은 게 아니야. 단지 이 영지의

주인 때문에 웃은 거지. 푸하하하하!'

케라우는 잠시 웃음을 멈추고 이니안에게 사과한 후 계속해서 웃어댔다. 그의 말에 이니안은 살기를 흘렸지만 여전히 기분이 나쁜 것은 어쩔 수 없었다. 케라우는 한참을 그렇게 웃은 후에야 멈췄다.

"영주가 자작이라고?"

"그래."

케라우의 물음에 이니안은 퉁명스럽게 대답했다. 그의 행동에 상당히 기분이 상한 것이다.

"승작했군."

"뭐?"

"아아, 150년 전에 이곳의 영주는 남작이었거든."

이니안이 믿든 말든 케라우는 자신이 이곳에 150년간 갇혀 있었다는 것을 다시 한 번 말했다. 그 말에 이니안은 또 한 번 피식 웃었다.

"이곳의 영주는 바뀌었을 테지만 어찌 그렇게 그 피의 인종들은 하나같이 그런 꼴인지. 크크크."

이니안은 그 말이 케라우가 그렇게 미친 듯이 웃어 젖힌 이유임을 대번에 알아차렸다.

"젊고 아름다운 여자 의뢰주와 황제의 인장이 찍힌 지명수배지. 수법도 하나도 안 변했어."

"대체 무슨 말이지?"

케라우의 말에 결국 이니안은 궁금증을 참지 못하고 물었다.

"이곳의 영주는 대체로 괜찮은 녀석이야. 영지민 입장에서는 말이지. 날 이곳에 가둔 그놈이라면 분명 자기 자손들도 그렇게 만들어놨을 거니까. 치밀한 녀석이거든. 하지만 예외가 존재하는데, 바로 네 경우가 거기에 속한다."

케라우의 말에 이니안은 고개를 갸웃거렸다.

"이 땅에서 영주를 하고 있는 녀석들, 대대로 색골이야. 엄청 밝히지. 어떻게 그런 기질이 피를 타고 이어져 내려가는지는 몰라도 내가 알고 있는 2대는 분명 아버지와 아들이 엄청난 색골이었어. 하지만 네 이야기를 들어보니 여전한 것 같군."

"뭐?"

이니안의 눈에 불꽃이 튀었다.

"그렇다면 황제의 인장이 찍힌 수배지는?"

이니안이 미오나인 제국 출신은 아니지만 황제의 인장이 찍힌 문서를 귀족들이 감히 위조하지 못한다는 사실은 잘 알고 있었다. 위조 문서가 있다면 그것은 목숨을 내놓고 사는 뒤쪽 세계에서의 일이었다.

"그까짓 거, 위조하면 그만이야."

"뭐? 이런 시골 영지의 영주가? 미쳤군."

"고작 자작이라 얄보고 있군. 나도 이유는 모르지만 바실러스 집안은 상당한 실력의 마법사 집안이야. 대체 무엇 때문에 이런 영지에 만족하고 웅크리고 있는지는 모르지만. 상식적으로는 이해가 되지 않는 마법을 가지고 있는 제법 위험한 녀석들이야. 뭐, 그 상식적으로 이해할 수 없는 마법 때문에 스스로를 숨기는 것인지도 모르지. 완벽하게 인정받고 올라설 때를 기다리느라고."

"그게 왜?"

"그들의 실력이면 황제의 인장이 찍힌 문서 따위는 진짜보다 더 진

짜같이 만들 수 있어. 실제로도 이미 150년 전부터 그 수법으로 지금까지 상당한 여자들을 욕보였고. 그런 대단한 마법을 고작 그런 일에 사용한다는 것이 우습기는 하지만. 킥!"

케라우는 정말 우습다는 듯 웃었다. 그의 말속에는 바실러스 자작에 대한 알 수 없는 무언가가 자리하고 있었다.

'원한인가?'

이니안은 그것이 원한일 거라 생각했다. 자신이 저런 모습이었던 때를 분명 기억하고 있었기에.

"아무튼 그 짓거리로 무수한 여인을 욕보이면서 동행이 있으면 모조리 이곳에 가뒀어. 그리고 죽을 때까지 방치하지. 위조한 지명수배지로 데려간 여자들은 적당히 만족할 만큼 데리고 논 다음 다른 나라로 팔아버리고."

그리고 케라우는 입을 닫았다. 바실러스 가문에 대한 이야기를 한 것이 기분 나쁘다는 듯.

이니안에게 또 다른 고민이 찾아왔다. 케라우의 말이 진실인지 아닌지 판단할 수 없었지만 어쨌든 로즈가 상당히 위험한 상황에 처한 것이다. 다시 이니안은 고민에 빠졌다.

"그래, 어떻게 되었나?"

바실러스 자작은 자신의 충실한 기사인 마커에게 물었다.

"자작님의 짐작대로입니다."

마커는 자작을 향해 조심스레 입을 열었다. 만약 그가 조사한 것이 사실이라면 보통 일이 아니었기에 절로 목소리가 작아졌다.

"역시 그렇단 말이지? 흐음."

마커의 보고에 자작은 입을 닫고 생각에 잠겼다. 그의 오른손이 의미없이 턱 주변을 이리저리 움직였다.

"지금 무얼 하고 있지?"

"시녀 둘을 들여보냈습니다. 그들이 알아서 잘할 겁니다."

"그래? 알겠네. 조금도 불편하지 않게 잘 모시도록 하게, 날이 밝는 대로 수도에 연락을 넣을 테니."

"알겠습니다."

"그럼 나가보도록 하게."

자작의 말에 마커는 고개를 숙여 인사를 하고는 방에서 나갔다. 마커가 나가자 자작은 방 가운데에 있는 소파에 몸을 묻었다.

"알 수 없군."

고민에 잠긴 그의 두 눈 사이에 주름이 졌다. 이번 일은 제대로 된 것이 하나도 없었다. 적어도 그의 상식 선에서는 모든 것이 혼란투성이였다.

"일단 그녀가 왜 수배자가 되어야 하지? 적어도 제국 내에서 그녀를 어찌할 수 있는 사람은 단둘뿐이야. 그런데 떡하니 수배가 되다니. 그 두 사람 중 한 사람에 의해서 말이지. 아니, 그전에 어떻게 수도에 있어야 할 사람이 이런 시골 영지에 나타날 수 있는 것인지……. 수배지가 배포될 때부터 믿지 않았건만. 게다가 가명을 사용하다니……. 으음."

자작의 독백 속에서 의문이 꼬리에 꼬리를 물고 이어졌다. 어느 것 하나 제대로 된 대답을 구할 수 없는 의문들. 수도에서 멀리 떨어진 이런 시골에서는 수도 상층부의 정보를 제대로 알 수 없었기에 더 더욱 혼란은 컸다.

분명 자신과는 다른 세상에 있어야 할 인물이 같은 세상으로 왔다. 그것도 초라한 B급 용병을 옆에 달고 자신은 견습 용병이라는 신분으로. 자신이 우려했던 꽤나 거친 대접을 받으며.

처음 경비대장으로부터 그 소식을 접하자마자 황급히 마커를 내려 보내기는 했지만 아무것도 모르는 병사들이 어찌했을지는 안 봐도 뻔했다. 수도에서 온 지명수배지에 그녀의 본명과 신분 따위는 표시되어 있지 않았다. 그저 상세한 용모파기와 황제의 인장이 찍힌 '지명수배'라는 네 글자가 전부였다. 사실 그 와중에 훌륭히 수배지에 그려진 그녀의 용모파기를 기억해 체포한 성문 경비 병사들에게 상을 줘야 할 판이다.

"아무리 생각해도 이상해."

자작은 마커가 가지고 온 보고서를 천천히 읽으며 다시 한 번 의아함을 감출 수 없었다. 자신이 알고 있는 그녀의 정보와는 제법 다른 부분이 보였기에. 하지만 분명 그녀가 확실했다.

"아무래도 지명 수배를 한 이유는 이것 때문인 것 같군. 아무튼 수도의 녀석들이란……. 뭐, 나에게는 아무래도 좋은 일이지. 확실히 수도에서 무슨 일이 벌어지려 하는 모양이니까. 오랜 세월 기다려 오기만 한 나에게는 이것이 하나의 기회가 될지도 모르는 일이니까."

그렇게 말하는 바실러스 자작의 입가에 섬뜩한 미소가 피어올랐다, 욕망이라는 이름을 가진 추악함이 잔뜩 물든 미소가.

간밤에 무슨 일이 있었는지 모른다는 듯 바실러스 영지에 아침이 밝았다. 찬연한 태양 빛은 어제와 조금도 다름이 없었다. 새로운 아침이 밝았다는 사실을 모르는 이는 이 영지에서 지하 감옥의 이니안 혼자였다.

"아함, 벌써 아침인가? 역시 아침의 상쾌한 공기는 기분이 좋군. 이봐, 이니안. 그만 일어나는 게 어때? 아침이야. 계속 그렇게 차가운 바닥에 누워서 자면 입 돌아간다."

이니안은 옆방에서 들려온 케라우의 목소리에 눈을 떴다.

"내가 잠이 들었었나?"

간밤에 케라우에게 들은 여러 가지 사실들에 대해 고민하다가 자신도 모르게 잠이 든 듯했다. 아침이라는 케라우의 소리에 눈을 뜨기는 했지만 여전히 주위는 어두컴컴했다. 창문 하나 없는 지하 감옥이니 당연한 일이다.

"아침이라고? 외부와는 완전히 단절된 곳에서 어떻게 알 수 있지?"

이니안이 몸을 일으키며 물었다. 그의 목소리는 한없이 늘어져 있었다. 앞으로의 일에 대한 고민이 그를 그렇게 만들었다.

'으윽, 냉기가 뼛속까지 스며들었어. 하긴 이렇게 얇은 옷을 입고 이런 곳에 방치되었으니까.'

겨우 하룻밤 이곳에 있었을 뿐인데 차가운 냉기에 뼛속까지 시려움을 이니안은 느낄 수 있었다. 현재 자신의 처지가 한심했지만 이렇게 약해진 것은 자신이 선택한 길이다. 받아들여야 했다.

'후우, 성의 지하 감옥이라니…… 어머니께서 아시면 기절하시겠군.'

잠시 어머니를 떠올린 이니안은 자조의 미소를 지었다.

"외부와 단절된 지하 감옥임은 맞지만 내 방은 특수해서 말이야. 이미 150년이나 갇혀 있었지만 이런 나를 가두려면 특별한 배려가 필요하지. 크크크."

또다시 들려온 말도 안 되는 소리에 이니안은 고개를 저었다. 하지만 케라우의 어조는 그런 이니안의 귀를 잡아끌었다.

'뭘까?'

케라우의 목소리에는 깊은 분노가 잠재해 있었다. 그 대상이 바실러스 자작이라는 사실을 짐작할 수 있었다. 하지만 대체 어떻게 하면 저토록 깊고도 어두운 분노를 키워낼 수 있는지 이니안은 알 수 없었다. 이니안이 좌절에 빠지고 분노를 느꼈던 것은 스스로의 무능함이 원인이었다. 하지만 지금까지 살아오면서 타인에 대해 저런 분노를 가진 자를 만난 적이 없었기에 현재 자신의 사정도 잠시 잊고 케라우라는 자의 사정에 대한 호기심이 피어올랐다.

철컹!

그때 지하 감옥 철문의 빗장이 열리는 소리가 들렸다. 저벅거리는 발자국 소리와 함께 병사 하나가 양손에 무언가를 들고 내려왔다.

"아침이다."

냉막한 한마디 말과 함께 찌그러진 금속 그릇 하나가 철창 사이로 쑥 들어왔다. 그는 이니안의 철창에 그릇을 넣어준 후 곧장 다른 곳으로 향했다. 아마도 케라우가 있는 감방으로 가는 것이리라.

"내 말이 맞지?"

옆방에서 케라우의 목소리가 들렸다. 하지만 그 목소리에는 아무런 감정도 담겨 있지 않았다. 그저 사실의 확인일 뿐이다.

"대체 네 방은 무엇이 다른 거지?"

"직접 내 입으로 말해주기는 싫어. 네가 혹시라도 직접 내 방을 보게 된다면 알게 될 거다. 찢어 죽여도 시원치 않을 코쿠스 바실러스 녀석이 저지른 지독한 짓을."

케라우는 거기까지 이야기하고는 입을 다물었다. 더 이상 말하고 싶지 않다는 기운이 벽을 넘어 이니안에게도 전해졌다. 이니안은 더 이상 묻지 않고 조금 전 철창을 넘어 들어온 아침 식사에 눈을 돌렸다.

"이걸 먹으라는 건가?"

그릇에 담긴 음식을 보는 순간 이니안의 얼굴이 확 일그러졌다. 용병 생활을 하다 보면 항상 좋은 것만 먹고 지낼 수는 없다. 아니, 제대로 된 음식을 먹지 못할 때가 더 많았다. 그런 용병들 사이에 오크 죽이라 불리는 음식이 있다. 보통 사람이라면 절대 먹지 못할 그런 잡탕 죽이었다. 끓이는 용병조차 그 재료가 무엇인지 모르는 그런 음식이다.

그런 것도 먹으며 지냈던 이니안이건만 이건 도무지 아니었다. 대체 이걸 사람이 먹으라고 만든 음식이란 말인가? 정체를 알 수 없는 음식은 지독한 악취를 풍기고 있었다. 아니, 사람이 먹는 음식에서 악취라니? 보통 악취라 하면 사람이 먹다 버린 음식이 며칠간 방치된 후에야 나는 냄새를 칭한다.

"젠장, 그 말이 이런 뜻이었군."

이니안은 전날 밤 자신의 손을 묶은 밧줄을 잘라주던 병사의 말을 떠올리며 욕지기를 삼켰다.

"그래도 살려면 잘 먹어두라고. 이곳에선 그것도 감지덕지니까. 하긴, 끝내 음식에 적응 못하고 굶어 죽은 멍청한 놈들도 한두 녀석 있었지. 후루룩."

케라우는 보지 않아도 이니안의 심정을 아는 듯 말했다. 그런 모습을 보면 150년까지는 아니더라도 상당히 오래 이곳에 있었음이 분명했다.

'후우, 먹긴 해야겠지?'

케라우의 말이 사실이었기에 이니안은 힘겹게 그릇 한 켠에 아무렇게나 꽂혀 있는 숟가락을 집어 들었다. 한 술 떠서 두 눈을 꽉 감고 입안으로 가져갔다.

'젠장, 지독하군.'

음식이라고 그릇에 담겨온 것을 입에 넣자 그 지독한 악취가 목구멍을 타고 코로 올라왔다. 마치 자신의 몸속에서 그런 악취가 나는 듯한 끔찍한 느낌이 머리를 꿰뚫고 지나갔다. 혀는 이미 마비된 지 오래였다.

"크윽!"

"푸하하하! 그거 먹는다고 죽지는 않아! 오히려 먹어야 살지! 그러니까 그런 끔찍한 소리 내지 말고 먹어두라고! 쩝쩝!"

케라우가 내는 요란한 소리에 구역질이 치밀어 올랐다. 아니, 어떻게 이따위 것을 쩝쩝거리면 먹을 수 있단 말인가? 억지로 숟가락을 입으로 가져가던 이니안은 곧 그 동작을 멈췄다.

잠시 잊고 있었던 전날의 고민이 다시 찾아온 것이다. 이니안은 손에 들고 있던 것을 바닥에 내려놓고 감방의 벽에 등을 기댔다. 거의 절반 정도의 결론은 나와 있는 고민이다. 그럼에도 이니안은 그 결론을 무시하고 다시 고민에 휩싸였다.

'어찌해야 할까? 어떻게?'

이니안의 머리에 무수한 상념들이 스치고 지나갔다. 그와 동시에 그가 알고 있는 무수한 지식들 역시 머리에 한 번씩 떠올랐다가 사라졌다. 기억하고 싶지 않은 가문의 기억까지도.

'방법은 있다. 기억하고 싶지 않지만 내 머리 속에 분명 이 상황을 벗어날 방법이 존재하고 있다.'

이미 전날 떠올렸던 결론. 그것을 다시 한 번 떠올렸다.

이니안이 가문에서 얻은 지식은 상당했다. 게다가 이니안은 두 가지에 있어서는 천재적이었다. 검법과 암기력. 다른 것은 몰라도 그 두 가지만은 가문에서도 독보적이었다. 물론 검에서는 형을, 암기력에서는 누나를 이기지는 못했지만 그 두 가지 모두 뛰어난 이는 이니안이 유일했다.

가문에서 보았던 무수한 책들이 이니안의 머리 속에 그대로 남아 있다. 너무 뛰어난 암기력에 잊으려 해도 잊을 수 없는 것들이.

'그런데 내가 지금 왜 이러지? 다시는 떠올리지 않겠다고 다짐했건만……. 겨우 3년밖에 지나지 않았는데 내가 왜 이러고 있지?'

고민에 고민을 거듭하던 이니안은 현재 자신의 행동에 의구심을 품었다. 전날 밤에도 여기까지 생각했다가 잠이 든 듯했다. 왜 스스로 봉인했던 가문의 기억까지 열어가며 고민을 하는지 그 원인을 찾다가.

그 순간 한 여인의 얼굴이 떠올랐다.

'쉐이나…….'

머리 속에 저절로 그려진 아름다운 여인. 바닷빛 머리칼과 에메랄드 빛의 눈동자. 자신을 향해 지어주던 밝은 미소. 그 모든 것들이 생생하게 떠올랐다. 그리고 귓속을 간질이는 목소리.

'이니안 오빠······.'

그 두 가지 위에 다시금 겹쳐지는 얼굴. 코랄 블루의 머리칼과 나뭇잎과 같은 녹색 빛의 눈동자를 간직한 여인, 그리고 그녀의 목소리.

시간이 약이라고, 지난 3년간 이니안의 마음의 상처는 제법 아물어 있었다. 아니, 아물었다기보다는 상처가 있다는 사실을 조금씩 잊어가고 있었다. 그렇게 어두웠던 모습을 버리고 조금씩 예전의 밝고 쾌활한 모습을 찾아가고 있었다. 여유롭고 낙관적이며 조금은 장난기가 있었던 그 모습이 요즘 들어 조금씩이나마 돌아오고 있었다.

한데 예상치 못한 일이 연속적으로 일어나며 아픈 기억을, 상처를 건드리고 있었다.

'젠장, 그때 트롤 따위와 싸우는 것이 아니었어.'

이니안은 11일 전의 선택을 후회했다. 아니, 좀 더 이성적이지 못했던 자신을 책망했다.

11일 전,

이니안은 바운더리 산맥의 끝 자락을 이동 중이었다. 수도에서 바운더리 산맥의 끝 부분에 있는 마을로의 편지 배달 일을 끝내고 근처의 큰 영지로 다른 일거리를 찾아서 이동하는 중이었다. 그러다가 재수없게 트롤을 만난 것이다. 보통 트롤은 주로 깊은 산중에 서식하고 이니안이 이동하던 야트막한 산 언저리에는 거의 나타나지 않았다.

그런데 최근 폭설로 사냥감이 부족해져서인지 그곳에 나타난 것이다. 보통이라면 도망을 가야 했다. 그것이 트롤을 만난 일반인들의 정상적인 대응이었다. 이니안 역시 용병이라 하지만 그의 수준에서는 보통 사람과 같은 대응을 했어야 했다.

하지만 그때 그는 무엇에 씌었었는지 검을 뽑아 들고 싸웠다.

'그때 내가 정신이 나갔지. 아무리 그놈이 지쳐 보이고 피와 가죽이 탐났다지만.'

그랬다. 그때 이니안이 만난 트롤은 굶주림에 지쳐 있었다. 한눈에도 알아볼 수 있을 정도로. 그랬기에 과감해진 것인지도 몰랐다. 칼을 뽑아 덤빌 정도로.

이니안은 정말 필사적으로 덤볐다. 아무리 굶주림에 지쳐 있다 하더라도 상대는 트롤이었다. 트롤을 상대하자고 마음먹은 이상 어중간한 자세로는 어림도 없다. 트롤 역시 굶주림의 고통에서 벗어나게 해줄 사냥감이 나타나자 필사적으로 이니안에게 달려들었다. 둘 모두 필사적이었다.

아무리 약해져 있고 지쳐 있었다 해도 트롤은 트롤이었다. 베어도 베어도 금세 아물어 버리는 재생력. 그 재생력 앞에 이니안은 점차 지쳐 갔다. 트롤에게 자잘한 상처는 아무런 소용이 없었다. 빠르게 접근해서 단번에 목을 자르거나 심장을 찔러야 했다.

이니안이 그러한 시도를 하기에는 트롤의 주먹이 너무나 강력했다. 단 한 방만 맞아도 온몸의 뼈가 으스러질 정도로. 그래서 일단 자잘한 공격으로 트롤의 주의를 흩어놓으려 했지만 쉽지 않았다. 지독한 배고픔 속에서 발견한 먹잇감이기 때문인지 트롤답지 않게 고도의 집중력을 보이며 이니안에게 덤벼왔다.

시간이 지날수록 이니안은 지쳐 갔다. 그리고 결국 트롤을 잡는 것을 포기했다. 여기까지는 그래도 나았다. 멀리서 맴돌다가 재빠르게 작은 상처를 낼 정도의 공격만 했기에 이니안 자신도 별다른 상처를 입지 않았던 것이다. 그나마 불행 중 다행이라 할 만한 상황이었다.

하지만 문제는 그때부터였다. 도주를 결심한 이니안이 몸을 날리자마자 트롤이 쫓아왔다. 처음에는 대수롭지 않게 여겼다. 자신을 따르다 지쳐 나가떨어질 것이라고.

보통 사람이라면 절대 트롤보다 빨리 달릴 수 없지만, 아니, 보통은 트롤보다 훨씬 느렸다. 기본적인 덩치의 차이로 인해 한 번에 이동할 수 있는 거리에서 엄청나게 차이를 보이는 이상 어쩔 수 없는 일이었다.

이니안은 보통 사람과 달랐다. 가문에서 만들어준 몸이 있었다. 가문에서 준 모든 것을 버리겠다 했지만 몸만은 어찌할 수 없었다. 몸 안 가득 채웠던 마나를 모두 흩어버렸음에도 불구하고 튼튼한 몸은 남아 있었다. 일반인보다 훨씬 빠른 속도로 훨씬 오랜 시간을 달릴 수 있는 몸이. 그것도 모두 혹독한 수련 덕이었다.

이니안이 트롤에게 쫓긴 것은 이번이 처음이 아니었다. 보통의 트롤은 뛰어난 재생력을 지닌 대신 지구력이 형편없이 약했다. 보통 30분 정도만 도망치면 트롤은 제풀에 지쳐 나가떨어졌다. 이니안은 이번에도 그럴 것이라 믿어 의심치 않았다. 그러나 그것이 착오였다.

굶주림 속에서 발견한 이니안을 생명의 마지막 한줄기 빛이라 여긴 것일까? 트롤은 죽어라 쫓아왔다. 무려 3일을. 쉬지도 먹지도 마시지도 않고서. 덕분에 이니안 역시 쉬지도 먹지도 마시지도 못하고 쫓겼다. 엎친 데 덮친 격으로, 도망 2일째 세찬 눈보라를 만나기까지 했다. 그 정도면 트롤도 나가떨어질 만도 하건만 끈질기게 쫓아왔다.

이윽고 3일째 되는 날.

결국 트롤은 쫓는 것을 멈췄다. 아니, 정확히는 굶주림과 체력 탈진으로 인해 죽어버렸다. 달리다가 갑자기 푹하고 쓰러져서는 다시는 일어서지 못했다. 이니안은 3일간을 달린 끝에 트롤을 지쳐 죽게 만든 것이다. 하지만 이미 이니안 역시 한계에 달해 있었다. 그 후 얼마 가지 못해 그 역시 쓰러졌으니까. 그것은 눈보라 속에서 겨우 발견한 동굴로 가던 도중이었다.

그리고 다시 눈을 떴을 때 자신의 앞에 서 있던 사람이 로즈였다.

'모든 일이 꼬인 것은 그때부터야.'

이니안은 나직이 한숨을 내쉬었다. 이미 일은 벌어진 후였다. 지금 후회한다고 뭐 하나 달라질 것은 없었다.

이니안과 로즈의 관계는 그다지 특별할 것이 없다고 한다면 그랬다. 만난 지 이제 겨우 일주일 된 의뢰주와 고용인. 그 정도였다. 물론 첫 만남이 조금 특별하기는 했지만.

'후우, 사연이 있더라도 어떻게 된 일인지 알아봤어야 했나?'

이니안 자신은 남들이 자신의 과거를 들추는 것을 싫어했기에 굳이 자신도 다른 이의 사연을 들추려 하지 않았다. 하지만 이번만큼은 그러지 않은 것이 조금은 후회가 되었다.

'아무것도 없는 여행자를 어새신들이 추적할 리 없다. 그리고 그 비싼 스크롤 카드를 그렇게 가지고 있을 리도 없고.'

이니안은 자신의 상처 때문에 로즈가 꺼낸 스크롤 카드를 똑똑히 확인했다. 힐링 마법이 담긴 스크롤 카드는 그중에서도 특히 고가품이다.

'분명 무언가 있는 아이가 분명해. 그렇다고 지명수배를 당할 만한 일을 저지른 아이 같지는 않았는데……'

그러기에는 로즈의 두 눈이 너무나 맑았다. 용병 생활을 하며 온갖 사람들을 만나보았기에 그런 눈을 가진 사람은 절대 남을 해할 만한 일을 할 수 없다는 것을 직감적으로 알고 있었다.

'정말로 이곳의 영주가 흑심을 품고 그런 것인가? 하긴, 그때 경비병 녀석들의 행동이 수상쩍긴 했지. 너무 피곤한 나머지 무슨 일이 있을까 싶어서 무시했었는데… 어리석었어.'

후회와 후회, 반성과 반성이 이어지고 있었다. 자신의 부주의로 인해 이런 궁지에까지 몰린 것이 너무나 한심했기 때문이다. 이미 이니안은 거의 결론을 내리고 있었다. 그 결론에 가장 결정적인 역할을 한 것은 지금도 눈을 감으면 이니안의 눈앞에 나타나는 한 여인이었다.

아니, 여인이라기에는 풋풋하고 소녀라기에는 성숙한 외모를 지닌 아이 쉐이나.

이니안의 가슴에 커다란 아픔으로 자리하고 있는 그 아이가 지금 살풋 미소 지으며 이니안을 내려다보고 있었다.

'지금 내가 이 감옥을 벗어나는 것은 불가능해. 당연히 로즈도 구할 수 없지. 하지만 잃어버린 마나만 되찾는다면 그 정도 일은 우습다. 내가 스스로 마나의 저장고인 마나 스피어를 파괴해서 이제 다시는 마나를 모을 수 없는 몸이지만 그래도 하려고 한다면 방법이 아주 없는 것도 아니야.'

이니안의 두 눈이 빛났다. 확고한 결심에 찬 눈이다.

"너도 내가 그러기를 바라는 거야, 쉐이나?"

낮게 중얼거리는 혼잣말.

하지만 이니안은 분명 그 혼잣말에 대한 대답을 들었다.

'헤헤헤, 이니안 오빠.'

아직은 이니안 자신이 어린 나이이던 열다섯에 보았던 쉐이나의 천진난만한 웃음소리가 귀에 울렸다. 그리고 고개를 끄덕이고 있는 쉐이나의 환영. 그 환영에 겹쳐져 자신을 애처로이 바라보던 로즈의 얼굴.

"그래, 다시 한 번 같은 후회를 할 수는 없지. 지킬 수 있었음에도 내가 결단을 내리지 못해 지키지 못한 것은 한 번이면 족해."

이니안은 결연한 얼굴로 중얼거렸다.

"방법이 있으면 실행해야지. 나의 알량한 자존심 따위, 생각할 것이 못 돼. 3년 전에도 알량한 가율 따위에 얽매여서 소중한 사람을 잃었으니까."

이니안은 가만히 두 눈을 감았다. 그리고 머리 속에 잠자고 있던 봉인된 기억을 깨웠다.

마나 스피어(Mana Sphere).

모든 사람이 단 하나 가지고 있는 마나의 저장소이다. 사실 이런 것이 인간의 몸에 있다는 사실을 대륙 대부분의 인간들은 몰랐다. 오직 이니안의 가문에서만 알고 있는 사실이다.

이니안은 그런 마나 스피어를 스스로 파괴했다. 자신이 알고 있는 한 어떠한 방법으로도 이제 자신은 마나를 모을 수 없다. 마나 스피어에 마나를 모으지 못한다면 자신 역시 보통의 평범한 용병에 불과할 뿐이다.

하지만 이니안은 방법이 있었다. 자신이 집 안 모처에서 발견한 책. 그 책은 인간의 몸에는 두 개의 마나 스피어가 존재한다고 말하고 있었다. 가문의 서고에는 없던 책이다. 어떤 연유로 그 책이 그곳에 있었는지 알 수 없었지만 이니안은 그 책을 얻었고, 그 내용도 숙지하고 있다.

가문의 그 누구도 생각할 수 없는 놀라운 내용을 담고 있는 책.

마나 스피어. 그것은 이니안 가문의 상징이었다. 그랬기에 그것을 흩어버렸고, 다시 만들 방법이 있음에도 만들지 않았다. 하지만 결국 이니안은 결심했다. 로즈를 구하기 위해 또 하나의 마나 스피어를 자신의 몸에 만들기로.

'마령천참공(魔靈天斬功), 그것이라면 가능하다.'

이니안의 두 눈이 어둠 속에서 반짝 빛났다.

Chapter 3

이 빌어먹을 놈의 저주 때문이란 말이다

이 빌어먹을 놈의 저주 때문이란 말이다

"으음, 그러니까 바실러스 자작. 자네가 발견해서 보호하고 있는 아이가 그 아이 같다는 말이지?"

수정구 너머로 보이는 온화한 인상의 노인이 심각한 얼굴로 중얼거렸다.

"네. 그렇습니다, 공작 각하."

"그런데 왜 같다라고 이야기하는 것인가? 확실하지 않은 것을 나에게 보고하는 이유가 뭔가?"

공작의 노안이 날카롭게 빛났다. 마법 통신이지만 수정구 너머의 바실러스 자작의 움직임 하나도 놓치지 않겠다는 듯이.

"그것이… 외모는 분명 수배지의 그것입니다. 처음 발견했을 때는 제법 고생을 한 탓에 알아보기가 조금 힘들었습니다만… 제대로 목욕을 시키고 갖춰 입혀놓으니 정말 한 치의 틀림도 없었습니다만……."

"다만?"

공작은 바실러스 자작의 다음 말을 재촉했다.

"네, 하는 행동이나 말이 절대로 그분의 그것 같지 않아서 말입니다. 제 휘하의 기사가 무례한 줄 알면서도 몇 가지 질문을 했습니다만… 그 결과 그분이라는 확신을 하면서도 또한 확신하지 못하게 되었습니다."

"그게 무슨 말인가? 당최 이해할 수가 없군."

공작의 목소리에 노기가 서리기 시작하자 바실러스 자작은 황급히 고개를 숙이며 말을 이었다.

"그것이 수배지에 적힌 신체의 특징과 제가 보호하는 이의 신체의 특징이 일치했습니다."

"그럼 그걸 일일이 대조해 보았단 말인가?"

공작의 수염이 조금씩 떨리고 있었다.

"절대 아닙니다. 어찌 제가 그런 무례를 저지를 수 있겠습니까? 다만 제 기사가 거기에 관한 질문을 했을 뿐입니다. 그래서 제가 조금 전 무례한 줄 알면서 질문을 했다고 한 것입니다."

"으음, 분명 무례한 행동이네."

"죄송합니다. 하지만 좀 더 철저히 사실을 확인하기 위해서는 어쩔 수 없었습니다."

"그 부분은 나도 인정하네. 그렇다고 해도 무례한 것은 무례한 것이야."

공작의 음성이 한결 누그러져 있었다.

"한데 신체의 특징까지 일치했는데 대체 뭐가 문제인가?"

"그것이 자신이 누구인지를 모르는 듯합니다."

"뭐야?"

"스스로의 이름을 로즈라고 했습니다. 그리고 자신이 평민이라 생각하고 있습니다."

"으음 ……."

바실러스 자작의 말에 공작은 침음을 삼켰다.

"이 사실을 아는 이는?"

"저와 제 휘하 기사 한 명뿐입니다."

자작의 대답에 공작의 눈이 빛났다.

수정구를 통해서 상대의 얼굴을 확인하는 정도이지만 자작은 그러한 공작의 변화를 눈치챘다. 그는 절대 보통 인물이 아니었기에.

'역시 뭔가 있다.'

"다행이군. 아는 사람이 적을수록 비밀을 지키기는 수월하니."

"그렇다면?"

"후우, 자네가 데리고 있는 아이가 그 아이가 맞네. 이 사실이 절대 밖으로 새어나가게 해서는 안 될 것이야. 알겠는가?"

공작은 수정구를 날카롭게 쏘아보았다. 제국의 공작답게 그 기세는 수정구를 통해서도 전해졌다.

"알겠습니다, 각하. 이 목숨을 걸고 반드시 지키겠습니다. 한데 그분께서 어쩌다가……."

"뭐, 그 나이 때는 흔히 있는 일 아니겠는가? 곧 있을 일 때문에 많이 심란했던 모양이야. 해서 가출을 한 게지. 그것도 장거리 이동 마법진을 몰래 이용해서 말이야. 해서 아마 자네들에게 자신의 신분을 숨기려고 그런 말을 한 모양일세. 그러니 그런 사정이라고만 알아두게나. 과한 호기심은 명을 재촉하는 법이네."

마지막 한마디는 협박이나 다름없었다.

"알겠습니다. 그럼 그분은 앞으로……."

"곧 내 기사단을 자네 영지로 보냄세. 그때까지 잘 부탁하네."

"알겠습니다, 각하!"

"그래, 수고했네. 이번 일에 대한 포상은 섭섭지 않을 걸세."

마지막 한마디를 웃음 띤 얼굴로 남긴 공작은 수정구의 마법 통신을 끊었다.

"후우! 다행이군, 이렇게 빨리 찾을 수 있어서. 큰일날 뻔했어. 그나저나 그 자작 녀석을 어떻게 한다? 보아하니 별다른 사실은 눈치채지 못한 듯한데……. 잘 구슬려 충실한 개로 만드는 것이 낫겠지? 하긴 시골 변방의 영지를 가진 자작 녀석이니 무얼 알겠는가. 그렇게 하는 것이 오히려 낫겠군. 아무리 시골 영지이고 자작이라 해도 귀족 하나를 지우는 것은 생각보다 귀찮으니."

그 말을 끝으로 공작은 마법 통신실의 의자에서 몸을 일으켰다. 공작이 문을 열고 통신실을 벗어나자 곧 마법사가 들어와 통신실을 정리했다.

"후후후, 역시 무언가 있어. 숨기고 있는 것이. 아무리 자신을 스스로 숨기려고 해도 평소의 습관이나 기품은 은연중에 드러나기 마련이야. 하지만 내가 본 그 여자의 모습은 완전한 평민의 그것이었다. 그 여자가 일부러 그렇게 했다는 것은 말도 안 되는 소리지. 마침내 조용하던 제국이 드디어 돌아가기 시작하는군. 이렇게 짙은 음모의 냄새라니……. 나에게는 이것이 곧 기회겠지. 안 그렇소, 칸세르 공작? 푸하하하하!"

스스로의 마법으로 마법 통신을 끈 바실러스 자작은 자신의 방이 떠나가라 크게 웃었다.

"내가 조금 전 살펴본 바로는 그 여자에게서 드래곤의 눈물 기운이 느껴졌다. 후후후, 분명 공작이 그 여자에게 무슨 수작을 건 것일 테지. 그러고 보니 3년 전 카일로니아에서의 그 난리도 공작이 뒤에서 조종한 것이로군."

카일로니아.

대륙의 동부에 위치한 대륙 3강 중 하나인 왕국이었다. 제국과도 국경을 마주하고 있기에 제국에서 항상 신경을 쓰고 있었다. 제국이 대륙 3강 중 최강의 국가라 하지만 카일로니아가 전력으로 부딪쳐 오면 엄청난 피해를 감수해야 할 것이다. 국가의 뿌리가 흔들릴 정도의 피해를 감수해야만 겨우 카일로니아를 막을 수 있다.

카일로니아에 존재하는 대륙제일의 가문이 그 나라를 그렇게 강하게 만들었다.

대륙제일의 기사 가문 사이몬 공작가.

현재 대륙에서 가장 강한 기사인 라이데온 케이 사이몬 공작의 가문이다. 그리고 라이데온 케이 사이몬 공작은 대륙에서 단 셋뿐이라는 그랜드 마스터였다. 게다가 제국의 소드 마스터와 카일로니아의 소드 마스터의 숫자가 같았다. 그것도 모두 사이몬 공작가 때문이었다. 대류에서 가장 많은 소드 마스터가 존재하는 가문이기도 했으니.

더욱이 현재 제국에는 그랜드 마스터가 없었다. 대륙 최강의 국가에 대륙 최강의 기사가 없다는 것은 분명 우스운 일이지만 현실이었다.

그러니 자연스럽게 제국의 귀족들은 카일로니아에 관심을 가질 수밖에 없었다. 비록 왕국이라 하지만 제국 못잖은 힘을 가지고 웅크리고 있었기에 한시도 경계의 시선을 늦출 수 없었다. 그것은 변방에 있는 바실러스 자작 역시 마찬가지였다.

3년 전쯤 카일로니아에 커다란 난리가 났었다. 왕국의 실세 중 한 명인 미에른 후작가의 별장에서 벌어진 참극. 그 일은 카일로니아의 국왕조차 노하게 만들었다. 그 참극의 피해자들이 보통 사람들이 아니었기에. 하지만 결국 흉수를 찾지 못하고 시간이 흐름에 따라 유야무야 잊혀져 가고 있었다.

"후후후, 그 참극의 배후 조종자가 칸세르 공작 당신이었다니…….
이로써 나는 공작의 약점을 하나 잡은 것인가?"

바실러스 자작은 만족스러운 미소를 지으며 자신의 서재로 향했다.
앞으로의 일을 머리 속에 그리면서.

"뭐, 일단은 칸세르 공작가의 기사단을 기다려야겠군."

"으음, 어떻게 된 거지? 내가 또 잠을 자다니? 아아, 머리는 왜 이렇게 어지럽고."

침대에서 몸을 일으킨 로즈는 머리 깊숙한 곳에서 울리는 통증에 얼굴을 찡그렸다.

"아가씨, 일어나셨습니까?"

로즈가 눈을 뜨자 어떻게 알았는지 시녀 중 한 명이 침대로 다가왔다.

"어떻게 된 거죠?"

바실러스 자작과 식사를 하고 뒤이어 차를 마신 것까지는 기억이 났다. 하지만 그 뒤로는 도무지 기억이 나지 않았다.

"차를 드신 후 피곤하시다면서 침대에 누우셨습니다. 그간 피로가 쌓인 듯하시다면서요. 그리고는 지금까지 죽은 사람처럼 주무신 거죠."

시녀는 생긋 웃으며 로즈가 궁금해하는 것을 말해주었다. 시녀의 말에 로즈는 그런가 보다 하고 생각했다.

'하긴, 내가 많이 피곤할 만도 하지. 게다가 어젯밤에는 그런 일까지 겪었으니까.'

로즈는 꿈에도 생각하지 못했다, 자신이 마신 차에 약이 들어가 있었음을. 그리고 그 약 때문에 몇 시간을 정신을 잃고 있었다는 것을, 그사이에 자작이 마법을 이용해 자신을 탐색했다는 것을, 시녀는 단지 자작이 시킨 대로 말했을 뿐이라는 것을 말이다.

로즈는 여전히 자신의 상황에 적응하지 못하고 있었다. 지명수배자라기에 감옥으로 끌려갈 것이라 생각했다. 처음에는 그녀의 생각대로였다. 무슨 죄인을 심문하는 듯한 작은 방으로 끌려간 것이다.

하지만 자신에게 이것저것 묻는 기사의 태도는 정중하기 이를 데 없었다. 그때부터 로즈는 알 수 없는 혼란에 휩싸였다. 그리고 기사가 나간 후 자신은 자작의 저택으로 안내되었고, 시녀 두 명이 곁에서 시중을 들었다. 오늘은 바실러스 자작과 마주 앉아 식사까지 했다. 그리고 자작조차도 그녀를 극진한 예로 대했다. 정말이지, 뭐가 어떻게 돌아가는지 도무지 알 수가 없었다.

"후우, 앞으로 어찌해야 하는 거지?"

식사를 하는 동안도 차를 마시는 동안도 자작은 앞으로 자신의 처지에 대한 언급은 의도적으로 피했다. 자신이 물을라 치면 화제를 다른 곳으로 돌리곤 했던 것이다. 게다가 이니안에 대한 것도 말해주지 않았다.

자신이 이렇게 대접을 받는 것을 보면 지명수배라는 것도 무엇인가 잘못된 것이리라 생각했다. 그래서 이니안도 무사할 거라 생각했지만 보이지 않으니 불안했다. 해서 자작에게 이니안에 대한 이야기를 꺼내려 했는데 그때마다 자작은 교묘하게 자신의 말을 먼저 잘랐다.

덕분에 원하는 것은 하나도 얻지 못하고 이렇게 멍하니 침대에 앉아 있는 것이다.

"이니안 오빠는 무사하려나? 잘 있겠지?"

로즈가 이니안에 대해 떠올릴 그때 이니안은 지하 감옥의 바닥에 가부좌를 틀고 앉아서 차분히 자신의 기억 속의 심공을 운용하기 시작했다.

'난 내 스스로 나의 마나 스피어를 파괴했다. 마나 스피어는 한번 파괴되면 재생은 절대로 불가능하다. 드래곤 하트라도 얻지 않는 바에야. 하지만 내가 깨뜨린 것은 플러스 마나 스피어. 예전의 힘을 되찾을 다른 방법은 남아 있다.'

이니안이 예전의 힘만 되찾는다면야 이런 감옥은 문제가 아니었다.

이니안은 심공을 시작하며 자신이 읽었던 책의 내용을 떠올렸다.

    대저, 태초에 혼원이 음과 양 두 가지 기운으로 나뉜 이후 세상 만물은 모두 짝을 이루고 있다. 남자가 있으면 여자가 있고, 낮이 있으면 밤이 있고, 해가 있으면 달이 있고, 불이 있으면 물이 있음은 무릇 이런 이치에 따른 것이다. 그렇다면 자연의 기는 어떠한가? 대부분의 이들은 뜨거운 기운을 양기라 이르고, 차가운 기운을 음기라 부르며 둘로 나누고 있다. 해서 양기는 밝고 강맹하며 뜨겁다 하고, 음기는 어둡고 음유하며 차갑다 한다.

    하나 나의 생각은 이와 다르다. 이와 같은 분류는 본디 하나인 기운을 둘로 나눈 것일 뿐이다.

    그러하기에 무인은 하나의 단전으로 양기도 음기도 수련할 수 있는 것이다. 그것들이 전혀 다른 기운이라면 절대 하나의 단전으로 두 가지 기운을 수련할 수 없다. 본디 그 뿌리가 같은 기운이기에 양기를 수련하는 사람의 단전은 양기에 맞게 순응하는 것이고, 음기를 수련하는 사람의 단전은 음기에 맞게 순응하는 것이다. 성질이 다른 기운을 수련한다면 단전이 파괴됨은 당연하다.

    그렇다면 일반인들이 말하는 기운의 짝은 무엇일까? 양기와 음기가 하나의 기운으로 존재한다면 그 기운의 짝을 이루는 기운은 반드시 존재할 터, 그것이 만물의 이치다.

    나는 그 짝을 이루는 기운이 사기(死氣)라 생각한다. 보통 사람들이 칭하는 기운은 생기(生氣)이고, 그에 대응하는 짝이 사기인 것이다.

해서 나는 생기를 양이라 생각하고 사기를 음이라 생각한다. 실제로도 생기는 밝고 따뜻하며 온유한 성질을 지니고 있고, 사기는 어둡고 차가우며 음습한 성질을 지니고 있다.

나의 이러한 생각을 증명하는 명백한 사실은 인간의 몸에는 두 개의 단전이 존재한다는 것이다. 하단전도 중단전도 각기 두 개씩 존재한다. 사람들이 그 사실을 모를 뿐. 상단전은 천지만물의 기운과 교통을 해야 열리는 것이기에 오롯이 한 개만 존재할 뿐이다.

실제로 나는 내가 음기라 칭하는 사기를 수련하여 단전을 형성하였으며, 적지 않은 경지에 올랐다. 일반인이 익히는 무공과는 그 본질과 궤를 달리하는 공부이기에 익힌 이후의 현상도 보통 사람들의 그것과는 궤를 달리한다.

하지만 이 또한 극의의 길로 가는 또 다른 길이 분명한 바, 나는 내가 익힌 심공과 무공을 이 책에 남긴다.

—만천자(滿天子).

이 세상의 말과는 다른 말로 적힌 책. 이런 책이 이니안의 집에는 무수히 많았다. 이니안 역시 어릴 때부터 그 문자와 뜻을 배워왔기에 그 내용을 어렵지 않게 이해할 수 있었다.

'결국 세상은 플러스 마나와 마이너스 마나 두 가지 기운으로 가득 차 있고, 지금까지 내가 수련한 마나와 마나 스피어는 플러스 마나의 그것이다. 내가 파괴한 마나 스피어 역시 플러스 마나 스피어. 그렇다면 나에게는 마이너스 마나 스피어가 남아 있는 셈. 지금부터 마이너

스 마나를 수련하면 되는 것이다.'

이니안이 읽은 마령천참공이란 것이 바로 마이너스 마나를 이용한 무공이었다.

이니안은 마령천참심법(魔靈天斬心法)에 따라 호흡을 통해 대기의 기운을 흡수하기 시작했다. 그렇게 흡수된 마나 중 마이너스 마나만이 이니안의 기맥을 타고 몸속을 돌기 시작했다. 그렇게 얼마나 기운을 운용했을까? 이윽고 이니안의 배꼽 아래에 새로운 마나 스피어(Mana Sphere)가 형성되기 시작했다.

마나 스피어를 형성하려면 본디 적지 않은 기간의 수련이 필요하지만 이니안은 이미 다른 기운으로 상당한 경지에 올랐던 자. 비록 기운이 다르다 하나 지난 수련의 경험으로 급속히 그 경지로 올려가고 있었다.

"응? 뭐지?"

두 눈을 감고 곤히 잠을 자고 있던 케라우는 벌떡 일어났다. 자신에게 무척이나 친숙한 기운이 지하 감옥의 한곳에서 스멀스멀 피어오르고 있었다.

"이 방향은 아마도 이니안이 있는 감방 근처인 것 같은데?"

케라우는 떨리는 눈으로 철창 밖을 바라보았다. 갑작스레 느껴진 기운에 그의 가슴이 답답해졌다.

점점 더 지하 감옥으로 몰아치는 기운의 크기가 거대해졌다. 그리고 그 기운은 감옥의 한곳으로 몰려갔다. 보통 사람은 결코 느낄 수 없는 기운이었다. 아니, 이 성에서라면 바실러스 자작은 이 기운을 느낄지도 모른다. 그는 분명 이 기운을 느낄 실력을 가지고 있었지만 절묘하게도 이니안이 열심히 마이너스 마나를 모으는 이때 바실러스 자작은 외부와는 완전히 자신의 방을 차단한 채 칸세르 공작과 마법 통신을 하는 중이었다.

이니안은 사방에서 몰려드는 마이너스 마나를 차분히 받아들이며 호흡을 더욱 깊이 했다. 마나 스피어가 형성된 후에도 한참을 더 운기하며 마나 스피어에 마이너스 마나를 채우던 이니안이 호흡을 갈무리하고 눈을 떴다.

이제와는 다르게 이니안의 두 눈에서 안광이 뿜어져 나왔다. 마나 스피어가 다시 생기고, 그곳에 어느 정도의 마나를 쌓았다는 증거였다.

"놀랍군. 가문의 심법에 비해 마나를 쌓는 속도가 배는 빨라."

이니안은 자신의 몸에 가득한 마나를 느끼며 가늘게 몸을 떨었다. 일반인들에게 마나로 알려진 플러스 마나를 쌓았을 때와 확연히 달랐기에 새로운 느낌도 들었다. 그리고 주변에서 예전에는 느끼지 못했던 생소한 기운들이 느껴지기 시작했다. 아무래도 마이너스 마나를 수련한 영향인 듯했다. 마령천참공의 책에는 예전과는 전혀 다른 상황이 펼쳐질 거라고만 쓰여 있었지, 그 상황이 구체적으로 적혀 있지는 않았다.

지금 이니안은 그런 것에 신경 쓸 정신이 없었다.

"일단 이곳에서 로즈를 데리고 빨리 빠져나가는 것이 먼저다."

그랬기에 이니안은 지하 감옥을 빠져나가 로즈를 데리고 탈출할 정도의 마나가 모였다고 생각되는 시점에서 축기를 중지했다. 일단 급한 불부터 꺼야 했기에. 덕분에 이니안은 마이너스 마나를 운용하는 마령천참공상의 무공은 하나도 익히지 않은 채 마이너스 마나를 모으기만

한 반쪽짜리 상태였다.

어두운 지하 감옥이었지만 사방의 정경이 또렷이 눈에 들어왔다. 지금까지는 그저 검게만 보이던 공간들이 하나하나 자세하게 보였다. 주변을 힐끗 쳐다본 이니안은 두 손으로 감방의 철창을 잡았다. 그리고 마나를 운용하여 손에 힘을 주었다.

단단하게만 보이던 철창이 너무나 간단하게 구부러졌다. 자신이 나갈 정도의 공간을 만든 후 이니안은 철창에서 손을 떼고 감방 밖으로 나왔다.

"훗, 결국 다시 마나를 사용하게 되었군. 애초의 결심은 무너지고."

여러 가지 변명 거리로 스스로를 납득시켰지만 어쨌든 이니안은 자신의 굳은 결심을 무너뜨려야 했다.

"맹세를 깨지 않았다 했으나 깬 것은 깬 것이지. 깨었으나 깨지 않았고, 깨지 않았으나 깼다라……."

이니안은 힘없이 선 채 공허한 눈으로 감옥의 천장을 바라보았다. 다시 찾은 마나로 인해 온몸에 힘이 넘치고 두 눈은 안광으로 번쩍였지만 그것과는 달리 그는 허탈했다.

"하긴… 3년의 세월은 짧은 시간이 아니야. 내가 물러질 만도 하지."

이니안은 가슴이 뚫린 쉐이나의 시신 앞에서 맹세했다. 앞으로는 절대 약해지지 않겠다고. 강하게 살겠다고.

그는 그것이 차가운 마음에 독심을 품는 것이라 생각했다. 안이하게 생각하고, 모든 것을 즐겁게 생각하고, 따뜻하게 세상을 보았기에 그런 일이 생긴 것이라 여겼다.

그때부터였다, 이니안이 말이 없어지고 두 눈이 차갑게 가라앉은 것은.

본디 그는 장난치기 좋아하고 쾌활한 보통의 아이였다. 귀족가의 자제라고는 믿을 수 없는 행동을 곧잘 하는 장난꾸러기. 그것이 이니안이었다. 그런 그의 성정은 나이를 먹어도 변하지 않았다. 성년식을 치른 18세의 생일에도 그 모습은 변함이 없었다.

그래서 그 일을 겪은 것이다. 성년을 맞은 여름방학에 휴양 차 갔던 곳에서 수상한 이들을 보았음에도 대수롭지 않게 넘겨 버린 그 무른 성격이 모든 일의 원인이었다.

이니안은 그렇게 스스로를 자책했다.

가문을 탓하고 가율을 들먹인 것은 그런 자신의 잘못을 가문에 떠넘기려는 못난 행동에 지나지 않았다. 그것을 이니안은 알고 있었다. 그랬기에 더욱 가문을 거부한 것인지도 모른다. 자신이 지은 원죄라 생각되는 것을 억지로 떠넘겼기에.

그래서 이니안은 차가워졌다. 냉정해졌다.

스스로를 만년의 얼음 굴에 가뒀다.

자신의 못난 성격이 자신을 약하게 만들었기에 강해지기 위해서 차가워졌다. 비록 마나 스피어를 파괴하고 마나를 잃어 육체적으로는 약해졌을지 몰라도 이니안은 스스로 강함을 추구한다 생각했다.

차가웠기에, 냉정했기에, 강한 마음을 가지려 했기에 그는 강해지고 있다 생각했다.

하지만 3년이라는 세월은 그런 이니안의 차가운 마음을 조금씩 녹이고 있었다. 이니안도 그 사실을 눈치채지 못했다.

그래서다.

그래서 이런 어처구니없는 꼴을 당한 것이다. 자신답지 못한 일이다.

자신에게 따뜻함은 어울리지 않았다.

3년이 지나면서 살짝 녹아내린 마음을 다시 얼리기로 마음먹었다. 지금 같은 상태로는 자신은 더욱 약해질 뿐이다. 마나를 다시 찾았다 해도 마음이 이러면 결국은 약해지고, 다시 같은 잘못을 반복하게 된다.

차가워져야 했다.

다시는 그런 악몽과 같은 일을 겪을 수는 없다.

차가워져야 한다.

차가워지자.

만년의 얼음을 가슴에 품어야 한다.

아니, 나 자신이 만년의 얼음보다도 더 차가워져야 한다.

이니안의 두 눈이 차갑게 가라앉았다.

자신의 감방을 빠져나온 이니안은 자신 가득한 걸음걸이로 거침없이 지하 감옥의 깊숙한 곳으로 이동했다. 로즈를 구하기 위해 한시라도 서둘러야 할 상황에서 차갑게 군은 이니안의 얼굴에는 그것과는 다른 여유가 자리하고 있었다. 되찾은 마나로 인해 그간 잊고 지냈던 여유와 자신감 역시 다시 돌아온 것이다.

"네가 케라우로군."

차가운 목소리가 이니안의 입에서 흘러나왔다. 그의 결심이 행동으로 나타나기 시작했다. 이니안은 자신의 성격을 깊숙한 곳에 숨겨놓고 대신 만년의 얼음으로 만들어진 가면을 썼다.

"응? 네놈이 이니안이야? 어째 다른 것 같은데? 일단 말투부터 나와 이야기를 나누던 녀석이 아닌걸?"

케라우는 눈앞에 나타난 이니안을 보며 고개를 갸웃거렸다, 그로서는 납득하기 어려운 변화였기에.

"네 녀석, 인간이 아니군. 150년간 이곳에 있었다는 것이 사실이었어."

"키힛, 알아봤나? 대단하군, 한눈에 알아보다니. 나도 이젠 내가 그저 오래 사는 인간이라 생각할 정도인데."

케라우는 이니안의 말에 자조의 빛을 띠며 웃었다.

"도무지 알 수 없는 영지로군. 지하 감옥에 뱀파이어를 가둬놓다니."

"킥킥킥, 그렇지? 이게 다 바실러스 남작 그 죽일 놈의 자식 때문이라고."

케라우의 입에서 깊은 분노가 흘러나왔다.

"날 이렇게 죽지도 살지도 못하는 꼴로 만들어놓다니!"

맹수가 으르렁거리는 듯한 말투. 그 속에는 스산한 분노가 자리하고 있었다.

"한데 말랐군. 피를 못 빨아서 그런가?"

이니안의 눈은 앙상하게 뼈만 남은 케라우의 팔을 향해 있었다.

"설마. 그래도 배려해 주는지 매일 이곳에 들어오는 식사에는 적지만 동물들의 피도 섞여 있다고. 지랄 같은 맛이지만 그래도 덕분에 내가 이렇게 살아 있는 거지."

그의 말에 이니안은 얼굴을 찡그렸다. 그 식사를 자신도 역시 먹었기에.

"그럼 왜 그렇게 마른 것이지?"

"왜냐고? 큭큭큭, 왜냐고? 크하하하하!"

이니안의 물음에 케라우는 갑자기 미친 사람처럼 웃어댔다. 그 웃음에는 깊은 한이 자리하고 있었다. 원한도 분노도 아닌 스스로의 처지와 몰골에 대해 맺힌 한. 그것이 자리하고 있었다.

"왜긴 왜야? 크크크크크, 이게 모두 이 빌어먹을 놈의 저주 때문이란 말이다!"

저주를 외치는 케라우의 얼굴에는 사나운 분노가 자리하고 있었다.

하지만 이니안의 냉막한 얼굴은 조금도 변하지 않았다. 그저 자신과는 상관없는 거리의 사람을 바라보듯 무심한 눈으로 케라우를 바라보고 있었다.

"어떤 저주일 것 같아? 뱀파이어인 내가 이 어두운 곳에서 이렇게 앙상하게 말라 있다니!"

그간의 한과 분노가 터져 나와서인가? 케라우는 이니안이 묻지 않았음에도 스스로 많은 말을 쏟아내고 있었다. 이니안은 그런 케라우를 가만히 지켜보고만 있었다.

"갈아 마셔도 시원찮을 코쿠스 녀석이 내 몸에 리버스 스테이트 (Reverse State)라는 같잖지도 않은 저주를 걸었어. 뱀파이어인 내가 어둠 속에서는 힘을 잃고 빛 속에서 힘을 얻게 되다니, 이 무슨 말도 안 되는 일이야? 응? 우습지? 우습지 않아? 나는 어둠의 귀족이라는 뱀파이어야. 그런데 지난 150년간 어둠을 두려워하며 살아야 했다고. 세상에 신의 섭리를 거스르는 그런 빌어먹을 저주가 존재하는지는 몰랐어. 몸의 상태를 임의적으로 정반대로 바꿔 버리다니. 나는 하필이면 그게 빛과 어둠에 대한 몸의 상성이 정반대로 바뀌어 버렸어."

케라우의 두 눈은 살기와 광기로 번들거렸다.

"저기 저 창이 보이나? 응?"

케라우가 손으로 가리키는 곳에서는 가늘지만 한줄기 빛이 새어 들어오고 있었다.

"코쿠스 녀석이 무슨 수를 썼는지 몰라도 저곳에서 해가 떠 있는 동안은 쉬지 않고 빛이 들어와. 아주 작은 양이지만. 덕분에 나는 죽지 않고 이렇게 살 수 있었어. 크흐흐흐, 그 빌어먹을 자식이 나를 살지도 죽지도 못하게 만들었다고. 차라리 어둠 속에서 말라죽게 내버려 둘 것이지. 푸하하하하! 왜 저따위 빛을 들어오게 만들어서는 생에 대한 미련을 못 버리고 악착같이 살게 만드느냐 말이야! 크크크크크크! 크하하하하하!"

케라우는 광소를 터뜨렸다.

"이곳에서 나가고 싶나?"

뚝.

이니안의 물음에 케라우는 거짓말같이 광소를 멈추고 이니안을 뚫어져라 바라보았다.

"꺼내줄 수 있어?"

"난 내가 갇힌 감방에서 나왔다."

케라우는 가만히 이니안을 바라보았다.

"왜 날 꺼내주려 하는 거지?"

지금까지 보였던 모습과는 전혀 다른 모습의 케라우. 검게 번들거리는 두 눈동자가 깊이 가라앉아 있었다.

"보답이다. 한 가지에 대해서는 내가 후회하게 만들었지만 그래도 다른 한 가지에 대해서는 후회하지 않게 해주었기에. 내가 버리고 새로 택한 삶에 후회를 남길지도 모를 일을 막을 수 있게 해주었기에."

말을 좀 길게 했다 생각했는지 이니안은 곧 입을 닫고 여전히 차가운 두 눈동자로 케라우를 바라보았다.

"그럼 꺼내줘. 이 빌어먹을 몸으로는 절대 죽을 수 없어. 난 반드시 자랑스러운 뱀파이어의 몸으로 돌아갈 거야."

케라우의 대답에 이니안은 케라우가 갇혀 있는 감방의 철창을 좌우로 벌렸다. 케라우는 이니안이 만들어준 공간을 통해 감방 밖으로 나왔다. 몸을 일으킨 케라우는 이니안보다 조금 더 컸다.

"고맙군."

케라우가 이니안을 내려다보며 말했다.

"난 받은 것을 돌려줬을 뿐."

그 말을 마지막으로 이니안은 몸을 돌렸다. 그리고 케라우의 눈에서 사라졌다. 온 힘을 다해 달리기 시작한 것이다.

"크크크, 이니안이라……. 재미있는 녀석이군. 인간이 어둠의 힘을 품고 있다니. 나와는 또 다른 의미에서 별종인 녀석이야. 재미있겠어."

이니안이 사라진 곳을 잠시 바라보던 케라우가 천천히 걸음을 옮겼다. 지하 감옥을 지키는 병사들은 서둘러 나간 이니안이 모두 처리할 테니 케라우는 기다렸다가 천천히 나갈 생각이었다. 현재의 약해진 몸으로는 일반 병사가 창으로 푹 찌르기만 해도 맥없이 죽을 테니까.

쾅!

"뭐야?"

요란한 폭음에 지하 감옥의 입구를 지키던 병사 둘은 대경하여 감옥 입구의 철문을 바라보았다. 없었다. 감옥의 입구를 막고 있어야 할 철문이 사라지고 없었다. 대신 그 자리에는 한 남자가 서 있었다. 전날 밤에 지하 감옥에 감금된 용병 녀석이었다.

"네놈이 어떻게?"

병사 중 하나가 믿을 수 없다는 듯 떨리는 눈으로 이니안을 바라보았다.

"알 거 없다."

바람같이 병사들에게 다가간 이니안은 단번에 병사 둘을 기절시켰다. 얼음같이 차가워지기로 마음먹었다 하지만 그렇다고 잔인해지기로 한 것은 아니었다. 본디 피를 별로 좋아하지 않는 이니안이었기에 불필요한 살인은 가급적 자제했다.

병사 둘을 쓰러뜨린 이니안은 곧 그 자리에서 사라졌다. 마나를 두 다리에 모으고 치달리자 사람의 눈으로는 쫓을 수 없는 빠르기로 사라졌다. 가문에서 익힌 경공법이라는 것을 사용하면 더욱 빨리 달릴 수 있었지만 가문의 모든 것을 버리겠다는 맹세는 아직 유효했다. 그랬기에 그저 마나의 힘을 이용해 달리기만 하는 것이었다.

"침입자다!"

"잡아라!"

영주의 저택을 향해 달리는 이니안을 발견했는지 사방에서 병사들의 놀란 외침이 터져 나왔다. 하지만 이니안은 그 모든 것을 무시하고 영주의 저택을 향해 곧장 달렸다.

"저놈이 영주님의 저택으로 간다! 막아라!"

더욱 거친 소리가 터져 나왔다. 곧이어 저택의 문이 열리며 플레이트 메일로 무장을 한 기사들이 튀어나왔다. 바깥의 소란에 서둘러 나온 듯 숨이 거칠어져 있었다.

"바쁘다! 비켜라!"

순식간에 가장 선두에 선 기사의 가슴 아래에 몸을 낮추고 접근한 이니안은 손바닥을 내밀어 기사의 배 부분의 갑옷을 지그시 눌렀다. 간단해 보이는 동작이었지만 결과는 그렇지 않았다.

"크핫!"

비명과 함께 기사는 3미터나 뒤로 날아가 나동그라졌다.

갑작스러운 상황에 주변에 모여 있던 병사와 기사들은 얼떨떨한 얼굴로 이니안을 바라보았다.

'빌어먹을.'

습관이란 무서웠다. 일단 마나를 운용하게 되자 이니안은 예전 자신이 즐겨 사용하던 방법대로 마나를 운용했고, 그 결과가 고스란히 자신에게 돌아왔다. 목구멍 바로 아래까지 차 오른 핏물이 그 대가였다.

'이젠 가문의 무공은 사용하고 싶어도 사용할 수 없겠군. 차라리 잘됐어. 크.'

억지로 핏물을 삼킨 이니안은 다시 몸을 날렸다.

마이너스 마나를 사용하면서 플러스 마나의 운용법으로 마나를 움직였기에 기맥이 상하며 내상을 입은 것이었다. 서로 반대의 성질을 띤 기운과 운용법이었기에 당연한 결과였다.

"뭐지?"

갑자기 밖이 소란스러워지자 소파에 앉아서 쉬고 있던 로즈가 몸을 일으켰다. 예상하지 못한 낮잠에서 깬 이후 여전히 머리가 아팠지만 호기심이 통증을 눌렀다. 창가로 다가가 창문을 열자 밖의 정경이 한눈에 들어왔다.

기사와 병사들이 한 남자를 둘러싸고 공격하고 있었다.

"응?"

병사들에게 포위된 남자의 모습이 낯익었다. 로즈는 눈을 찡그리며 좀 더 자세히 보려고 했다.

"이니안 오빠!"

겨우 알아본 그 남자는 이니안이었다.

로즈는 반가움과 당혹, 그리고 걱정이 어우러진 외침을 토해냈다. 크지 않은 소리였지만 이니안은 로즈의 목소리를 똑똑히 들을 수 있었다.

이니안의 시선이 그 와중에 로즈를 향했다.

두 사람의 눈이 서로 마주쳤다.

"오빠……."

"거기 있었나? 이제 너희들에게는 볼일이 없다."

그렇게 말한 이니안은 가장 가까운 곳에 위치한 병사의 허리에 매달린 검을 간단한 동작으로 검집째 빼앗아서는 몸을 날렸다. 순식간에 3미터 이상 솟구친 이니안은 자신을 막고 있던 기사를 넘어서 저택을 향해 몸을 날렸다.

로즈가 자리한 창의 바로 아래의 벽에 도착한 이니안은 순식간에 벽을 타고 저택 위로 몸을 날렸다. 순식간에 로즈의 눈앞에 도착한 이니안은 아무런 말도 하지 않고 로즈를 품에 안고는 저택을 넘어 사라졌다.

도무지 인간의 움직이라고는 볼 수 없는 이니안의 행동에 기사와 병사들은 멍하니 그가 사라지는 모습을 지켜보고만 있었다.

"어, 어서 저놈을 쫓아라!"

가장 먼저 정신을 차린 기사가 크게 외쳤다. 그에 따라 병사들이 저택을 돌아 이니안이 사라진 쪽으로 달려갔다.

"응? 왜 이리 소란스러운가?"

막 공작과의 마법 통신을 마치고 서재로 향하던 바실러스 자작은 저택 밖의 소란에 주위의 시종에게 소리쳤다. 하지만 그 시종도 밖의 상황은 몰랐기에 아무런 대답을 하지 못했다.

"자작님!"

그때 마커가 헐레벌떡 자작을 향해 뛰어왔다.

"마커, 대체 무슨 일이 벌어졌기에 이리 소란스러운 것인가?"

"그, 그것이……!"

보고를 위해 자작을 찾아왔지만 막상 그의 앞에서 이 상황에 대해 보고하려고 하니 입이 떨어지지 않았다.

"어서 말해보게."

"예, 지하 감옥에 가둬뒀던 그 용병 놈이 지하 감옥 문을 부수고 탈출하여 로즈 아가씨를 데리고는 저택 밖으로 사라졌습니다."

"뭐야?"

마커의 보고가 끝나자마자 자작의 고함 소리가 긴 복도를 울려 퍼졌다.

Chapter 4

너, 대체 정체가 뭐냐?

너, 대체 정체가 뭐냐?

긴 복도를 평범한 중년인이 걷고 있었다. 경갑의 무장을 하고 허리에 검을 차고 있지 않다면 누구도 신경 쓰지 않을 정말 친근한 웃음을 지어주는 이웃처럼 편안하고도 평범한 인상의 사람이었다. 하지만 그가 긴 복도를 지나갈 때 그를 발견한 인물들은 모두 그에게 고개를 숙여 예를 표했다. 그는 그런 인사에 간단히 고개를 끄덕이는 것으로 답하면서 자신의 걸음을 계속했다.

이윽고 목적하는 곳에 도착했는지 그는 걸음을 멈추고 자신의 옆에 있는 커다란 문을 열고 안으로 들어섰다. 그가 들어오자 그 방의 소파에 앉아 있던, 역시 그 중년인처럼 어디서나 흔히 볼 수 있는 평범한 얼굴의 청년이 얼른 일어섰다.

"아버님, 오랜만에 뵙습니다."

"그래, 3년 만이로구나. 그간 성과는 있었느냐?"

청년의 얼굴은 중년인의 물음에 살짝 어두워졌다. 중년인은 그 모습에서 그의 아들이 그렇게 큰 성과를 얻지 못했다는 것을 알 수 있었다. 자신이 아는 큰아들은 항상 당당했기에 어지간한 일로는 저런 얼굴을 하지 않았다. 자신이 아들의 저런 얼굴을 본 적이 언제인지 기억도 나지 않았다.

"후우, 별다른 소득이 없었나 보구나."

중년인은 한숨과 함께 소파에 몸을 의지했다.

"죄송합니다."

송구스러운 대답을 한 아들은 아버지가 소파에 앉자 자신도 살며시 소파에 몸을 걸쳤다. 그의 눈은 아버지의 무장을 보고 있었다.

"옷도 갈아입지 않고 바로 오신 것 같습니다."

"후후, 그래. 집에 오니 집사가 오늘 네가 도착해서 서재에 있다 하더구나. 그 이야기를 듣자마자 바로 왔다."

청년의 입가로 쓴웃음이 작게 떠올랐다. 자신의 아버지가 눈치채지 못할 정도로. 그는 아버지가 왜 저리 서둘러 자신을 찾았는지 그 이유를 너무도 잘 알고 있었다. 자신 역시 아버지와 같은 심정이었기에. 하지만 그렇게 큰 소득을 얻지는 못했다.

"어떻게 해서든 그 녀석을 찾아 멱살을 붙잡아서라도 질질 끌고 오려 했습니다. 예전이라도 문제는 없겠지만 지금은 그야말로 찍소리도 못할 테니까요."

아들의 말에 중년인은 고개를 끄덕였다.

가슴 아픈 일이지만 그 말은 분명한 사실이니까. 그 아이는 이제 예전과는 비교도 할 수 없을 정도로 약해져 있을 테니까.

"후우, 다 나의 잘못이다. 하지만 네가 3년간 왕궁을 떠나 있었던 것은 그 일 때문이 아니지 않느냐?"

아련한 눈빛으로 한숨을 쉰 중년인의 얼굴에 엄한 기색이 내려앉았다. 공은 공이고 사는 사였다. 공적인 일로 떠난 아들이 가장 먼저 사적인 일부터 이야기하자 그에 대한 훈계였다.

"어차피 둘은 뗄래야 뗄 수 없는 일이지 않습니까? 그리고 묘하게 두 가지 일이 한곳으로 연결되어 있더군요. 그 녀석이 알고 그런 것인지는 모르겠습니다만……."

"그래?"

"예."

아들의 대답에 중년인의 눈이 진지하게 빛났다. 그의 머리가 무섭게 돌아가고 있다는 증거였다.

"말해보거라."

"어느 것 먼저 말씀드릴까요?"

하지만 곧 청년은 자신의 물음이 부질없는 것이었다는 것을 깨닫곤 자신이 3년간 맡은 임무에 대해 설명을 시작했다. 지금 아버지의 얼굴은 근위기사단장의 얼굴 그것이었기에.

"3년 전의 그 일을 일으킨 흉수는 무척이나 치밀한 자였습니다. 제가 은밀히 조사를 한다고 하였지만 도통 그 꼬리를 잡을 수가 없었죠. 그러다가 정말 우연히 한 가지 사실을 알 수 있었습니다."

"무엇이었냐?"

"그때의 그 일을 사주한 이가 미오나인 제국에서 왔다는 것이었습니다.”

아들의 말에 중년인의 눈이 번쩍이며 무서운 안광을 흩뿌렸다. 얼굴
에는 별다른 변화가 없었지만 그의 두 눈이 그가 얼마나 분노해 있는
지를 알려주었다.

“어떻게 알았느냐?”

중년인의 눈에는 분노 외에도 의문이 떠올라 있었다. 당시 그 일이
일어났을 때 이례적으로 근위기사단까지 동원되어 그 일의 조사에 착
수했었다.

본디 근위기사단은 왕궁과 왕족을 수호하는 일만을 수행하는 수호
기사단이다. 그런 근위기사단이 국왕이 명령으로 움직였다. 그때 그
일로 국왕이 얼마나 분노했는지는 그 사실만으로도 충분히 알 수 있었
다.

왕궁을 수호하는, 곧 왕국을 수호하는 근위기사단은 그야말로 왕국
최고의 전력이었다. 그런 전력이 투입된만큼 처음에는 곧 흉수를 밝혀
낼 수 있을 것이라 생각했다. 하지만 시간이 지날수록 사건은 오리무
중이었다. 당시의 참극에 관여했던 자들은 잡히면 잡히는 족족 자살을
했기 때문이다.

그런 추적 끝에 알아낸 사실은 단 하나. 왕국 최고의 어새신 길드라
고 소문이 난 미스트(Mist) 길드가 이 일을 벌였다는 것이다. 이 사실을
알아내면서 미스트 길드는 괴멸됐다. 모든 길드원이 잡히자마자 자살
을 했기에.

끝내 잡지 못한 이는 단 한 명. 바로 미스트 길드의 길드 마스터였
다. 그만은 도저히 잡을 수가 없었다. 거기서 사건의 연결 고리가 끊겼

기에 더 이상의 진전이 없었다. 그리고 유야무야 사람들의 뇌리에서 사라져 같지만 중년인의 큰아들이 그 사건에 대한 조사를 명받고 3년 간 수도를 떠나 있었다.

"우연이었습니다. 그 사건을 조사하던 중 진척이 없어서 겸사겸사 알아보려고 그 녀석의 행방을 쫓았죠."

아들의 말에 중년인의 눈에 아픈 기색이 스쳐 지나갔다. 그에게는 지울 수 없는 가슴의 상처였기에.

"아무래도 용병이 된 것 같았습니다."

"그 몸으로 말이냐?"

"예. 그래도 기본은 있기에 B급 용병 정도의 실력은 된 모양이더군요. B급 용병으로 등록이 되어 있었으니."

"고생이 많겠구나. 용병 일이 호락호락한 것이 아닌 것을……. S급 용병이면 모를까 겨우 B급이라니……."

아버지의 걱정 어린 목소리에서 청년은 충분히 그 심정을 짐작할 수 있었다.

"하지만 그 녀석, 잘해내고 있었습니다."

"만나보았느냐?"

"아니오. 용병 일을 하면서 온갖 곳을 떠돌아다니는 모양입니다. 저는 임무 때문에 우리 왕국을 벗어나지 못했기에 간간이 용병들을 통해 소식만 접했습니다. 의뢰인이 아닌 이상은 용병 길드에서 용병에 대한 정보는 제공해 주지 않아서요. 용병들을 구워삶느라고 돈이 제법 들었습니다. 훗."

청년은 자신이 하찮은 용병들에게 돈을 쥐어주며 아쉬운 소리를 하게 될 날이 올 줄은 꿈에도 몰랐다. 그때의 일을 떠올리자 자신도 어이가 없는지 헛웃음이 새어 나왔다.

"저 나름대로 그래도 무언가 알아볼 것이 있을까 싶어서 왕국 내의 도둑 길드와 어새신 길드, 그리고 정보 길드를 돌면서 계속 그 일에 대한 조사를 했습니다만… 역시 녹록치 않았습니다. 그들 모두 이미 저의 정체를 알고 있더군요."

"하긴, 그들에게 있어서 정보가 제일 중요하니까. 게다가 너 정도 되면 우리 왕국에서는 모를래야 모를 수가 없겠지."

그 말을 하는 중년인의 얼굴에는 눈앞의 아들에 대한 자랑스러움으로 가득했다. 자신의 아들이지만 정말 어디에서나 자랑스럽게 말할 수 있는 아들이 너무나 대견했다.

"그래서 저는 그것이 더 의문이었습니다. 제가 누구인지 알면서도 끝까지 그 일에 대해서는 모른다는 대답으로 일관하더군요. 검으로 위협도 해봤습니다만 꿈쩍도 하지 않았습니다. 왕국 내의 거의 모든 도둑, 어새신, 정보 길드가 일관적으로 그런 태도를 취하니 저는 한 가지 가정에 생각이 미쳤습니다."

이미 아들로부터 결론을 들었기 때문에 중년인은 그 가정이 무엇인지 어렵지 않게 짐작할 수 있었다.

"외국의 개입 말이냐?"

"그렇습니다. 그들이 모두 그렇게 입을 열지 않으려 한다는 것은 무언가 거대한 힘이 관련되어 그 힘을 두려워한다는 것입니다. 좀 낯뜨거운 말이긴 합니다만 적어도 왕국 내에서는 우리 집안과 근위기사단의 이름이면 위협을 받을 일은 없습니다."

"하지만 분명 사실이다. 국왕 전하를 제외하고는 그 누구도 어찌할 수 없는 힘임에는 분명하니까."

중년인의 목소리에는 자부심이 가득했다. 그와 함께 국왕에 대한 충성심이 절절이 배어 있었다.

"그런 의심은 조사를 시작하고 1년쯤 지났을 때 들기 시작했습니다만 혹시나 하는 생각에 조사를 계속했습니다. 그리고 의심이 확신으로 바뀐 것은 반년쯤 전이었습니다. 그때 마침 그 녀석이 미오나인 제국에 있다는 소식이 들렸기에 제국으로 갔습니다."

"만났느냐?"

"제가 갔을 때는 이미 의뢰를 맡아 떠났다고 하더군요. 개인 의뢰의 경우는 다른 용병들도 자세히 알 수 없는 모양이었습니다. 다만 어떤 물건을 전해주는 일을 맡아 변방으로 떠났다는 것 정도만 들었습니다."

"그랬구나."

중년인은 더 이상 표정의 변화를 보이지 않았다. 어쨌든 그 아이가 몸 건강히 잘 있다는 사실을 확인했기에 걱정을 덜어서인 것 같았다.

"그때 미오나인의 구석진 곳의 허름한 술집에서 우연히 결정적인 사실을 접할 수 있었습니다. 용병들이 다른 용병의 정보를 타인에게 전하는 일은 그들 사이에서는 금기나 다름없는 일이라 항상 그렇게 으슥한 곳에서 그 아이에 대한 이야기를 들었습니다. 마침 같은 술집의 구석진 곳에서 그때의 일에 관해 이야기하는 남자가 있더군요."

중년인의 두 눈이 빛났다. 매사에 신중하고 철저한 자신의 아들이

홍수를 미오나인 제국이라 지목한 이유가 나오려 했기 때문이다.

"용병을 내보내고 계산을 하려고 할 때 제 귀에 들리는 소리가 있었습니다."

"내가 너한테만 은밀히 이야기하는데, 3년 전에 웬 미친 짓이라고밖에 할 수 없는 말도 안 되는 의뢰가 들어왔었어."

"뭔데?"

"다른 나라의 귀족가를 쳐달라는 거였지."

"에이, 그까짓 게 뭐 미친 짓이라고 그러나?"

"충분히 미친 짓이었어. 자세히 말하지는 못하겠지만."

"말 안 해줄 거면 더는 이야기 말아. 궁금해서 술 맛 떨어지니까."

"그래? 하긴, 이런 말을 꺼낸 사실이 알려지기만 해도 난 죽은 목숨이니. 술이나 마시세."

청년은 그때 들은 대화를 그대로 아버지에게 들려주었다.

"보통 사람이라면 결코 들을 수 없는 작은 소리였습니다. 그들도 설마 누가 엿들었으리라고곤 생각도 못했겠지요. 그 다음은 일사천리였습니다. 그 말을 한 남자가 혼자일 때를 기다려 은밀히 납치해서 그가 알고 있는 사실을 모두 실토하게 했지요."

"순순히 입을 열더냐?"

"적당히 위협하고 안전을 보장해 주니 입을 열더군요."

아들의 말에 중년인은 쓴웃음을 지었다. 적당히란 어디까지나 아들의 입장에서이다. 자신의 아들이 마음만 먹으면 얼마나 독해지는지 알고 있기에 그는 쓴웃음을 지을 수밖에 없었다.

"그래, 뭐라더냐?"

"수도의 고위 귀족 중 하나가 자신의 길드에 의뢰를 했답니다. 우리나라에 들어와 한 귀족가를 습격해 달라고."

"그가 어찌 그런 사실을 알고 있었지?"

"나름대로 실력이 있는 어새신이더군요. 길드에서도 손꼽히는. 그날이 하필 어려운 의뢰를 수행하고 돌아와 자신과 비슷한 위치에 있는 동료에게 술을 사며 일 이야기를 하던 모양이었습니다. 그러던 차에 동료는 모르고 자신은 아는 사실을 자랑처럼 꺼낸 것이지요."

"그렇게 대단한 길드는 아니겠군. 길드 내에서도 손꼽힌다는 어새신이 그렇게 허술하다니."

"그렇습니다. 아마도 쓰고 버릴 길드를 찾느라 그런 곳에 의뢰를 넣어본 것 같습니다. 그나마 길드 마스터가 머리가 좋은 편이라 그 의뢰를 거절하고 부하들에게 단단히 입단속을 시킨 모양이더군요."

"하지만 항상 새는 곳이 있기 마련이지. 비밀이란 혼자만 알고 있어야 비밀이지 다른 누군가가 함께 알고 있으면 더 이상 비밀이라고 할수 없는 법이야. 사람의 입만큼 새기 쉬운 곳은 없으니까."

"그렇습니다."

"그럼 그자의 안전 문제는 어떻게 했느냐?"

중년인은 걱정스러운 눈으로 물었다. 혹시나 자신의 아들이 가장 손쉬운 방법을 택했을까 하는 우려였다. 다른 이라면 몰라도 자신의 아들은 그래서는 안 된다. 신의란 충성과 함께 자신의 가문에 있어서 가장 중요한 가훈이었으니까.

"삼 개월쯤 전에 아마 새로운 하인이 들어왔을 겁니다."

"그래?"

아들의 말에 중년인은 몰랐다는 듯 말했다. 하인의 수까지는 신경을 쓰지 않았기에 모르고 있었던 것이다. 그러고 보니 그때쯤 집사가 새로운 하인을 한 명 채용했다는 이야기를 한 것도 같았다. 그런 일은 집사가 관리했고, 자신에게는 보고만 했다. 문제는 자신이 그런 소소한 일은 흘려듣는다는 것이었지만.

"그러면 그 하인이?"

"네, 그자입니다. 이곳만큼 안전한 곳은 없을 테니까요."

웃음 짓는 아들을 보며 중년인도 함께 웃었다. 분명 그 말은 사실이었다. 이곳은 왕국 내에서는 왕궁 다음으로 안전한 곳이었다. 감히 이곳을 습격하겠다고 마음먹을 정도로 간이 큰 이는 없었기에.

"한데 고위 귀족가라 하니 범위가 너무 넓구나. 더 자세히는 모르더냐?"

"예. 의뢰한 쪽에서 제법 신경을 쓴 것 같았습니다. 습격하는 곳 역시 모르고 있었습니다. 다만 우리 왕국 백작 이상인 귀족가의 별장이라는 것만 이야기를 했다더군요."

"하긴, 그 정도의 치밀함을 지녔으니 그렇게 꼬리를 자르고 숨을 수 있는 것이겠지. 하지만 범위가 너무 넓구나. 제국 정도 되면 고위 귀족 수만 하더라고 상당히 되니. 뭐, 이 정도의 성과라도 있는 것이 어디냐만. 그리 작은 성과는 아니다. 아니, 큰 성과라 할 수 있어. 일단 흥수가 미오나인 제국의 귀족이란 것은 알아냈으니. 넌 너의 공을 너무 낮게 보는구나."

처음 이 일에 대해 이야기하기 전의 아들의 얼굴을 떠올린 중년인이 웃으며 말했다.

"아닙니다."

"다만 한 가지 문제가 되는 것은……."

"제국의 황궁이 이 일에 개입을 했느냐, 아니면 귀족가의 독단적인 행동이냐겠죠."

"그렇지. 여차하면 우리 왕국과 제국과의 전쟁으로도 번질 수 있는 일이야."

아버지의 말에 청년은 고개를 끄덕였다.

3년 전 그 일에 대한 국왕의 분노는 그만큼 깊고도 깊었다.

얼마나 달렸을까? 수많은 경물이 바람과 같이 뒤로 사라지는 모습에 로즈는 정신을 차릴 수가 없었다. 갑자기 높은 저택 위로 훌쩍 뛰어올라서는 자신을 낚아채듯 안고서는 무작정 달리는 이니안. 이니안은 저택에서 처음 자신을 봤을 때부터 아무런 말도 하지 않고 무작정 달리기만 하고 있었다.

무언가 말을 꺼내야 할 것 같았지만 이니안의 몸에서 풍겨 나오는 무거운 분위기가 그것을 막고 있었다.

점점 시간이 지남에 따라 숲이 우거지기 시작하더니 이윽고 산이 보이기 시작했다. 아마도 바운더리 산맥의 초입에 도달한 것 같았다.

'계속 북쪽으로 달린 것인가? 그럼 바운더리 산맥으로 들어가려고?'

겨우 구분이 가는 풍경을 통해서 로즈는 두 가지 사실을 알 수 있었다. 자작의 저택이 바운더리 산맥을 등지고 정남향으로 지어졌다는 사실을 들었기 때문에 바운더리 산맥이 보이기 시작하자 정북으로 달렸다는 사실을 알아차린 것이다. 하지만 도무지 이니안이 무엇을 어떻게 하려고 하는지 알 수 없었다. 그저 무서운 속도로 달리고만 있으니.

'그러고 보니 인간이 어떻게 이렇게 빨리 달릴 수 있는 거지?'

가장 먼저 떠올렸어야 할 의문이 이제야 로즈의 머리 속에 떠올랐다. 지금까지는 너무 놀라 정신이 없었지만 이제야 침착함을 찾은 것이다.

점차 주변의 풍경이 서서히 움직이기 시작했다. 이니안이 속도를 줄이기 시작한 것이다.

"이쯤이면 대강 괜찮겠군. 쿨럭."

멈춰 서서 로즈를 내려놓은 이니안은 주변을 둘러보더니 피를 토했다.

"이니안 오빠!"

갑작스러운 토혈에 놀란 로즈가 비명을 질렀다. 이니안은 자신을 향해 다가오려는 로즈를 손을 들어 제지했다.

"쿨럭."

이니안은 다시 한 번 피를 토했다. 새하얀 눈이 검붉은 피로 물들었다.

'후우, 이제야 가슴이 좀 편하군.'

무리한 마나의 운용으로 터져 나온 울혈을 뱉어내자 이니안은 그제야 한숨 돌릴 수 있었다. 지금까지는 무작정 달리느라 억지로 억누르고 있었던 것이다. 일단 울혈을 토해내자마자 이니안은 그 자리에 가부좌를 틀고 앉았다. 성에서 입은 내상을 치료하기 위해 운공을 하려는 것이다.

두 눈을 감은 이니안은 즉각 마령천참심법의 구결에 따라 마이너스 마나를 움직이기 시작했다. 운용법에 맞지 않은 마나의 운용으로 인해 생긴 내상을 치유하기 위해.

로즈는 걱정 어린 눈으로 이니안을 바라보았다. 지금 이니안이 무엇을 하려 하는지 아는 것이 전혀 없었다. 다만 이니안이 풍기고 있는 기운이 가만히 지켜보고 있으라고 말하는 듯했기에 그러고 있었다.

잠시 후, 이니안이 두 눈을 떴다.

"오빠……."

걱정 가득한 눈으로 자신을 바라보는 로즈를 발견하는 순간 이니안은 흠칫했다.

'쉐이나.'

다시 한 번 로즈의 얼굴에 겹쳐지는 쉐이나의 얼굴. 자신이 기억하는 쉐이나의 마지막 모습이 지금의 로즈의 얼굴과 같았다. 슬픔과 걱정이 가득한 채 자신을 바라보던 그 눈동자. 어떻게 잊을 수 있을까?

지난 3년간 모든 것을 잊고자 했지만 그 두 눈동자만은 잊지 못하고 있었다.

"괜찮아요?"

끄덕.

입을 열면 자신의 감정을 주체하지 못할 것 같았기에 이니안은 가만히 고개만 끄덕였다.

'왜 자꾸 쉐이나가 떠오르는 것일까?'

알 수 없는 일이었지만 굳이 그것에 크게 신경 쓰려 하지 않았다. 그렇게 하기에는 기분 나쁜 시선이 자신을 지켜보고 있었으니까.

"그만 나와라!"

냉막한 목소리가 잎이 떨어지고 앙상하게 가지만 남은 나무들 사이로 울렸다. 이니안의 목소리만이 숲 속을 공허하게 울릴 뿐, 아무런 기척이 없었다. 이제껏 들어보지 못한 냉막한 목소리에 로즈는 흠칫 몸을 떨었다.

이니안의 시선이 향한 곳에서는 아무런 반응이 없었다. 이니안의 손이 천천히 움직였다.

스르르릉!

성에서 병사에게서 빼앗은 검이 거친 소리를 울리며 검집에서 빠져나왔다. 이니안의 눈이 차갑게 가라앉았다.

"그만! 거기까지! 알았어! 나가면 되잖아!"

요란한 목소리와 함께 한 인영이 급히 나무 뒤에서 모습을 드러냈다. 나무와 완벽하게 동화돼 있었기에 로즈는 갑자기 나타난 인영에 깜짝 놀랐다.

"하하하! 이거 하룻밤을 함께 보낸 처지에 너무 삭막한 거 아니야? 한 번 불렀을 때 나오지 않았다고 그렇게 살벌하게 검을 뽑다니 말이야! 하하하!"

나타난 인영은 케라우였다. 케라우는 이니안이 검을 뽑는 그 순간 자신의 몸과 함께 자신이 숨은 나무를 단번에 베어버리겠다는 살기와 의지를 느꼈기에 당장 모습을 드러낸 것이다.

이니안은 그런 케라우를 무심히 쳐다보았다. 케라우는 그저 싱글거리며 이니안과 로즈를 번갈아가면서 쳐다보았다.

"호오, 이 아가씨가 그 아가씨인가? 과연 바실러스 자작이라는 놈이 욕심을 부릴 만한 미모로군."

케라우는 멍하게 자신을 바라보는 로즈의 모습에는 아랑곳 않고 요모조모 로즈의 모습을 뜯어보았다.

'대체… 이 사람은 누구야?'

로즈는 갑작스러운 상황에 정신을 차릴 수가 없었다.

"왜 따라왔지?"

달리는 동안 이니안은 자신을 추적하는 기척을 느끼지 못했다. 그렇다면 자신이 남긴 발자국을 보고서 쫓아온 것이다. 사방이 눈으로 덮인 겨울이기에 그것은 감수한 상황이었다. 일단 급한 것은 영주성을 벗어나는 것과 예상치 못하게 입은 내상의 치료였기에.

"재미있을 것 같아서 말야."

케라우는 능글맞게 웃으며 이니안을 바라보았다.

"재미있을 것 없어. 꺼져!"

귀찮은 혹이 달라붙는 것은 사양이었기에 이니안은 차갑게 말하곤 몸을 돌려 로즈에게로 다가갔다.

"뭐, 그건 내가 판단할 문제라고, 친구. 일단 내가 재미있을 것 같다고 판단을 내렸으니 죽을 때까지 쫓아갈 거야."

여전히 능글맞은 웃음을 짓고 있는 케라우는 순식간에 이니안의 친구가 되었다.

"그렇다면 죽어라."

빛살보다도 빠른 발검과 함께 이니안의 검이 그의 말이 끝남과 동시에 케라우의 목을 잘라가고 있었다. 검이 케라우의 목에 닿은 듯한 감촉을 이니안이 느끼는 순간 케라우의 몸이 허깨비처럼 사라졌다. 그리고 이니안의 뒤쪽 제법 멀찍한 곳에 케라우가 나타났다. 그의 목에는 한줄기 혈선이 그어져 있었다.

"원, 살벌하기는. 두 번 말하는 법이 없구먼. 친구 자네, 왜 그래? 하룻밤 사이에 마치 다른 사람이라도 된 것처럼 성격이 바뀌다니. 내가 아는 이니안은 좀 퉁명스럽고 까탈스러우면서 자존심이 세기는 했지만 그렇게 냉막하고 살벌하지는 않았다고."

케라우의 투덜거림에 로즈는 자신도 모르게 고개를 끄덕였다. 조금 전부터 그녀 자신도 느끼고 있는 것이었기에.

하지만 이니안은 대답하지 않았다. 대답 대신 순식간에 케라우와의 거리를 좁히더니 사선으로 케라우의 몸통을 베어갔다.

캉!

요란한 소리가 울리며 나무 위에 쌓인 눈이 후두둑 떨어졌다. 로즈는 두 눈을 동그랗게 뜨고 자신의 앞에 벌어진 상황을 보았다.

"세상에나……!"

길게 뻗어 나온 케라우의 손톱이 이니안의 검을 막고 있었다.

"크흐흐, 난 그렇게 호락호락한 놈이 아니야. 네가 강하다는 것은 인정하지만 나도 그렇게 약하지는 않아. 일단 그 눈부터 좀 풀어. 원, 사람이 그렇게 세상 다 산 듯한 눈이라니……. 기껏해 봐야 20년 정도밖에 안 산 녀석이."

케라우의 말에 이니안의 눈썹이 꿈틀했다.

"21년이다."

그 말과 동시에 케라우의 손톱을 밀쳐 내며 이니안의 몸이 재빠르게 왼쪽으로 사라지는 듯하더니 어느새 검이 케라우의 허리를 베어가고 있었다. 하지만 처음과 마찬가지로 케라우의 몸이 사라졌다.

"너, 자꾸 그러면 나도 못 참는다고!"

그 말과 함께 이니안의 뒤에 나타난 케라우의 왼손이 이니안을 쓸어왔다. 어느새 왼손의 손톱도 오른손과 마찬가지로 길게 자라나 있었다.

챙챙챙!

정신없이 휘젓는 케라우의 양손과 이니안의 검이 부딪칠 때마다 요란한 소리가 숲을 울렸다.

'빌어먹을.'

이니안은 속으로 욕지기를 삼켰다. 신경이 곤두서였을까? 케라우에 대해서 완벽한 오판을 하고 말았다. 아마도 지하 감옥에서 보았던 그 앙상하게 마른 모습만을 생각해서였을 것이다.

그러고 보니 언제 그렇게 뼈만 남았었냐는 듯 케라우의 몸에 살이 어느 정도 올라 있었다. 여전히 마른 모습이었지만 감옥에서 보았던 것에 비하면 상상도 못할 정도로 좋아져 있었다. 자신이 케라우의 그 모습을 본 것이 불과 두세 시간 전이라는 것을 생각한다면 말이다.

"근데 너 말이야, 여기서 나랑 이러고 있어도 되는 거야? 내가 성을 떠나오면서 보니까 자작이 얼굴이 시뻘게져서는 추적대를 구성하고 있던데. 그것도 상당한 규모로 말이야. 이 계절에 눈 위에 그렇게 선명한 발자국을 남기고 왔으니 이곳에 그놈들이 도착하는 것도 곧이야."

케라우의 말이 맞았다. 자신 역시 이곳에서 잠시 몸만 추스르고 흔적을 지운 후 이동할 생각이었으니까. 자신의 계산에 들어 있지 않았던 케라우라는 존재 때문에 이곳에서 예상치 못한 시간을 허비하고 있는 것이다.

'어쩔 수 없군.'

현재의 상황을 인식하고 판단을 내리자 이니안은 그것을 곧 행동으로 옮겼다. 온 힘을 다해 케라우를 멀찍이 밀어내고 검을 검집에 넣었다. 지금 케라우의 목적은 자신을 따라가는 것이니 자신이 먼저 검을 넣으면 굳이 계속 싸우려 들지 않을 것이다. 먼저 싸움을 건 것도 자신이었으니.

이니안은 케라우의 반응은 확인도 하지 않고 로즈를 향해 터벅터벅 걸어가서는 그녀를 안아 들었다.

"꺄악! 이니안 오빠!"

갑작스러운 이니안의 행동에 놀란 로즈의 입에서 작은 비명이 터져 나왔다.

"쯧쯧, 숙녀를 그렇게 거칠게 대하다니……. 친구 자네는 기본적인 예의가 안 되어 있어."

어느새 싱글거리며 이니안의 곁에 선 케라우가 고개를 흔들며 말했다. 그는 이니안의 행동이 동행에 대한 허락이라고 판단했다.

"자, 그럼 어디로 갈 건가?"

케라우가 웃음 띤 얼굴로 이니안의 어깨에 손을 올리며 말했다. 그러나 이니안은 몸을 살짝 틀어서는 케라우의 손을 피했다. 그 바람에 케라우의 손만 어색하게 허공을 휘저었다.

이니안은 케라우가 어떤 반응을 보이는지 신경도 쓰지 않고 몸을 나무 위로 솟구쳐 굵은 가지 위에 사뿐히 올라섰다.

후두두둑!

나뭇가지가 크게 흔들리자 나무 위의 눈이 아래로 떨어져 내렸다. 이니안은 가만히 떨어진 눈의 양을 가늠하더니 옆의 나무로 몸을 날렸다. 역시 이번에도 눈이 떨어져 내렸지만 조금 전보다 훨씬 적은 양이었다. 그러한 행동을 두세 차례 반복하자 더 이상 나무에서 눈이 떨어지지 않았다.

'됐어. 빨리 가야겠군. 나무가 앙상하게 가지만 남아서 멀리서도 나의 움직임이 쉽게 보일 수 있어. 저 빌어먹을 녀석 때문에 시간만 잡아먹지 않았어도…….'

살기 띤 눈으로 케라우를 한 번 노려본 이니안은 바운더리 산맥 깊숙한 곳으로 몸을 날렸다. 빽빽이 들어선 나뭇가지를 사뿐사뿐 밟아가면서.

"호오, 대단한 몸놀림이군. 나뭇가지를 밟았는데도 가지 위의 눈이 떨어지지 않다니."

이니안의 몸놀림에 대한 순수한 감탄이 케라우의 입에서 새어 나왔다.

"하지만 말이야……. 뭐야, 저 행동은? 젠장, 아쉬운 건 나니까."

따라오든지 말든지 네가 알아서 해라. 난 모른다. 이런 말이나 다름없는 이니안의 행동에 투덜거린 케라우는 몸을 날려 이니안의 뒤를 서둘러 쫓았다. 이번에는 흔적이 거의 없었기에 이렇게 쫓지 않으면 자신도 놓칠 수 있었다.

'저 녀석은 분명 어둠의 힘을 흡수해서 사용했다. 그렇다면 저 녀석과 함께 있으면 내 몸을 정상으로 돌릴 수 있는 방법을 알 수 있을지도

몰라. 절대로 놓칠 수 없어. 어쨌든 어둠의 힘을 사용하는 인간 녀석
이니.'

당찬 결의로 두 눈을 빛낸 케라우는 이니안과는 다른 방법이지만 자
신 역시 흔적을 남기지 않는 정도의 센스를 발휘하면서 이니안을 쫓았
다.

'그런데 우스워. 20년과 21년이 뭐가 다르다고 말이야. 크크크, 귀
여운 녀석.'

자신의 말에 유일하게 발끈하며 반응을 보였던 이니안의 모습을 떠
올리며 케라우는 음침하게 웃었다. 역시 그 성격이 남아 있음을 확신
하며. 지금 이니안이 보이는 차갑고도 살기에 찬 모습은 그 자신이 억
지로 연출하고 있는 것일 뿐이었다.

"정지!"

자작가의 기사단을 이끌고 추적에 나선 마커에 명령에 삼십의 기사
가 말을 세웠다.

"젠장, 여기서 흔적이 끊긴 것인가?"

말에서 내려 주변을 살피던 마커의 얼굴이 찌푸러들었다. 지금까지
줄곧 이어져 있던 발자국이 사라진 것이다. 눈 위에서 격렬히 움직인
듯 어지러이 펼쳐진 발자국만 있을 뿐, 더 이상의 흔적이 없었다. 그렇
지 않아도 갈수록 숲이 우거진 산속으로 발자국이 이어져 있어 말을
타고 추적하기 힘든 참이었다. 그런데 이렇게 흔적까지 사라지니 추적
을 하는 마커의 입장에서는 절로 욕이 쏟아져 나올 수밖에 없었다.

그 빌어먹을 용병 놈이 데리고 간 인물은 아주 중요한 사람이다. 일

개 용병 따위가 그렇게 데리고 사라져도 되는 신분이 아니었다. 그랬기에 영지에 기사 단둘만 남겨두고 모두 데리고 나온 것이다.

그때 있었던 병사들의 말로 미루어보아 상당히 강한 실력을 가진 듯했기에. 그런데 이런 곳에서 추적의 실마리가 사라졌다.

"별수없지. 돌아간다."

마커의 명령에 삼십의 기사는 말머리를 돌려 영지로 향했다.

최대한 빠른 시간에 추적에 나선 마커가 추적을 포기하고 영지로 돌아가기로 결정할 무렵,

영지에는 칸세르 공작가의 마법사가 도착해 있었다.

"처음 뵙겠습니다. 저는 칸세르 공작가의 마법사인 테리신이라고 합니다."

"어서 오십시오."

마법 통신으로 마법사의 방문에 대한 통보를 받았기에 바실러스 자작은 정중하게 그를 맞이했다. 그는 공작가의 마법사였기에 자작도 함부로 대할 수 없었다.

"그런데 무슨 일로 이렇게 오셨는지? 저는 다만 기사단만 이곳으로 오신다는 말만 들었습니다만……."

"아, 그러셨군요. 그분을 모셔갈 기사단이 이동하기 위한 마법진을 그리기 위해서 왔습니다."

테리신의 말에 바실러스 자작의 얼굴에 굉장히 놀란 기색이 떠올랐다.

자작의 영지와 수도는 굉장히 먼 거리였다. 이 정도 거리를 한 개인이 이동하려 한다면 최소한 8서클 이상의 대마법사라야 가능했다. 물

론 그런 대마법사가 칸세르 공작가에는 존재했다. 그랬으니 지금 눈앞의 마법사가 조금 전에 공간 이동으로 도착한 것이고.

하지만 기사단이라는 규모를 장거리 이동을 시키겠다니 대체 그 마법사의 경지가 어느 정도인지 짐작이 가지 않았다. 자작 역시 마법사였기에 그 놀람은 더했다.

'나라면 감당할 수 있을 거라고 생각했건만 아직은 격차가 제법 있구나.'

경탄이 가득한 눈빛 속에 자신의 속내를 감추며 바실러스 자작은 테리신을 향해 말했다.

"기사단을 공간 이동 시킨다구요? 수도에서 제 영지까지요? 그것이 가능하다는 말입니까? 정말 놀랍군요."

자작의 감탄에 테리신의 얼굴에 자부심이 가득 찼다.

"보통의 마법사라면 절대 불가능하지요. 제가 이곳에 온 것만으로도 8서클의 경지에 이르러야 가능하니까요. 하지만 8서클을 마스터하신 제 스승님이시라면 대응 마법진만 있다면 서른 명 정도의 기사를 이동시키실 수 있습니다."

말을 하는 테리신이 자부심을 가질 만했다. 서른 명의 사람도 아니고 서른 명의 기사라니? 기사단이 이동한다 하면 그들이 타는 말과 그들의 갑옷과 같은 장비도 같이 이동시킨다는 말이다. 서른 명의 기사를 이동시키는 것은 백 명의 사람을 이동시키는 것보다도 어려운 일이었다.

"아, 공작 각하께서 기사의 종자들까지는 같이 이동시키지 못하니 이곳에서 자작님께 부탁드리겠다고 전해달라 하셨습니다."

"그 정도는 기꺼이 해드려야죠."

자작은 만면에 웃음을 띠면서 대답했다.

'시메티딘 영감, 벌써 8서클을 마스터했단 말인가? 무서운 영감 같으니라고.'

웃음과는 달리 자작의 속은 낭패한 기색이 역력했다. 자신이 알고 있는 제국의 대마법사 시메티딘의 경지는 분명 8서클 러너였다. 그 정도면 자신이 감당할 수 있는 수준이었다. 자신이 경지는 뒤처졌지만 자신이 익힌 마법의 특수성이 그 부분을 보완해 줄 수 있었다. 하지만 마스터라면 이야기는 달라진다.

제국에 혼란이 일어날 조짐을 감지하자마자 오랜 세월 준비해 온 일을 시작하려 했다. 하지만 시작부터 예상치 못한 난관이 모습을 드러낸 것이다.

'아직은 좀 더 웅크리고 있어야겠군.'

일을 시작하기에는 부족하다는 것을 알았기에 자작은 조금 더 숨을 죽이고 있기로 결정을 내렸다. 한편으로는 안도하기도 했다. 그 사실을 모르고 본색을 드러냈다가 오히려 낭패를 볼 수도 있는 상황이었으니까. 오히려 다행이라고 할 수 있는 것이다.

"한데… 말씀드리기 송구스러운 일이 있습니다."

눈앞의 마법사가 대마법사 시메티딘의 제자라면 더 더욱 함부로 할 수 없었기에 자작은 더욱 공손히 대했다. 그런 자작의 행동이 만족스러운 듯 테리신은 만면에 웃음을 띠며 대답했다.

"무슨 일인데 그러십니까, 자작님?"

"실은……."

상당히 난처한 표정으로 자작은 오늘 있었던 일을 천천히 이야기하기 시작했다.

"뭐라구요? 그런 중요한 일을 이제야 말씀하시면 어떻게 하라는 것입니까? 즉시 공작 각하께 보고를 하셨어야지요!"

자작의 이야기가 끝나자마자 테리신의 입에서 노성이 터져 나왔다. 귀족가의 일개 마법사인 그가 자작의 작위를 가진 귀족 앞에서 절대 보일 수 없는 행동이었지만 그는 개의치 않는 듯했다.

'이놈이······!'

테리신의 안하무인한 행동에 순간적으로 자작의 눈에 분노가 스쳐 지나갔지만 테리신은 그것을 발견하지 못했다.

"죄송합니다. 추적대를 곧장 파견했기에 곧 그 용병 놈을 잡고 그분을 모셔오리라 생각해서 보고를 하지 않았습니다."

"그래도 보고를 했어야지요. 에이, 제가 직접 보고하겠습니다. 조용한 방 하나만 내어주십시오."

테리신은 말을 마치고는 몸을 돌려 성큼성큼 걸음을 옮겼다. 이곳이 자작의 저택이 아니라 마치 자신의 저택인 것처럼 행동했다.

'건방진 놈, 네놈은 꼭 내가 갈가리 찢어 죽여주마!'

자작의 눈에 진득한 살기가 차 올랐지만 뒤돌아서 있는 테리신은 알 수 없었다.

"그냥 이 서재를 쓰도록 하십시오. 제가 아랫것들에게는 말을 해놓겠습니다."

"그래요?"

자작의 말에 테리신은 다시 몸을 돌렸다.

"그럼 저는 이만 나가보겠습니다."

"네."

자작은 자신의 서재를 나서자마자 하인들에게 근처에 얼씬도 하지 말라는 말을 남기고는 응접실로 향했다. 자작이 완전히 사라진 것을 확인한 테리신은 품에서 수정 구슬을 꺼내 마법 통신을 시작했다. 그 전에 주변에 마법으로 도청에 대한 차단 막을 쳤음은 물론이다.

통신을 마치고 서재를 나온 테리신은 복도를 따라 걸었다. 자신이 주변을 물려달라고 했기에 아무도 없었다. 자작을 만나려면 일단 아무 하인이라도 찾아야 했다.

"이봐라, 자작님은 어디에 계시냐?"

한참을 걸어 하인이 눈에 띄자 테리신은 가장 먼저 자작의 행방을 물었다. 처음 보는 이가 대뜸 반말을 쏟아내자 하인은 기분이 나빴지만 그것을 내색하지는 않았다. 오랜 하인 생활에서 생긴 눈치가 그것을 막은 것이다.

"이리로 따라오십시오."

하인은 하던 일을 멈추고는 테리신을 안내했다. 조금 전에 한 시녀가 응접실로 간단한 다과를 가지고 가는 것을 보았다. 아마도 자작이 그곳에 있으리라 생각한 하인은 테리신을 그곳으로 데리고 갔다. 역시 자작은 그곳에서 담담히 차를 마시고 있었다.

"아, 통신은 마치셨습니까?"

테리신을 발견한 자작이 소파에서 일어서며 물었다.

"네, 보고를 하지 않은 자작님 덕에 저만 무척이나 혼났습니다."

퉁명스레 대답을 하고는 소파에 털썩 주저앉는 테리신. 그의 무례한 행동에 그 자리에 있던 사람들의 눈살이 찌푸러들었다.

"뭐냐?"

하인들의 표정을 본 그가 기분 나쁘다는 듯 말했다.

"어서들 물러가거라. 하하, 죄송합니다. 아랫것들이라 뭘 모릅니다."

치솟는 살기를 억지로 삼키며 자작은 얼굴에 웃음을 띠었다.

"흥, 시골 영지란……."

작은 소리로 중얼거리는 테리신의 말에 자작은 울컥 치솟는 무엇을 억지로 참느라 상당한 노력을 해야 했다. 그간의 세월을 이딴 애송이 때문에 허사로 만들 수는 없었다.

테리신은 통신을 하면서 제법 낭패한 꼴을 당했는지 상당히 기분이 나쁜 듯한 모습이었다. 이런 애송이를 상대할 때는 적당히 기분을 맞춰줘야 했기에 자작은 순순히 그의 화를 다 받아주었다. 자신의 가슴에 치솟는 열화와 같은 분노는 차가운 이성으로 억지로 식히면서.

"공작 각하께서는 무어라 하시던가요?"

자작은 테리신의 눈치를 보는 듯한 모습을 연기하며 조심스레 물었다. 자작의 기색을 힐끗 건방진 눈빛으로 살핀 테리신은 여전히 퉁명스레 답했다.

"무척이나 노하셨죠. 그분이 어떤 분이신데 그런 더러운 용병에게 끌려가도록 놔두었냐고 하시면서."

"면목이 없습니다."

자작은 고개를 숙이고 이마에 맺힌 땀을 닦았다. 마치 눈앞에 있는 테리신이 공작이라도 되는 것처럼. 누가 보더라도 자작이 테리신에게

쩔쩔매는 모습이었다.

"그래서 공작 각하께서 즉각 예정을 변경하셨습니다. 본디 오기로 되어 있던 삼십의 기사 대신 열 명의 하이 나이트를 보낸다 하셨습니다."

"하이 나이트요?!"

바실러스 자작의 얼굴이 경악으로 가득 찼다. 하이 나이트를 열이나 파견한다는 말은 그에게는 충격이나 다름없었다.

'그 여자가 대체 얼마나 중요한 존재이기에 이런 곳에 하이 나이트를 열이나 파견한단 말인가? 칸세르 공작, 대체 무엇을 꾸미고 있는 것이오?'

바실러스 자작은 순간 자신이 이번 일에 대해 판단을 잘못한 것은 아닌가 하는 불안을 느꼈다.

"그렇습니다. 곧 준비가 될 거라 하셨으니 저도 어서 대응 마법진을 그려야 합니다. 하이 나이트 분들이 충분히 이동할 수 있는 마법진을 그릴 만한 장소로 안내해 주십시오."

"알겠습니다. 이리로 오시지요."

자작은 자신이 직접 테리신을 자신의 기사들이 사용하는 연무장으로 데리고 갔다.

'허어, 하이 나이트라……'

바실러스 자작은 억지로 숨기려 했지만 크게 당황한 상태였다. 함께 움직이는 테리신이 그 사실을 모를 뿐.

바실러스 자작을 이렇게 놀라게 하는 하이 나이트란 어떤 존재일까?

하이 나이트는 소드 익스퍼트와 소드 마스터 사이에 있는 존재였다.

소드 익스퍼트 최상급에 이르러야만 얻을 수 있는 칭호였지만 소드 익스퍼트 최상급에 이르기만 했다고 해서는 얻을 수 없는 칭호이기도 했다.

소드 익스퍼트 최상급의 실력과 무수한 실전 경험, 그 두 가지를 갖추고 또한 인정을 받아야만 얻을 수 있는 칭호였다. 제국에 소드 마스터의 숫자가 불과 일곱에 불과하다는 것만 보더라도 하이 나이트는 대단한 존재인 것이다.

그런 하이 나이트가 한둘도 아니고 무려 열이나 자신의 영지로 보내진다 하니 바실러스 자작이 당황할 만도 했다.

연무장에 도착한 테리신이 연무장의 바닥에 특별한 마법 시료로 거대한 대응 마법진을 그리기 시작할 때쯤 마커가 삼십의 기사를 이끌로 영주성으로 돌아왔다.

"자작님."

"아, 마커. 왔는가? 그래, 갔던 일은?"

"죄송합니다, 자작님."

마커는 말에서 내려 무릎을 꿇었다. 자신의 능력이 모자라 주군의 명을 수행하지 못한 데 대한 사죄의 행동이었다.

"그런가? 할 수 없지. 자네가 놓쳤다면 그 용병이 그만큼 치밀한 자라는 거니까."

"B급 용병 하나 제대로 못 쫓다니. 쯧쯧, 시골 영지의 기사란 역시……."

마법진을 그리는 와중에 두 사람의 대화를 들었는지 테리신이 자작과 마커의 속을 긁어내는 소리를 아무렇지도 않게 했다. 그 말을 듣는 순간 마커의 눈에 불똥이 튀었다. 그리고 즉각 검을 뽑아 달려들려 했다.

하지만 자작이 엄한 눈으로 그의 행동을 말렸다.

"수도에서 오신 마법사님이시다. 예의를 지켜라."

평소와 다른 고압적인 자작의 어조에 마커는 고개를 숙이고 있을 수밖에 없었다.

자작은 가만히 테리신이 마법진을 그리는 것을 지켜보았다. 기사가 자신의 수련을 다른 기사에게 보이기 싫어하는 것과 마찬가지로 마법사들 역시 자신의 경지를 다른 마법사에게 보이는 것을 극도로 싫어했다. 오히려 마법사들이 기사들보다 더 심했다.

하지만 테리신은 모두가 지켜보는 앞에서 당당히 마법진을 그렸다. 이런 시골 영지에 무에 마법사가 있을까 하고 무시하는 마음에 허술한 모습을 보인 것이다.

'역시 8서클 마스터에 이른 것이 확실한 것인가? 저 복잡한 수식을 저런 방법으로 풀어내다니…….'

시메티딘이 알려준 것을 외워 그리는 것이 분명해 보이는 마법진을 보면서 바실러스 자작은 순수하게 그 경지에 감탄했다.

"완성했습니다. 뒤로 물러서 주십시오."

테리신은 자작과 마커에게 경고를 하고 자신도 마법진에서 멀찍이 물러섰다.

"대지를 가득 채운 기운이여, 하늘을 움직이는 기운이여, 아득한 곳에서부터 이곳으로 흘러온 힘이여, 보이지 않는 곳에 있는 이를 이곳으로 부르기를 기원하노니 공간의 문을 열어 그를 이곳으로 인도할지어다."

테리신이 두 눈을 감고 조용히 주문을 읊조리자 마법진이 빛을 발하기 시작했다. 수도에 있는 마법진과 이 대응 마법진이 서로 반응을 일으키게 하는 주문을 외운 것 같았다.

마법진이 빛을 뿌리기 시작하자 테리신은 자작의 곁으로 다가왔다.

"지금부터 엄청난 광경을 보시게 될 것입니다."

그의 말이 아니더라도 자작은 넋을 잃고 마법진을 지켜보고 있었다. 사방의 마나가 요동을 치며 마법진으로 빨려 들어갔다. 엄청난 규모의 공간 이동이었기에 흡수하는 마나의 양도 어마어마했다. 마나의 흐름에 따라 광풍이 몰아쳤다.

자작의 머리카락이 세찬 바람에 휘날렸다.

은은한 빛을 흩뿌리던 마법진이 일순 휘영청 찬란한 빛을 토해냈다.

그 빛이 사라질 무렵 마법진 위에는 새하얀 백마를 탄 십 인의 하이 나이트가 그 당당한 모습을 드러냈다. 급하게 준비를 했을 텐데도 흐트러진 모습은 전혀 없었다.

"헉! 어떻게 저분이……?"

완연히 모습을 드러낸 하이 나이트들을 확인하던 테리신의 얼굴이 변했다. 그의 반응으로 보아 하이 나이트 중 신분이 범상치 않은 이가 있는 듯했다. 테리신은 바실러스 자작에게 살짝 고개를 숙이고는 곧장 하이 나이트들을 향해 다가갔다.

"어서 오십시오, 카르세온 자작님. 테리신입니다."

테리신은 허리를 깊숙이 숙이며 하이 나이트 중 가운데 서 있는 이에게 인사를 했다.

"자작이 아니라 부단장이다."

그는 자신의 귀족 신분보다 기사의 신분을 더 자랑스러워하는지 딱딱한 어조로 테리신의 말을 정정했다.

"네, 카르세온 부단장님. 이리로 오시죠."

항상 무표정하고 딱딱한 분위기의 어법을 구사하는 카르세온이지만 테리신의 등은 땀으로 축축하게 젖어들었다. 아무리 자신이 대마법사인 시메티딘의 제자라 하지만 카르세온은 자신 따위는 언제든지 어찌할 수 있는 힘을 지닌 사람이었다. 어쨌든 제국에 단 일곱이 있다는 소드 마스터 중 한 명이니까 당연히 그의 심기를 거스르지 않도록 조심해야 했다.

테리신의 인사에 바실러스 자작의 얼굴이 살짝 변했다. 열 명의 하이 나이트가 온다고 했을 때 칸세르 공작이 이 일을 굉장히 중요하게 생각한다고는 느꼈지만 이것은 자신의 예상을 웃돌았다. 칸세르 공작이 보낸 인원은 하이 나이트 열이 아니었다. 한 명의 소드 마스터와 아홉 명의 하이 나이트였다.

'대체 그 계집이 누구기에 제국에 일곱밖에 없다는 소드 마스터를 이렇게 보낸단 말인가.'

칸세르 공작가가 미오나인 제국제일의 권력가가 될 수 있는 힘은 두 명의 소드 마스터와 한 명의 대마법사 때문이었다. 검과 마법 그 두 분야에서 최고에 이르렀다 할 수 있는 이들을 가신으로 거느리고 있기에 제국제일의 권력가의 자리를 지킬 수 있었던 것이다.

"처음 뵙겠습니다. 크리스토 바실러스 자작이라 합니다. 제가 변변치 않아 이 누추한 영지에까지 오시게 해서 대단히 송구스럽습니다."

상대가 누구인지 알았으니 최대한 조심해야 한다. 그 옆에 서서 손을 비비며 간사한 표정을 짓고 있는 멍청한 테리신 따위의 녀석과는 비교도 되지 않는 거물인 것이다.

"페르마타 카르세온 자작이라 합니다. 칸세르 기사단의 부단장을 맡고 있습니다."

말에서 내린 카르세온은 예의 그 딱딱한 어조로 인사를 했다. 같은 자작인 이상 어떻게 보면 상당히 무례하게 보일 수 있는 언행이었지만 바실러스 자작은 여전히 웃고 있었다.

페르마타 카르세온. 그는 이미 제국에서 유명한 인물이었다.

현재 27세로 이미 소드 마스터를 이룬 불세출의 천재.

카일로니아의 사이몬 공작가의 사람들만 아니라면 분명 대륙제일의 검의 천재라 불렸을 인물이지만 도저히 인간 같지 않은 그들 때문에 겨우 미오나인 제국제일의 검의 천재에 머무른 비운의 인물이기도 했다. 소드 마스터의 경지를 이루는 나이는 평균적으로 오십에서 육십 사이이다. 소드 마스터를 이루는 것만으로도 엄청난 일이기에 나이는 중요하지 않았다. 게다가 소드 마스터라는 수준 자체가 나이의 한계를 깨는 경지이지 않은가.

한데 그런 경지를 불과 25세에 이루었다면 십만 명에 한 명 있을까 말까 한 엄청난 천재라는 것은 말할 필요도 없는 일이다.

페르마타 카르세온. 그는 거만할 자격이 있는 이였다. 하지만 바실러스 자작에게 보인 그의 행동은 절대 거만해서가 아니었다. 그의 성격이었다. 제국의 황제 앞에서도 저렇게 행동했다는 것은 더 이상 유명한 일화가 아니었다. 그 사실을 알았기에 바실러스 자작은 여전히 만면에 웃음을 머금고 카르세온을 대할 수 있는 것이었다.

"일단 안으로 들어가시죠."

바실러스 자작이 몸을 옆으로 돌리며 그들을 안으로 청했다. 하지만 카르세온은 고개를 설레설레 저었다.

"그럼……?"

"추적을 시작하겠습니다. 그들은 어느 쪽으로 달아났죠?"

지극히 무미건조한 사무적인 어조. 타고난 기질 때문일까? 카르세온에게는 더없이 어울렸다.

카르세온의 의사를 확인한 바실러스 자작이 눈짓을 했다. 자작의 뜻을 알아차린 마커가 앞으로 나섰다.

"부족하지만 저희 영지 기사단의 단장을 맡고 있는 마커라 합니다. 조금 전까지 그들을 추적하다가 돌아왔으니 데리고 가십시오. 길 안내 정도는 할 수 있을 겁니다."

마커로서는 굉장히 자존심 상하는 소개였지만 어쩔 수 없는 일이었다. 상대는 소드 마스터를 비롯한 소드 익스퍼트 최상급의 하이 나이트들. 자신은 이제 겨우 소드 익스퍼트 중급의 경지에 든 일반 기사다.

바실러스 자작의 말에 카르세온이 고개를 끄덕였다.

"그럼 잠시 신세를 지겠습니다."

"신세라니요? 당치 않은 말씀입니다. 이게 다 저의 실수에서 비롯된 일인 것을요. 마커 자네도 많은 것을 배울 수 있을 걸세."

자작의 말이 맞았다. 이런 변방의 영지에서 언제 소드 마스터와 함께 일을 해보겠는가? 아니, 구경조차 할 수 없는 존재가 소드 마스터다. 무척이나 자존심 상하는 일일지도 모르지만 어떻게 보면 굉장한 행운일 수도 있는 것이다.

"그럼 지금 출발하겠습니다."

"부디 모든 일이 잘되길 빌겠습니다."

카르세온이 말에 오르자 바실러스 자작은 옆으로 물러났다. 마커 역시 자신의 종자가 가지고 온 말에 올랐다.

"이럇!"

우두두두두둑!

요란한 말발굽 소리와 함께 열한 필의 말과 열한 명의 사람이 순식간에 시야에서 사라졌다. 그저 하얗게 쌓인 눈 위에 남은 어지러운 흔적들이 그들이 떠났음을 말해주고 있었다.

"이런!"

그때 멍하니 서 있던 테리신이 잊고 있었던 듯 소리를 질렀다.

"나도 따라가야 하는 것을. 아무래도 마법사가 있는 편이 추적에 더 쉬움은 말할 필요도 없는데. 자작님, 제게 말 한 필만 빌려주십시오."

태연한 테리신의 말에 바실러스 자작은 더 이상 아무런 반응을 보이지 않았다. 단지 옆에 있는 하인에게 눈짓을 했을 뿐이다.

"마법사님, 이리로 오십시오. 제가 한 필 꺼내드리겠습니다."

하인이 테리신을 마구간으로 안내해 데리고 갔다.

'우드득, 바실러스 자작! 건방지군!'

테리신은 자신을 무시하는 듯한 바실러스 자작의 행동에 이를 갈며 하인의 뒤를 따랐다.

"간사한 녀석 같으니라고. 상대하기도 귀찮군."

멀어지는 하인과 테리신의 뒷모습을 보며 작게 중얼거린 바실러스 자작은 몸을 돌렸다.

　　　　*　　　　　*　　　　　*
　　　　　.

　휘익휘익.

　차가운 공기가 뺨을 스치고 지나갔다. 어느새 로즈의 얼굴은 새빨갛
게 변해 있었다. 하지만 이니안은 그런 것에는 신경 쓰지 않고 신중하
게 가지와 가지를 밟으며 뛸 뿐이었다.

　지금 이니안은 단 두 가지만을 생각하고 있었다. 하나는 최대한 흔
적을 남기지 않고 가능한 빠르게 이동해서 추적대와의 거리를 벌리는
것이다. 다른 하나는 마령천참공의 무공이었다.

　'더 이상 내가 아는 마나 운용법은 사용할 수 없다. 그렇게 했다가
는 마이너스 마나와의 충돌로 기혈이 엉켜 내상을 입을 뿐이니까. 뭐,
어차피 가문의 무공은 모두 쓸 생각이 없긴 했지만 마나를 다시 운용
하니 몸이 기억한 길로 마나가 움직여서 문제야. 어서 빨리 마령천참
공에 익숙해져야 해.'

　절대로 가문의 무공은 사용하지 않겠다고 다짐했지만 이니안에게
있어 마나의 운용은 숨을 쉬는 것과 다름없는 행위였다. 마나가 없을
때는 몰랐지만 다시 마나를 가지게 되자 몸은 예전의 기억대로 마나를
움직이려 했다. 신경을 써 마나를 운용하지 않으면 마이너스 마나가
몸의 기억에 이끌려 플러스 마나의 운용로를 따라 움직였다. 바실러스
자작의 성에서도 그 때문에 내상을 입었고.

　현재 이니안에게 한시라도 급한 것은 마령천참공에 익숙해져서 마
이너스 마나의 운용을 능숙하게 하는 것이었다.

　'일단은 마령보(魔靈步)부터다. 마침 열심히 달려야 하니까.'

마령보는 마령천참공상의 신법이자 보법이다.

빠르게 달려야 할 때는 바람같이 달릴 수 있는 신법으로도, 전투 중의 움직임에서는 신출귀몰하게 몸을 움직이는 보법으로도 사용할 수 있는 행신법이었다. 특히 귀신이 움직이는 것처럼 은밀하기도 하여 때에 따라서는 은신술로도 사용할 수 있었다.

이니안은 머리 속으로 마령보의 구결을 떠올리며 마나를 운용하고, 조금씩 그 변화에 따라 몸을 움직이며 발을 놀리기 시작했다.

'응? 저 녀석 움직임이 조금씩 달라지고 있는데? 게다가 몸에서 흘러나오는 어둠의 힘이 점점 더 많아지고 있어.'

이니안의 옆에서 유유히 날고 있던 케라우는 이니안의 몸에서 일어나는 변화를 눈치챘다. 어둠의 일족인 뱀파이어였기에 이니안이 운용하는 마이너스 마나에 민감하게 반응했다. 더군다나 케라우의 신경은 항시 이니안이 가진 어둠의 힘에 쏠려 있었으니.

이니안의 약간 뒤에서 소리없이 날아가는 케라우의 눈이 빛났다.

케라우의 기색이 조금 달라진 것을 이니안은 느낄 수 있었으나 그다지 신경 쓰지 않았다. 지금 현재 자신은 자신의 일에만 충실하면 되었다. 지금은 한시라도 빨리 플러스 마나의 기억을 지우고 마이너스 마나의 운용을 몸에 익게 만들어야 했다. 그렇지 않으면 언제 어떻게 몸이 상할지 알 수 없었다. 정말로 위급할 때 자신도 모르는 사이 플러스 마나의 운용법을 사용할 수도 있었기에.

"마령보라… 생각보다 어렵군. 뭐, 그만큼 뛰어나다는 것이겠지만."

"네?"

이니안의 중얼거림에 로즈가 이니안의 얼굴을 올려다봤다. 그러나

이니안은 조금 전에 아무 말도 안 했다는 듯 무표정한 얼굴로 발을 놀리는 데만 신경 쓸 뿐이었다. 그런 이니안의 모습에 로즈의 얼굴이 어둡게 변했다.

"이곳입니다."

이니안이 마령보를 수련하며 이동하기 시작할 때쯤 마커는 카르세온과 하이 나이트들을 데리고 자신이 용병의 종적을 놓친 곳에 도착할 수 있었다. 그 자리에 도착한 하이 나이트들은 각자 흩어져 주변을 살폈고, 카르세온은 가만히 말에 탄 상태로 있었다.

주변을 뒤지는 하이 나이트들은 말에서 내려 조심스레 걸음을 옮겼는데 그들 뒤로는 발자국이 없었다. 단지 무언가가 지나간 듯한 희미한 흔적만이 있을 뿐이었다.

'저것이 최상급의 소드 익스퍼트란 말인가?'

그 모습에 마커는 침을 꿀꺽 삼켰다. 자신이 꿈에도 그리는 경지를 눈앞에서 보았기에.

"이곳에서 그 적도의 흔적을 놓쳤단 말인가?"

"네."

카르세온의 물음에 마커가 황급히 대답했다.

"그래, 조사는 마쳤는가?"

"네, 부단장님. 다행히 눈이 내리지 않아 시간이 제법 지났는데도 흔적들이 온전히 남아 있었습니다."

아홉의 하이 나이트 중 가장 연장자로 보이는 이가 앞으로 나와 보고했다.

"어떻게 되었나?"

카르세온은 보고를 하는 기사에게 심유한 눈빛을 던지며 물었다. 그의 눈은 이미 어떻게 되었는지 다 알고 있다고 말하는 듯했다.

"일단 그 적도는 그분을 업고 이곳까지 달려온 것 같습니다. 그리고 이 근처에서 그분을 내려놓고 잠시 앉아 있었습니다. 눈밭 위에 그대로요. 아마 이 부근일 겁니다."

기사가 손으로 가리키는 곳은 눈이 전체적으로 푹 꺼져 있었다.

"그리고 잠시 후 이곳에서 누군가와 싸운 듯합니다."

기사의 손가락이 가리키는 곳은 이니안과 케라우가 전투를 벌이며 발자국을 어지러이 찍어놓은 곳이었다. 그 말에 마커는 낮게 고개를 끄덕였다. 자신 역시 그렇게 생각했기 때문이다.

"한데 이상한 것이……."

"말해라."

"이곳으로 온 발자국은 하나뿐이라는 겁니다. 누군가와 싸웠다면 그 상대의 발자국도 있어야 하는데 하늘에서 떨어진 듯 이곳에 갑자기 나타났습니다."

기사의 말에 카르세온은 고개를 끄덕였다.

"하지만 그것은 중요한 것이 아니지. 지금 우리가 찾아야 하는 것은 그놈의 행방이니까."

"네. 여기까지는 무작정 빨리 도망치기 위해 흔적을 남긴 듯합니다만 이후에는 흔적이 사라졌습니다. 적도는 상당히 머리가 돌아가는 녀석인 듯합니다."

카르세온은 기사를 보며 입을 열었다.

"그래서 흔적을 놓쳤다는 것인가, 마이어?"

"그렇지 않습니다."

카르세온의 물음에 지금까지 보고를 하던 하이 나이트 마이어는 자신에 찬 눈으로 대답했다.

"이곳에서 종적이 사라진 듯합니다만 무언가 이상한 흔적이 남아 있습니다."

"뭔가?"

"몇몇 나무 아래에 있는 새로 쌓인 듯한 눈입니다. 나무 아래에만 조금 있으니 아마도 나뭇가지에 쌓였던 눈들이 떨어진 것이겠지요."

"바람에 나뭇가지가 흔들려 떨어진 것이겠지."

하지만 카르세온은 그의 말과는 다르게 이야기하고 있었다.

"그렇다면 이곳에 전체적으로 눈이 떨어져 있어야 합니다. 그 정도로 강한 바람이 불었다면 이 근처의 나무 대부분을 흔들었을 테니까요. 하지만 몇몇 나무에만, 그것도 제법 거리가 떨어진 나무에서만 이런 것들이 보입니다. 그래서 두세 명을 나무 위로 올라가게 해서 조사해 보았습니다."

'그래서?'

그렇지 않아도 마커는 세 명의 하이 나이트가 나무 위로 훌쩍 뛰어오르는 모습을 보고 고개를 갸웃거리고 있었다. 도망친 용병 녀석의 흔적을 찾는데 왜 나무 위에 오르는지 알 수 없었던 것이다.

"그랬더니 과연 나뭇가지 위에 누군가가 눈을 밟고 지나간 흔적이 있었습니다. 나뭇가지에서 나뭇가지로 건너뛰면서 이동을 한 듯합니다. 게다가 그 행동에 익숙해져서 나뭇가지 아래로 눈을 떨어뜨리지 않을 정도가 될 때까지 이 주변을 돌면서 연습을 하다가 완벽하다 생각되었을 때 이동했습니다. 그래서 이 주변을 벗어나면 더 이상 그렇게 눈이 떨어진 흔적은 없습니다. 다만 나뭇가지의 눈들에는 발자국이 남아 있습니다."

보고를 마친 마이어는 카르세온을 올려다보며 그의 대답을 기다리고 있었다.

"훌륭하다."

그의 말에 마이어의 얼굴이 밝아졌다. 그 변화가 미미하기는 했지만 못 알아볼 정도는 아니었다. 카르세온은 말 위에 앉아서 주변을 둘러보는 것만으로도 대강의 정황을 알아차린 것이다. 그럼에도 불구하고 부하의 보고를 받은 것은 자신의 부하들의 능력을 시험한 것이다. 그리고 마이어는 그 시험에서 훌륭하다는 말을 들었다. 기쁘지 않을 수가 없었다. 아무리 하이 나이트라 하더라도 그 칭찬을 한 사람은 소드 마스터였으니까.

게다가 그 소드 마스터는 그저 집 안에서 검만 휘둘러서 경지를 이룬 샌님이 아니었다. 자신들과 같이 현장과 전장을 돌며 경험을 쌓고 하이 나이트의 칭호를 얻은 후에 깨달음을 얻어 소드 마스터가 된 이였다. 그들에게는 존경과 선망의 대상인 것이다. 그런 카르세온에게 칭찬을 들었으니 자부심 가득한 하이 나이트들도 얼굴에 변화를 보이며 기뻐한 것이다.

"그 용병 녀석, 제법 경험이 있는지 상당히 용의주도하군. 이런 방법으로 도주를 하다니 말이야. 그럼 계속 쫓아야겠지? 한 명이 나무 위로 올라가 흔적을 찾는다! 그리고 우리는 그 뒤를 따른다!"

"넷!"

명령이 떨어지자 우렁찬 대답과 함께 여덟의 하이 나이트가 말에 올랐고, 나머지 하나는 곧장 나무 위로 몸을 날렸다. 가지와 가지를 밟아 위로 뛰어오르는 그 모습은 흡사 한 마리 비조와 같았다.

'과연… 대단하다.'

자신은 더 이상의 흔적을 찾지 못하고 포기한 곳에서 이들은 한 시간의 절반도 되지 않은 시간 만에 완벽히 흔적을 찾아냈다. 마커의 입장에서는 과연이라는 감탄이 나올 수밖에 없었다.

"자네는 그만 영지로 돌아가도록. 이곳까지 안내해 줘서 고마웠다. 우리는 이대로 용병을 추적해 체포해서 그분을 모시고 그대로 수도로 돌아갈 것이니까 영지로 돌아가 자작님께도 인사를 전해주게. 그럼."

그 말을 남긴 카르세온은 나무 위로 올라간 부하의 손짓에 따라 말을 천천히 몰아갔다. 마커는 그 모습을 멍하니 바라보았다.

"흥, 역시 시골 영지의 기사들이란 무능하군. 이 정도 흔적도 못 찾아 놓쳤다며 그냥 돌아오다니."

기사들의 후미를 따라 말을 몰아가던 테리신의 한마디에 마커는 울컥했으나 어쩔 수 없었다. 그와 자신 사이에는 거대한 차이가 존재했으니까. 그저 말없이 화를 삭일 뿐.

'저 재수없는 마법사 자식은 갈아 마셔도 속이 시원하지 않겠지만… 역시 대단하다, 하이 나이트들이란.'

감탄 가득한 눈으로 그들의 모습이 사라질 때까지 바라보던 마커는 천천히 말머리를 돌렸다.

'그리고 테리신 네놈은 언젠가 내가 자근자근 밟아주는 날이 꼭 올

것이다. 기다리고 있어라.'

살기 띤 눈으로 살짝 뒤돌아본 마커는 말 옆구리를 찼다.

"테리신."

"네, 부단장님."

"너무 설치지 말도록."

"네."

테리신이 중얼거리는 소리를 하이 나이트들은 모두 들었다. 아니, 그가 마커가 들으란 듯 제법 큰 소리로 중얼거렸기에 듣지 않을 수가 없었다. 그들의 청력은 일반인들에 비해 훨씬 예민했으니까.

아무리 변방의 시골 영지 기사라고는 하지만 마커는 기사였다. 기사에게는 명예라는 것이 있다. 하이 나이트들과 카르세온 역시 기사였기에 기사의 명예를 아주 중요하게 생각했다. 아니, 기사에게는 주군에 대한 충성과 명예가 전부였다.

그런데 테리신이 마커에게 한 말은 기사의 명예를 깎아내리는 말이었다. 일개 마법사 주제에 기사의 명예를 무시한 것이다. 그들 역시 기사였기에 그런 모습이 곱게 보일 리 없었다. 그랬기에 카르세온이 주의를 준 것이다.

'겁없는 마법사 녀석, 주제를 모르고 설치다니…….'

이런 생각이 머리 속에 떠오른 것은 비단 마이어만이 아니었다.

카르세온의 경고에 테리신은 조용히 뒤를 따랐다.

이니안은 처음에만 주위를 맴돌다가 이후에는 쭉 일직선으로 달렸기에 점점 더 추적에 속도가 붙었다. 그렇게 얼마나 달렸을까? 나무 위의 기사가 갑자기 멈춰 섰다.

"나르트, 왜 그러나?"

갑자기 멈춰 서자 마이어가 목소리를 높여 물었다.

"흔적이 사라졌습니다. 발자국이 없습니다."

나르트의 대답에 기사들의 안색이 살짝 굳었다. 이니안이 마령보를 익히기 시작하며 이동한 후 어느 정도 익숙해지기 시작한 위치였다.

"흐음."

잠시 고민하는 듯하던 카르세온이 말 안장에서 곧장 몸을 날려 나무 위로 올라갔다. 그가 나르트의 옆에 도착하는 것은 순식간이었다. 그는 날카로운 눈으로 주변을 탐색했다.

"내려가지."

"네."

카르세온은 언제 나뭇가지 위로 올라갔었냐는 듯 어느새 말 안장에 편안한 자세로 앉아 있었다. 나르트는 가지와 가지 위로 번갈아가며 몸을 날린 후 자신의 말 안장에 내려앉았다.

"우리가 판단을 잘못한 듯하다."

"네?"

"적도는 최소한 소드 익스퍼트 상급의 실력이다. 눈 위에 발자국을 남기지 않을 정도이니."

마나를 운용하면 몸이 강해지고 또한 가벼워진다. 그래서 보통 사람으로서는 불가능한 도약이 가능하고 믿을 수 없는 속도로 움직이는 것이 가능해진다. 소드 익스퍼트의 경지에 들어서면 몸 전체에 퍼져 있는 마나를 어느 정도 조정할 수 있게 된다. 그에 따라 경지가 깊어질수록 마나를 더욱 능숙하게 다룰 수 있게 되고, 상급의 단계에 오르면 정신을 집중해 이동할 경우 눈 위를 걸어도 발자국을 남기지 않을 수 있게 된다.

"그렇다는 것은?"

"그분을 업고 이동한다고 가정하면 너희들과 비슷할지도 모르지. 어쩌면 소드 마스터일지도."

"어떻게 그럴 수가……!"

카르세온의 말에 여기저기서 믿을 수 없다는 소리가 터져 나왔다. 하지만 카르세온의 말이었기에 믿지 않을 수도 없었다.

"지금부터 적에 대한 평가를 새로이 한다. 적은 우리와 일 대 일로 싸울 수 있는 강자다. 그렇게 생각하고 이동한다."

"넷!"

"지금까지의 경로로 보아 그는 일직선으로 계속 이동할 것이다. 이대로 계속 추적한다. 인간인 이상은 언젠가는 아래로 내려오기 마련이니까."

이니안은 서쪽으로 쭉 달리고 있었다. 일단 로즈의 목적지가 수도였기에 이니안으로서는 당연한 선택이었다. 게다가 바실러스 영지로부터 제법 멀어져 있었기에 서서히 속도를 늦추고 있었다. 그의 몸에 마나가 무한정 있는 것도 아니었기에 점차 지쳐 가고 있었다.

"이쯤에서 내려가는 게 어때? 너도 지쳐 보이고, 또 그놈들이 여기까지 쫓아올 리도 없으니까."

이니안의 기색을 눈치챈 케라우가 말했다.

"이니안 오빠……."

케라우의 말에 그제야 이니안의 상태를 눈치챈 로즈가 걱정스러운 눈으로 이니안을 바라보았다.

'또……'

다시 한 번 쉐이나의 모습이 로즈의 모습 위로 떠올랐다.

이니안은 천천히 아래로 내려가기 시작했다. 케라우의 말마따나 자신은 많이 지쳐 있었다.

'일단은 운공을 해야 한다.'

나무 아래로 내려온 이니안은 적당한 곳에 로즈를 내려놓고는 나무 아래에 정좌를 하고 앉았다. 이미 한 번 본 모습이었기에 로즈는 가만히 이니안을 바라보았다.

'저 자세에 무슨 비밀이 있는 것일까? 저 녀석, 저러고 앉아 무서운 속도로 어둠의 힘을 흡수한다.'

케라우가 눈을 빛내며 이니안을 바라보았다. 그의 눈에 서서히 이니안의 주위로 몰려들기 시작하는 어둠의 힘이 보였다.

'부럽군. 어둠의 일족인 내가 이제는 쓰고 싶어도 쓸 수 없는 힘을 일개 인간이 아무렇지도 않게 흡수하다니……'

한참을 감고 있던 이니안의 눈이 뜨였다. 지금까지와는 다른 형형한 안광이 이니안의 까만 눈동자를 더욱더욱 신비스럽게 만들어주었다.

'예쁘다……'

로즈는 이니안의 검은 눈동자에 순수하게 감탄했다.

운공으로 어느 정도 기력과 마나를 회복한 이니안은 몸을 일으켰다. 그리고 말없이 걸음을 옮겼다. 그 모습에 깜짝 놀란 로즈가 얼른 일어나 서둘러 걸음을 옮겼다. 하지만 바실러스 자작의 저택에서 호사스러운 드레스를 입고 있었던지라 산길을 걷기에는 많이 불편했다. 지금까지 이니안에게 업히고 안겨서 이동해 전혀 생각하지 않았던 문제이다.

하지만 이니안은 그런 로즈의 사정을 봐주지 않았다. 그저 걸음을 조금 늦춘 정도? 그것도 이니안의 입장에서는 상당한 배려였다. 예전의 그라면 그렇지 않았겠지만 그는 자신의 맹세를 깨면서부터 냉혹해지기로 마음먹었다. 그리고 지금 그렇게 행동하고 있었다.

"내참, 냉정한 녀석. 이렇게 아름다운 숙녀 분이 힘겹게 걷고 있는데 넌 그게 뭐냐? 안고 가지는 않더라도 하다못해 기다려 주는 정도의 예의는 보여야 할 것 아니야?"

케라우의 핀잔에도 이니안은 여전했다.

"아, 인사가 늦었습니다. 전 케라우 드로 라토시스라고 합니다. 어둠의 귀족인 뱀파이어죠. 잘 부탁드립니다, 레이디."

케라우는 로즈가 자신을 의아한 눈으로 쳐다보자 잔뜩 멋을 부리며 예의를 차려 인사를 했다. 감옥에 갇히기 전 많이 해보았는지 매우 익숙한 동작이었다.

"뱀파이어요?"

의외의 말에 로즈는 이니안을 쫓아가는 것도 잊고 멍하니 케라우를 바라보았다.

"네."

"그런데 어떻게 지금 이렇게 있을 수 있는 거죠?"

"그건 제 개인적인 사정으로 인해……."

케라우가 쓸쓸한 얼굴로 말끝을 흐리자 로즈는 더 이상 묻지 않았다. 다만 그가 뱀파이어라고 하자 아까 전 보았던 그의 손톱이 수긍이 갔다.

"그런데 왜 우리 뒤를 따라오시는 거죠? 아까 이니안 오빠와 그렇게 싸우기도 하시고. 설마……?"

"그건 말이죠, 재미있어서 말입니다. 저 녀석과는 바실러스 녀석의 지하 감옥에서 만났는데요, 제법 재미있는 녀석이더라구요. 하하하! 레이디께서 걱정하시는 그런 일이 아니니 안심하세요."

케라우는 크게 웃는 가운데 한쪽 눈을 찡긋하며 윙크를 하는 여유까지 보이며 로즈를 안심시켰다. 그는 그녀가 무엇을 걱정하는지 너무나 잘 알았기에.

'하지만… 솔직히 동하기는 하는군. 이렇게 아름다울 줄이야……. 그 피는 또 얼마나 맛있을까?'

잠시 로즈의 목을 물고 마음껏 그 피를 빼는 상상을 하던 케라우는 얼른 고개를 세차게 흔들어 잡념을 쫓아냈다. 정말 그런 일이 있으면 큰일이었기에.

케라우의 행동에서 무언가 불길함을 느낀 로즈는 몸을 떨며 슬금슬금 뒤로 물러섰다. 정신을 차린 케라우의 눈에 그런 로즈의 행동이 확연히 들어왔다.

'아차! 내가 무슨 실수를…….'

그제야 자신의 행동을 로즈가 모조리 지켜보았다는 사실을 깨달은 케라우가 얼른 신색을 고쳤지만 이미 늦었다.

그의 미간에서 섬뜩한 검날이 하얀 빛을 뿌리고 있었다. 어느새 이니안이 돌아온 것이다.

"아니… 이봐. 이보라고. 이건 그러니까… 실수야. 그러니까 이 무서운 녀석 좀 치워주면 안 될까? 하하하하!"

케라우가 어설프게 웃으며 더듬더듬 말했다.

"네놈."

"으, 응."

"한 번만 더 그딴 상상을 했다가는 정말로 목을 따버린다."

"으응, 앞으로는 조심할게."

이니안의 살기 넘치는 말에 케라우는 세차게 고개를 끄덕이며 대답했다. 그 대답을 듣고서야 검을 검집에 넣은 이니안은 몸을 돌려 다시 걸음을 옮겼다.

"푸흣."

멀뚱히 두 사람의 모습을 지켜보던 로즈는 결국 웃음을 터뜨렸다.

"어휴, 녀석. 살벌하기는. 뭐, 그래도 레이디께서 웃으시니 다행이네요."

이마의 땀을 닦은 케라우는 로즈를 보며 빙그레 웃으며 말했다.

"그래요? 저는 로즈라고 해요. 잘 부탁해요."

친근한 모습에 긴장을 푼 로즈가 손을 내밀며 웃었다.

"기꺼이. 저야말로 잘 부탁드립니다."

케라우는 한쪽 무릎을 꿇으며 로즈의 손등에 살짝 입을 맞췄다.

"호호홋."

케라우의 행동에 기분이 좋은지 지금의 상황도 잊고 로즈가 맑게 웃었다. 로즈가 웃자 자신도 기분이 좋은지 케라우도 빙긋 웃었다.

"그런데 이니안 오빠는 참 대단한 것 같아요. 전 케라우 씨 표정이 너무 징그러워서 뒤로 물러났던 건데."

"하아, 제가 징그러운 표정을 지었나요? 하하하하, 앞으로는 조심하도록 하겠습니다."

"저는 표정만 보고 그런 건데 이니안 오빠는 케라우 씨가 어떤 상상을 했는지도 알고 있는 것 같더라구요."

"그러게요. 그 녀석, 제가 상상한 것을 어쩌면 그렇게 딱 알아가지고. 하하하하! 엉? 잠깐!"

크게 웃으며 로즈에게 보조를 맞춰 걷던 케라우가 우뚝 멈춰 섰다.

"뭐야? 이니안 저 녀석, 내 상상을 읽었다는 거야? 그럼? 어이, 이니안! 어떻게 된 거야?"

그제야 사태의 심각성을 인지한 케라우가 이니안을 불렀지만 이니안은 조용히 자신의 길을 갈 뿐이었다.

사실 이니안 자신도 많이 놀란 상태였다. 케라우가 머리 속에 떠올린 기분 나쁘고 진득한 상상이 자신의 머리 속에 저절로 흘러들어 왔으니까.

'마령천참공 때문인가, 뱀파이어의 생각이 저절로 내 머리에 흘러들어 온 것은? 그리고 보니 마이너스 마나에 대해서 아는 것이 아무것도 없군. 앞으로 연구해야 할 과제인가? 누구도 익힌 적이 없는 것이니 어떤 일이 일어날지 알 수가 없어. 재미있군.'

이니안은 피식 웃었다. 이제 자신은 돌아갈 수 없는 강을 건넌 셈이었으니.

뒤에서 케라우가 고래고래 지르는 고함 소리가 들렸으나 이니안에게 있어서 그 정도를 무시하는 것은 일도 아니었다.

그렇게 세 사람은 천천히 서쪽으로 이동했다.

"응?"

선두에서 말을 몰던 마이어의 눈에 이채가 서렸다. 눈 위에 선명하게 찍힌 발자국. 그것이 마이어의 눈에 띈 것이다. 일렬로 늘어서면 말을 달릴 수 있는 산길이었기에 마이어가 선두에 서고 그 뒤로 일렬로 늘어서서 이동하는 중이었다. 즉각 마이어가 손을 들자 모두들 그 자리에 멈춰 섰다. 그리고 말에서 내려 마이어의 주변으로 모여들었다.

"무슨 일이지?"

"이것 좀 보십시오."

카르세온의 눈이 발자국을 향했다.

"다행이군. 상대가 방심하고 있어. 아마도 더 이상은 추적자가 없을 것이라 판단한 모양이야."

"그렇다는 것은… 그놈이 그분에 대해 전혀 모르고 있다는 뜻이군요."

"그래. 알고 있다면 절대 긴장을 늦추지 않았을 테니까."

"그렇다면 대체 왜 그분을 데리고 간 걸까요?"

나트르가 이해할 수 없다는 듯 고개를 갸웃거렸다.

"그것에 대해서는 우리가 알 필요 없는 것이니 신경 끄도록."

"네."

카르세온의 말에 나트르는 짧게 대답했다.

"우리로서는 다행스러운 일이다. 다들 속도를 올린다!"

카르세온이 자신의 말을 향해 걸음을 옮기며 말하자 다른 기사들도 서둘러 자신들의 말에 올라탔다. 그리고 지금까지보다 더욱 빠른 속도로 달리기 시작했다.

"빌어먹을."

선두에서 가만히 걷던 이니안의 입에서 욕지기가 튀어나왔다.

"왜 그래? 응? 설마……?"

이니안의 행동에 알 수 없다는 얼굴을 하던 케라우도 무언가를 느낀 듯 얼굴빛이 변했다.

"왜 그래요, 오빠?"

두 사람의 행동에 불길한 예감을 느낀 듯 로즈가 어두운 목소리로 물었다. 이니안은 아무런 대답도 해주지 않고 로즈를 향해 성큼성큼 걸어왔다.

"휘유! 끈질기군, 바실러스 녀석."

케라우는 정말로 놀랐다는 듯 휘파람 소리를 불어내며 중얼거렸다.

"늦었나?"

귀를 쫑긋거리던 이니안의 안색이 딱딱하게 굳었다. 잠시 생각을 하는 듯하더니 결정을 내렸는지 숲 한쪽으로 성큼성큼 걸어갔다.

"네놈은 알아서 해라. 단, 방해하면 네놈부터 죽인다."

"알았어. 걱정 말라구. 이래 봬도 말이야, 내가 뱀파이어들 중에서도 알아주는 뱀파이어였다고."

케라우가 걱정없다는 듯 자신의 가슴을 팡팡 쳤다. 하지만 이니안은 그런 모습에 눈길조차 주지 않고 제법 커다란 나무 뒤로 돌아갔다.

'잘될지 알 수는 없지만 해봐야지. 다행히 이 앞은 세 갈래 길이니까.'

"잠시."

그 말과 함께 이니안의 손이 로즈의 몸 위로 어지러이 움직였다.

'빌어먹을, 또다시 가문의 기술을 쓰는구나.'

지금 이니안이 로즈에게 사용하는 수법은 마나가 흐르는 길 중간중간에 있는 마나가 모이는 곳을 자극해 상대의 몸을 자신 마음대로 통제하는 수법이었다. 그것을 가문에서는 마나 마킹(Mana Marking)이라고 불렀고, 집안의 고서(古書)에서는 점혈(點穴)이라고 했다.

"어어……?"

갑작스러운 이니안의 행동에 무어라 말을 하려던 로즈는 목소리가 나오지 않는 것을 알고는 깜짝 놀랐다. 그리고 이어서 몸도 딱딱하게 굳는 듯했다. 게다가 코로 숨도 쉴 수 없었다. 가슴이 답답하게 차 올랐지만 질식하지는 않았다, 마치 다른 어떤 것이 코를 대신해 숨을 들이쉬는 것처럼.

'대체 어떻게 이런 일이?'

당혹스러운 현상이었지만 로즈는 침착함을 유지하려고 애썼다. 자신을 지켜주겠다고 한 이니안이었으니 자신에게 해를 끼치지는 않을 것이라는 믿음을 가지고.

로즈의 모든 움직임을 봉쇄하고 호흡도 강제로 피부로 하게끔 만든 이니안은 그제야 나무 뒤로 몸을 붙였다, 로즈를 꼭 끌어안고.

'오, 오, 오빠…….'

급작스러운 상황에 로즈의 얼굴이 새빨갛게 물들었지만 이니안은 전혀 신경을 쓰지 않는 듯했다.

'마령천참공. 마령보의 마령귀은술(魔靈鬼隱術).'

이니안은 이곳으로 이동하면서 익힌 마령보상의 한 가지 수법을 펼쳤다. 그러자 이니안의 몸에서 검은 기운이 피어오르기 시작했다.

'또!'

이니안의 몸에서 어둠의 힘이 누구라도 볼 수 있는 형체를 띠고 뿜어져 나오자 케라우의 눈이 더욱 빛났다.

'저 녀석, 정말 인간 맞아? 마족 아냐?'

어둠의 힘을 유형화시키는 모습에 케라우는 절대 있을 수 없는 일을 의심하기까지 했다.

이니안의 몸에서 뿜어져 나온 기운은 곧 이니안과 로즈를 감싸 안았다. 그리고는 곧 이니안이 기댄 나무까지 감싸 안더니 형태가 변하기 시작했다. 아니, 형태가 변한다고 생각한 순간 이니안과 로즈를 감싸 안은 그 기운은 완벽하게 나무로 화해 있었다. 마치 처음부터 그곳에 나무가 그렇게 있었던 것처럼.

'알 수 없는 녀석이란 말야. 쩝, 나도 어서 몸을 숨겨야지.'

그렇게 생각을 한 순간 케라우의 몸이 안개처럼 흩어지더니 사라졌다.

케라우가 사라지자 그 자리에 열 명의 기사와 한 명의 마법사가 모습을 드러냈다.

"눈치챘나?"

갑자기 발자국이 사라졌기에 그렇게 생각할 수밖에 없었다.

"하긴 그 정도 실력을 가졌으면……."

그렇게 중얼거린 카르세온은 전방을 바라보았다. 그곳에는 셋으로 나누어진 산길이 자리하고 있었다.

"길이 세 개라……."

잠시 고민하는 듯한 카르세온은 이윽고 결정을 한 듯 명령을 내렸다.

"지금 상황에서는 어디로 갔는지 알 수 없다. 그러니 셋으로 나뉜다. 혹시라도 적도를 만나면 절대로 혼자서 공격하지 말고 합공을 하도록 한다. 우리의 임무를 가슴 깊이 새겨라. 행여나 호승심에 일 대 일 대결을 하려 하지 마라. 알겠나?"

"네!"

이미 이런 상황에 익숙한 듯 열 명의 기사는 일사불란하게 조를 이루며 셋으로 나뉘었다.

"자네는 나랑 같이 가지."

어디로 가야 할지 몰라 두리번거리고 있던 테리신은 카르세온의 말에 즉각 그의 옆으로 말을 몰았다.

"그럼."

카르세온이 선두에서 가운뎃길로 말을 몰았다. 그 뒤로 세 명의 하이 나이트와 테리신이 말을 달렸다. 오른쪽 길은 마이어가 두 명의 하이 나이트와 왼쪽의 길은 나르트가 두 명의 하이 나이트와 말을 달려 갔다.

'분명 암흑 마나가 느껴진 듯했는데……. 뭐, 도망치는 녀석은 마법사가 아니라 용병이니 내 착각이겠지.'

아주 잠시지만 테리신은 흑마법에서 사용하는 암흑 마나를 느꼈다. 하지만 그럴 리가 없었기에 대수롭지 않게 자신의 착각이라 단정을 내리고는 묵묵히 카르세온의 뒤를 따랐다.

　열 명의 기사와 한 명의 마법사가 사라지고 얼마간 시간이 지나자 이니안은 은신을 풀고 몸을 드러냈다. 그리고 곧장 로즈의 몸을 정상으로 돌려주었다.

　그제야 몸의 감각이 정상으로 돌아오자 로즈는 신기한 듯 자신의 몸을 이리저리 살폈다. 그러다가 이상한 기운에 고개를 들었다. 그곳에는 이니안이 차가운 눈으로 자신을 내려다보고 있었다.

　로즈와 눈이 마주치자 이니안의 입이 열렸다.

　"너, 대체 정체가 뭐냐?"

　차갑기 이를 데 없는 목소리였다.

　"그, 그건 이미……."

　이니안의 몸에서 뿜어져 나오는 북풍한설과도 같은 기운에 로즈는 몸을 떨며 말을 제대로 잇지 못했다.

　'그 녀석들은 분명…….'

　이니안은 은신해 있는 와중, 그 자리를 지나간 기사들의 경갑에 새겨진 두 가지 문장을 똑똑히 보았다.

　세로로 세워진 검과 그 검의 검병 위에 두 발을 올리고 양쪽으로 날개를 활짝 펼친 독수리. 그것은 분명 하이 나이트를 상징하는 대륙 공통의 문장이었다. 그리고 다른 하나의 문장은 하늘을 향해 포효하는 사자의 문양이었다.

　'미오나인 제국에서 사자를 문장으로 쓰는 가문은 칸세르 공작가 단 한 곳이다.'

두 개의 문장을 확인했기에 이니안은 혼란스러웠다. 그런 대단한 거물이 왜 로즈의 뒤를 쫓는지 알 수 없었기 때문이다.

"이봐, 이니안. 지금 그것보다는 몸을 피하는 게 먼저일 것 같은데. 그 녀석들, 보통 놈들이 아니야. 절대 바실러스 같은 떨거지 녀석의 수하일 리 없다고. 물론 바실러스 그놈도 나름대로 숨겨놓은 것이 있긴 하지만 저놈들은 아니야."

어느새 모습을 드러낸 케라우가 이니안에게 말했다. 그도 조금 전 지나간 기사들에게서 무언가를 느낀 것이다.

케라우의 말이 맞았다. 지금 중요한 것은 로즈의 정체보다는 몸을 피하는 것이었다.

'게다가 지휘를 하던 그 녀석, 분명 소드 마스터다. 빌어먹을.'

말없이 로즈를 안아 든 이니안은 곧장 산맥 깊숙한 곳으로 몸을 날렸다. 발자국을 남기지 않았음은 물론이다. 상대가 저렇게 말을 몰고 쫓는 기사라면 좀 더 험한 산으로 들어가야 했다. 말이 쫓아오지 못할 곳으로.

'지금 상태라면 상대가 안 된다. 일단 산속으로 들어가 몸을 숨겨 시간을 벌어야 한다. 마령천참공도 더 익혀야 하고.'

이제 익히기 시작한 지 하루가 지난 마령천참공으로는 할 수 있는 일이 극히 제한적이었기에 이니안은 시간을 벌기로 작정했다.

지금 그에게 가장 필요한 것은 충분한 시간이었다.

Chapter 5

나의 힘은 이런 게 아니었단 말이다

나의 힘은 이런 게 아니었단 말이다

길게 이어진 하얀 길. 누구도 디딘 적이 없는 순백의 선을 다섯 필의 말이 여기저기 파헤치며 달리고 있었다. 다섯 필의 말 위에 올라탄 다섯 사람은 아무런 말이 없었다. 네 사람은 날카로운 눈빛을 번득이며 주위를 살폈고, 나머지 한 사람은 그런 네 사람의 눈치만 살피고 있었다.

"아무래도 이상합니다."

좁은 길이었기에 일렬로 늘어선 상황. 두 번째 위치에 있던 기사가 선두의 기사에게 말했다. 선두에서 가장 날카롭게 주변을 살피고 있던 카르세온은 기사의 말에 고개를 끄덕였다.

"맞아, 이상해. 다른 두 조로부터 연락은 없었나?"

"예."

"그렇다면 그들도 우리와 같은 상황이겠군."

"예, 아마도……."

세 조로 나뉘어 조별 행동을 하게 될 때 카르세온의 부관 역할을 하게 된 하이 나이트 하론이 말을 늘이며 대답했다. 그 자신도 그렇게 생각은 했지만 혹시나 하는 마음에 딱 잘라 말하지를 못한 것이다.

"연락을 해보지."

카르세온의 말에 하론은 자신의 팔목에 있는 팔찌에 마나를 불어넣었다. 하이 나이트들끼리의 원활한 정보 교환을 위해 만들어진 마법 통신용 아티팩트로 마나를 불어넣으면 같은 마나 파장을 가진 팔찌를 착용한 사람과의 통신이 가능했다.

[나르트. 마이어.]

하론은 마음속으로 두 사람을 불렀다. 이 아티팩트는 굳이 입을 열어 말을 하지 않아도 자신이 전달하기를 원하는 생각과 상대와의 생각의 공유가 가능했다. 그랬기에 실제로 만나 대화를 하듯 여러 명과 의사 소통도 가능했다.

[왜 그러나, 하론?]

[무슨 일인가?]

즉각 두 사람의 대답이 들려왔다.

[부단장의 명이다. 무언가 이상하다고. 너희는 어떤가?]

[그렇지 않아도 이상하다는 생각이 드는 참이야. 계속 이대로 추적을 해야 하는가 싶군.]

나르트는 하론의 말에 자신의 생각을 이야기했다.

[나 역시 마찬가지야. 확신을 하지 못해서 일단 추적 중이었지만. 부

단장은 뭐라 하시나?]

[아무래도 우리가 잘못된 길로 가고 있다고 확신하시는 것 같아.]

[으음.]

[끄응.]

하론의 대답에 두 사람은 각기 버릇처럼 신음 소리를 냈다. 부단장이 잘못된 길로 추적하고 있다고 확신했다면 그것은 분명한 사실이다. 자신들이 지금껏 겪은 부단장의 판단은 정확했기에. 그렇다면 대체 어디서 그 용병을 놓쳤을까 하고 생각해 보았지만 떠오르는 것이 없었다.

"뭐라 하는가?"

"둘 모두 저희와 같은 상황입니다."

카르세온의 물음에 하론은 통신을 멈추고 대답했다.

"돌아간다. 둘에게도 그리 전하도록. 우리가 헤어진 그 갈랫길의 입구에서 만나자고."

"네."

카르세온의 결정을 즉시 두 사람에게 정한 하론은 말머리를 돌렸다. 나머지 기사들도 말머리를 돌렸다. 갑작스러운 상황에 당황한 것은 테리신이었다. 지금까지 일행의 끝을 따라오는 것도 벅찼는데 이제는 선두에서 달려야 할 판이었으니.

"출발한다."

카르세온의 무미건조한 말에 일행은 즉시 말의 허리를 찼다. 선두에선 테리신은 죽을 맛이었다. 뒤에서 무섭게 말을 몰아오는 하이 나이트들의 말은 전장을 누비는 단련된 전마였기에 이런 산길도 무리없이 달렸다. 하나 자신의 말은 바실러스 자작에게 빌린 그저 그런 말. 게다가 자신의 승마술 또한 전장에서 닳고닳은 하이 나이트들에 비할 바가 아니었다. 자연히 뒤에서 노도와 같이 몰려오는 기사들에게 쫓기는 꼴이나 다름없게 되어버린 것이다.

추적을 위해 헤어졌던 곳에 도착하니 이미 다른 여섯 명의 기사도 도착해 있었다.

"늦었군."

가장 나중에 합류점에 모습을 드러낸 카르세온이 담담하게 말했다. 그의 말에 찔끔한 얼굴을 한 것은 테리신이었다. 자신 때문에 늦어졌으니 괜히 가슴 한구석이 찔렸던 것이다, 누구도 자신에게 무어라 하지는 않았지만.

"이 주변을 다시 살핀다. 분명 이곳에서 무언가가 있었을 것이다. 사람인 이상 말보다 빨리 달릴 순 없다. 게다가 혼자 몸도 아니고 여성과 함께 움직이고 있다. 그런 상황에서 산길을 말보다 빨리 벗어난다는 것은 소드 마스터라도 불가능하다. 그 용병이 이곳에서 무슨 수작을 부린 것이 분명하다."

카르세온의 말에 아홉의 하이 나이트는 즉시 말에서 내려 주변으로 흩어졌다. 이번에는 카르세온 역시 말에서 내려 주변을 꼼꼼히 살폈다. 상황이 그러했기에 테리신도 말 위에 있지 못하고 말에서 내려 괜히 이곳저곳을 휘적휘적 돌아다녔다.

"자네, 할 일 없으면 말 위에서 가만히 있게! 그렇게 돌아다니면서 흔적을 지우지 말고!"

마이어의 입에서 터져 나온 날카로운 목소리의 지적에 찔끔한 테리신은 그 자리에 우뚝 섰다. 그리고는 아무것도 하지 못한 채 그저 주변을 두리번거렸다.

그때 그의 머리를 번득 스쳐 지나가는 생각이 있었다. 절대 그럴 리가 없어서 무시하고 지나갔던 느낌. 그 용병이 이곳에서 무슨 수작을 부렸다 하니 혹시나 하는 생각이 들었다.

"저……."

그래도 역시 함부로 말을 꺼내기가 힘들었음인지 테리신은 우물쭈물하며 겨우 입을 열었다. 그의 말소리에 찌릿하는 시선이 쏟아졌다. 잔뜩 신경을 곤두세우고 정신을 집중하여 머리털 하나의 흔적도 놓치지 않으려는 그들을 방해하는 목소리가 울렸기 때문이다.

"뭔가?"

테리신의 표정에서 무언가를 읽은 카르세온이 물었다.

"네, 카르세온 부단장님. 사실 아까 이곳을 지날 때 이상한 기운을 느꼈었습니다."

"뭐야? 그럼 그때 말을 했어야지!"

그의 말에 가뜩이나 그를 안 좋게 보던 마이어의 입에서 폭갈이 터져 나왔다.

"마이어!"

찌릿한 눈빛과 차가운 목소리에 마이어는 즉각 입을 닫았다. 지금은 부단장인 카르세온이 테리신과 이야기를 하고 있는 상황. 갑작스레 그 대화에 끼어든 자신의 잘못이 분명했다.

"죄송합니다."

간단히 사과 한마디를 남긴 그는 한쪽으로 물러서 있었다.

"하지만 마이어의 말이 맞아. 그때 즉시 이야기해야 했어. 왜 말을 하지 않았지?"

카르세온의 날카로운 시선에 테리신은 모골이 송연해지는 것을 느꼈다.

"그… 그것이……."

전신이 땀으로 축축이 젖어들며 목소리가 제대로 나오지 않았다.

"제대로, 똑바로 말해라."

낮은 목소리였지만 조금 전의 마이어의 폭갈에 비할 바가 아닌 힘이 담겨 있었다.

"네, 넵. 그때 제가 느낀 이상한 기운은 암흑 마나라는 것입니다."

"암흑 마나? 마나가 아니라? 그런 것도 있었나?"

테리신의 말에 하론이 고개를 갸웃거리며 중얼거렸다. 카르세온은 눈빛으로 거기에 대한 설명을 촉구했다.

"네, 암흑 마나란 마법사들 사이에서 붙인 이름입니다. 일반적인 마나와 비슷하면서도 다릅니다. 마나와 비슷한 성질을 띠었기에 마나라 부르지만 그 기운을 사용하는 이들이 흑마법사입니다. 즉, 흑마법을 사용하는 데 필요한 마나를 암흑 마나라 부르는 것이죠."

테리신의 설명이 끝나자 열 명 기사의 안색이 딱딱하게 굳어들었다. 그 말이 의미하는 바가 절대 작은 것이 아니었기 때문이다.

겨우겨우 설명을 끝낸 테리신은 자신의 얼굴을 흠뻑 적신 땀을 닦아내며 한숨을 쉬었다.

"그렇다면 그 녀석이 흑마법사라는 것인가?"

"그것은 모르겠습니다. 제가 듣기로는 B급 용병이었기에 당시에는 제가 잘못 느꼈다 생각하고 무시한 것입니다."

한숨을 돌리는 사이 들려온 카르세온의 물음에 테리신은 즉시 대답했다.

"어디쯤에서 느꼈지?"

"이 부근입니다."

걸음을 옮겨 이니안이 로즈를 데리고 몸을 숨겼던 나무 근처에 이른 테리신이 그 부근을 손가락으로 가리켰다.

이 일은 이니안의 마령천참공에 대한 성취가 부족해서 생긴 일이었다. 마령보의 마령귀은술은 자신의 마이너스 마나를 온몸과 주변에 둘러 주변과 동화하는 술이다. 성취가 올라갈수록 주변과 동화하는 정도가 높아져 어느 정도를 넘어서면 누구도 구분할 수 없게 된다. 하나 이니안은 겨우 몇 시간 동안 수박 겉 핥기 식으로 익힌 것이었기에 테리신 같은 마법사도 그 기운을 눈치챈 것이다.

카르세온은 테리신이 손으로 가리킨 곳을 유심히 살폈다.

"다르군."

"네?"

카르세온의 말에 나르트가 고개를 갸웃거리며 물었다.

"저 나무의 굵기가 아까와 다르다. 아까는 더 굵었어."

카르세온은 정확히 이니안이 숨어 있던 나무를 가리켰다.

'어찌 저런! 스치며 지나가듯 본 나무의 굵기를 기억한단 말이야? 말도 안 돼!'

테리신은 카르세온의 말을 믿을 수 없었다. 하지만 다른 기사들은 그의 말에 토를 달지 않았다. 전폭적으로 믿고 있다는 뜻이었다.

"어떻게 하실 겁니까?"

마이어가 다가와 물었다. 깊은 고민에 잠긴 듯 카르세온은 별다른 말을 하지 않았다. 하이 나이트들은 카르세온이 생각을 끝내고 입을 열기를 기다렸다.

"하론."

"네."

"너라면 말이야, 산속에서 말을 몰아 자신을 쫓는 열 사람을 몸을 숨겨 따돌렸어. 그 와중에 자신을 쫓는 이들의 실력을 면면히 살폈지. 그다음 넌 어떻게 하겠는가?"

카르세온은 하론을 자신들이 쫓는 도망자와 같은 상황 속에 있다고 가정하게 만들었다. 그런 카르세온의 물음이 하론 한 사람에게만 해당되는 것이 아니라는 것을 알았기에 다른 이들도 각자 자신을 그 상황에 놓고 어떻게 했을지 생각하기 시작했다.

굳이 카르세온이 하론을 집어서 이야기한 것은 그가 이런 때에 상황 판단이 가장 빠르고 정확하기 때문이었다.

"저라면 분명 더 깊은 산속으로 들어갔을 겁니다. 제가 우리 동료들에게 이렇게 쫓긴다면 말이죠. 일단 말을 탄 기사에게 쫓기면 거리를 벌이기 힘듭니다. 그러면 잠시도 쉬지 못하고 쫓기죠. 도망자의 입장에서는 그것은 정말 피를 말리는 고통입니다. 도망자에게 가장 필요한 것은 일단 숨을 돌리고 휴식을 취할 수 있는 시간이니까요."

"내 생각도 같다."

카르세온은 울창한 바운더리 산맥의 중심부를 바라보며 말했다.

"저곳을 뒤져야 하는 건가요? 우리 열 명이서?"

"젠장, 여우 같은 녀석이군. 우린 기사지 레인져가 아닌데 말이야."

카르세온의 말에 마이어와 나르트가 투덜거렸다.

"후후, 별수없지. 이번 사냥은 상당히 재미있어, 사냥감이 강하고 영리해서."

낮게 중얼거리는 카르세온의 눈이 번득이며 빛났다.

"일단 공작 각하께 연락을 취하도록 하겠습니다."

하론의 말에 카르세온이 고개를 끄덕였다.

"하지만 흑마법이라… 상당히 성가시겠군."

카르세온의 혼잣말은 바람을 타고 바운더리 산맥 깊은 곳으로 조용히 퍼져 나갔다.

앞으로 나아갈수록 나무가 빽빽하게 들어서 있었다. 사람들이 찾지 않은 우거진 산속. 누구도 발을 들인 적이 없어 보이는 곳을 이니안은 로즈를 안아 든 채로 빠른 속도로 달려나갔다.

"이봐, 이니안! 좀 천천히 가자구! 헥헥헥!"

나무들 사이의 간격이 좁아짐에 따라 날아가는 것이 어려워진 케라우도 뒤에서 열심히 달리고 있었다. 하지만 그는 이렇게 장시간을 달려본 적이 없었기에 점점 이니안의 뒤를 쫓는 것이 힘겨워지고 있었다. 하지만 이니안이 그런 케라우의 사정을 봐줄 리 없었다.

케라우의 애원에 가까운 말을 무시한 채 이니안은 주변을 번득이는 눈으로 살피며 여전히 빠른 속도로 나아가고 있었다.

"적당한 곳이 없군."

상당히 깊은 곳까지 들어왔지만 나무만 무성할 뿐 이니안이 찾는 곳은 없었다.

"어디를 찾는데? 헥헥헥!"

힘겹게 쫓아오는 케라우가 궁금한 듯 물었다.

하지만 이니안은 지금까지 그래왔듯 그의 말을 무시했다.

"헥헥! 그러지 말고 말 좀 해보라고! 내가 도움이 될지 누가 알아? 너, 무려 300년을 넘게 살아온 뱀파이어를 너무 무시하는 것 아니야?"

"동굴. 이삼 일 정도 몸을 숨길 수 있는 은밀한 위치에 있는."

이니안은 케라우의 말에 어쩔 수 없다는 듯 짧게 필요한 사항만 대답했다.

"동굴? 그런 곳이면 진작 말했어야지. 기다려 봐."

케라우는 그렇게 말하고는 곧장 멈춰 섰다.

"이삼 일 정도 숨어 있을 만한 은밀한 곳을 이렇게 달리면서 잘도 찾아내겠다. 에이그, 멍청한 녀석."

그의 말에 이니안이 눈을 번득였지만 케라우는 그것을 무시하고는 눈을 감았다. 얼마나 그렇게 있었을까?

"가까운 곳에 네가 말한 조건을 충족시키는 곳이 있군. 따라와라."

케라우는 이니안의 대답도 듣지 않고 몸을 날렸다. 지금 상황에서는 별다른 방법이 없었기에 이니안은 케라우를 따라 몸을 날렸다. 그의 말대로 이런 식으로는 자신이 원하는 동굴을 찾을 수 없다는 것을 잘 알기 때문이었다.

케라우가 달리는 방향으로 따라가자 나무 사이의 간격이 조금씩 넓어졌다. 그렇다고 산기슭으로 내려가거나 바깥쪽으로 나가는 것이 아니었다. 방향은 산 정상을 향해서인데 다른 곳과는 다르게 나무의 수가 줄어들고 있었다.

얼마나 그렇게 달렸을까? 깎아지른 듯한 암벽들이 모습을 드러내기 시작했다. 암벽의 모습이 확연해지는만큼 나무의 수도 줄어, 주위에는 한두 그루 정도가 듬성듬성 있을 뿐이었다.

"어떻게……."

케라우는 마치 이곳에 이런 지형이 있다는 것을 미리 알고 있기라도 한 듯 방향을 잡아 달려왔다. 아마도 출발한 곳에서 최단 거리로 이곳에 이르렀을 것이다. 이니안은 그가 어떻게 그럴 수 있는지 궁금했다.

그가 이곳에 살았다고 하더라도 그것은 감옥에 갇히기 전인 150년 전이다. 150년이면 산속의 지형은 도저히 알아볼 수 없을 정도로 뒤바뀐다. 그도 이니안처럼 이 산속에는 처음 온 것이나 다름없는 셈인 것이다. 그런데 이렇게 재빠르고 정확히 길을 찾아가다니. 이니안으로서는 무척이나 신기한 일이었다.

"빨리빨리 오라구!"

이니안이 주변을 두리번거리는 사이 케라우는 그 한마디를 남기고는 사라졌다. 서둘러 케라우가 있던 자리로 가보니 그곳은 절벽이었다.

"대단하군."

차갑고도 낮은 목소리였지만 감탄임에 분명했다. 이토록 절묘한 장소를 손쉽게 찾아낸 케라우의 실력에 이니안은 순수하게 감탄했다.

"이쯤에 동굴이 있어! 어서 오라구!"

이니안이 있는 곳에서 절벽 아래로 상당히 떨어진 위치에 케라우가 둥둥 떠 있었다. 케라우가 있는 높이를 정확히 확인한 이니안은 아무런 망설임 없이 절벽 아래로 뛰어내렸다.

　그간의 정신없는 이동에 피곤했는지 로즈는 이니안의 품에서 잠들어 있었다. 그것이 다행이라면 다행일까? 비명 소리가 울릴 법한 상황에서 이니안은 너무나 손쉽고 조용히 절벽 아래로 낙하해 갈 수 있었다.

　"나 먼저 들어간다!"

　이니안이 떨어져 내려오는 것을 확인한 케라우는 천천히 동굴 안으로 몸을 날려 들어갔다. 점차 아래로 떨어짐에 따라 이니안의 눈에도 검게 아가리를 벌리고 있는 동굴이 들어왔다. 절벽을 마주 보고 똑바로 떨어지고 있었기에 이니안은 동굴의 입구를 정확히 볼 수 있었다. 동굴의 입구와 이니안의 몸이 정확히 수평면 상에 놓이자 이니안은 오른발로 왼쪽 발등을 찍었다. 그때 생긴 반탄력으로 이니안은 유유히 동굴의 입구에 들어설 수 있었다.

　'또 사용했군. 맹세 따위는 아무 소용이 없다는 것인가? 지금까지 내가 맹세를 지키고 살아왔던 것은 내 의지가 강해서가 아니라 다만 내가 능력이 되지 않아서였던 것인가?'

　이니안은 조금 전 자신이 가문에 있을 때 즐겨 사용하던 기술을 사용하고는 심한 자괴감에 빠져들었다. 지난 3년간 자신이 가문의 무공을 사용하지 않고 지냈던 것은 가문의 무공을 사용할 기본적인 마나가 없었기에 사용 못한 것일 뿐이라는 생각이 들었기 때문이다. 새로운 마나를 얻자마자 무의식적으로 예전처럼 반응하는 몸이 그 증거라는 생각에 가슴 한쪽이 쓰려왔다.

　'내가 이렇게 나약했다니…….'

　"휘유~"

짝짝짝짝!

휘파람 소리와 함께 박수 소리가 동굴에 울려 퍼졌다.

"대단한걸! 너 정도면 무리없이 쫓아올 수 있을 것이라 생각은 했지만 그런 멋진 움직임이라니!"

"시끄러워!"

"쳇! 너, 말야. 처음 봤을 때는 안 그랬는데 지금 완전히 얼음 덩어리로 변한 거 알아? 이 얼음탱이야, 칭찬을 해줘도 반응이 그게 뭐냐?"

케라우의 말에도 이니안은 별 반응을 보이지 않았다.

케라우가 안내한 동굴은 제법 훌륭했다. 입구는 세 사람 정도는 여유롭게 드나들 정도의 크기였고, 위치 또한 절벽에서 중간쯤인 데다 입구 위에 불룩 튀어나온 암석 덩어리 때문에 위에서 내려다보더라도 이런 곳에 동굴이 있는지 알 수 없는 위치였다. 게다가 제법 깊은 동굴인지 여전히 동굴의 검은 아가리는 그 끝이 보이지 않았다. 이 정도라면 하루 이틀이 아니라 1년 정도를 머물러도 추적자들이 찾지 못할 것 같았다. 물론 식량이 문제였지만.

"용케도 이런 곳을 찾았군. 칭찬해 주지."

지금 들어선 동굴이 무척이나 마음이 들었기에 이니안의 입에서는 무미건조하나마 칭찬의 소리가 나왔다. 그 말을 들은 케라우는 즉시 기고만장한 웃음을 터뜨렸다.

"푸하하하하핫! 그렇지? 이게 다 이 뱀파이어 중의 뱀파이어 케라우 님이시니까 가능한 일이라고! 으하하하하!"

너무 극심한 케라우의 반응에 이니안의 눈살이 찌푸러들었다.

'괜히 칭찬한 것인가?'

"으하하하! 내가 이곳을 어떻게 찾았는지 알아? 응? 내가 없었으면 넌 아직도 그 눈 덮인 산속을 발바닥에 땀나도록 돌아다니고 있겠지? 나한테 감사하라고! 으하하하! 내가 이곳을 어떻게 찾아냈는지 궁금하지 않아? 응? 너는 열심히 돌아다녀도 못하던 것을 이 케라우님이 순식간에 떡하니 찾아낸 비결, 궁금하지 않아? 응?"

의기양양한 얼굴에 한껏 자만한 눈빛으로 이니안을 보며 케라우는 연신 웃음을 터뜨렸다.

"전혀."

짧은 한마디의 대답만을 남기고 이니안은 동굴 안으로 걸음을 옮겼다. 솔직히 이곳을 찾아낸 케라우의 능력이 신기하기는 했지만 궁금하지는 않았다. 자신은 쉴 수 있는 곳을 찾았다는 것만으로도 만족이었으니까. 단호한 이니안의 행동에 당황한 것은 케라우였다.

"엉? 어라? 이봐, 이니안. 정말 안 궁금해? 좀 궁금해해 보라고! 이런 신기한 능력인데 말이야! 응?"

하지만 이니안은 아무런 반응도 보이지 않고 걸음을 옮겼다.

"나참, 그러니까 말이야, 내가 어떻게 이곳을 찾았느냐 하면 말이야……."

케라우는 자신의 능력에 대해 이니안에게 자랑을 늘어놓고 싶었는지 가만히 걸음을 옮기고 있는 이니안의 뒤를 따라붙어 열심히 자신의 능력에 대한 이야기를 시작했다.

"관심없어."

하지만 이니안은 짧은 말로 케라우의 말을 끊었다.

"아니, 이봐. 네가 애타게 찾는 것을 찾아준 게 난데, 내가 하는 말

정도는 귀기울여 들어줘야 하는 거 아냐?"

"후우, 그럼 지껄여 봐."

케라우의 얼굴이 너무 애처로웠기에 이니안은 한숨을 쉬며 퉁명스레 대답했다. 들어주겠다고 하지 않으면 계속해서 귀찮게 굴 거라는 예감이 머리를 스치고 지나갔기 때문이기도 했다.

"으하하하! 진작에 그럴 것이지!"

결코 기분 좋은 소리가 아닌, 오히려 상당히 화가 날 만한 대답이었음에도 케라우는 기분 좋게 웃었다. 그는 이미 이니안을 상당히 삐딱하게 듣고 삐딱하게 보고 무척이나 싸가지없게 말하는 건방진 애송이 정도로 자신의 머리에 입력해 놓았기에 그의 행동을 대수롭지 않게 받아넘긴 것이다. 물론 이런 사실을 이니안이 알았더라면 당장에 칼부림이 났겠지만 이니안이라도 케라우의 머리 속에 든 것을 모두 알 수는 없었다.

"그러니까 말이야, 내가 어둠의 귀족인 뱀파이어 아니겠어? 뱀파이어라면 어둠의 귀족인데 부리는 시종이 없다는 것은 말이 안 되지. 암, 안 되고말고. 우리는 여러 동물들과 몬스터들을 부릴 수 있는데 말이야, 그중에서도 주로 부리는 녀석이 박쥐들이지. 박쥐 녀석들의 습성이 낮에는 동굴 속에 숨어서 자는 것이라서 근처에서 박쥐들이 많은 곳을 찾아본 거야. 정신 감응으로 그 녀석들을 부리는 것이라 찾는 것도 가능하거든. 게다가 나는 뱀파이어 중의 뱀파이어! 출중한 능력으로 이런 곳을 찾아냈다 이거야. 이런 곳, 아무 뱀파이어나 찾을 수 있는 것이 아니라고."

케라우는 숨도 차지 않는지 자신의 자랑을 길게 늘어놓느라 정신이 없었다. 이야기하는 데 온 신경을 집중했기에 케라우는 결코 알 수 없었다. 자신의 열과 성을 다한 설명이 이니안의 한쪽 귀로 들어가서 반대쪽 귀로 그대로 쏟아져 나가 공허하게 동굴 벽을 울리고 있음을.

그렇게 걸음을 옮기던 이니안이 우뚝 멈춰 섰다.

"그러니까 말이지, 이 내가 어떤 뱀파이어냐 하면… 응?"

여전히 자기 자랑에 정신이 팔려 있던 케라우는 이니안보다 몇 걸음을 더 걷고 나서야 이니안이 멈춰 선 것을 알아차렸다.

"왜 그래?"

케라우가 고개를 갸웃거리며 물었다. 현재 자신들이 있는 곳은 동굴에서 통로와 같은 곳이었다. 쉬기에는 적당하지 않은 곳이었기에 계속 걷고 있었던 것인데 이니안이 멈춰 서자 의아함을 느낀 것이다.

"여기, 안전한 곳 맞아?"

이니안이 차갑게 물었다.

"당연하지! 박쥐 녀석들이 얼마나 겁이 많은 녀석들인데! 위험한 곳에는 절대 있지 않는다고!"

케라우는 발끈하며 소리쳤다. 마치 이니안의 말이 자신이 찾은 이 훌륭하고 안락한 동굴에 대한 트집 같았기 때문이다.

이니안은 케라우의 반응을 무시하고는 잠이 든 로즈를 한쪽에 내려놓았다. 그리고 꺾어진 동굴의 끝 부분을 손으로 가리켰다.

"그래? 그럼 저건 뭐지?"

케라우의 시선이 이니안의 손가락을 따라갔다.

"아무것도 없잖아."

"멍청한 놈."

케라우의 반응에 이니안은 한마디만 남기고는 앞으로 저벅저벅 걸음을 옮겼다.

스르릉.

바실러스 영지에서 빼앗은 검이 섬뜩한 소리를 내며 검집 밖으로 하얀 몸을 드러냈다.

"꿀꺽."

이니안의 행동이 무척이나 신중했기에 케라우는 마른침을 삼켰다. 다른 것은 몰라도 전투에 관해서 이니안의 감각이 무척이나 뛰어나다는 것을 바실러스 영지에서 확인을 한 터였다. 그런 이니안이 저렇게 긴장했다면 분명 무언가가 있었다.

이니안의 몸에서 어둠의 힘이 뭉클거리며 솟아나기 시작하는 것이 케라우의 눈에 보였다.

'분명 무언가 엄청난 것이 있기는 있나 보군.'

케라우의 양손의 손톱이 길게 자라나며 섬뜩한 빛을 뿌렸다.

이니안은 조심스럽게 한 발 한 발 앞으로 나아갔다.

동굴 통로의 모퉁이. 그곳에 이르렀을 때 이니안의 몸에서 뿜어져 나오는 기운이 급격하게 증가했다. 케라우가 흠칫 놀랄 정도로.

[네놈들, 돌아가라. 네놈들이 올 곳이 아니다.]

모퉁이를 채 돌아가기 전에 둘의 머리 속에 울리는 목소리.

그 목소리에는 엄청난 힘이 담겨 있었다.

"엉? 뭐야, 이거?"

케라우는 부들부들 떨리는 자신의 무릎을 억지로 붙잡았다. 이니안의 턱 끝에서 땀방울이 바닥으로 떨어졌다.

바닥에 딱 붙어서 떨어지지 않는 발바닥을 억지로 움직여 이니안은 모퉁이를 돌았다.

"어어… 이니안."

케라우는 그 자리에서 돌아갈 마음을 먹고 있었기에 갑작스러운 이니안의 행동에 깜짝 놀랐다. 조금 전 느낀 그 힘은 뱀파이어인 자신도 어찌할 수 없는 전율과 공포를 보여주었기에 자신으로서는 당연한 선택이었다.

[돌아가라고 했을 텐데?]

다시 한 번 머리 속을 울리는 공포스러운 목소리. 케라우는 그 자리에 석상처럼 굳어 버렸다.

"이럴 수가……!"

모퉁이를 돈 이니안은 그 목소리의 주인공을 볼 수 있었다. 모퉁이를 돌자 입구의 서너 배는 될 넓은 공간이 나타났고, 그 공간의 한 벽을 거대한 문이 채우고 있었다. 그리고 문 앞에 엎드려 있는 거대한 짐승.

은색의 털이 빛나는 늑대였다.

다만 평범한 늑대라고 보기에는 그 덩치가 너무 컸다. 머리가 사람의 몸통만 했으니까.

[다시 한 번 말한다. 이곳은 너희 같은 하찮은 것들이 올 곳이 아니다. 돌아가라.]

늑대는 심유한 눈으로 이니안을 보며 다시 한 번 말했다. 그 모습을 본 이니안은 천천히 검을 검집에 꽂아 넣었다. 자신이 예전의 힘을 온전히 가지고 있었다 하더라도 어떻게 할 수 있는 상대가 아니었다.

"이 뒤에 무엇이 있습니까?"

이니안의 입에서 존대가 나왔다. 케라우는 공포로 인해 뻣뻣하게 굳어서 그 자리에 서 있었기에 그 모습을 볼 수는 없었지만 들을 수는 있었다.

[감히 너희 따위가 알려 해서는 안 되는 것이다.]

음산하고도 살기가 가득한 목소리가 다시 한 번 머리에 울렸다.

'대체 어떤 녀석이 있기에 저 얼음탱이가…….'

케라우는 자신을 이 무거운 공포로 짓누르는 존재에 대한 호기심이 생겼다. 이만큼 강대한 힘을 가졌다는 사실보다도 이니안에게서 존대를 들었다는 사실 때문에. 대체 이니안이 존대를 할 만한 대상이 누구인지 확인하기 위해서 케라우는 힘겹게 걸음을 옮겼다. 호기심이 공포를 이기는 순간이었다.

"헉!"

겨우겨우 걸음을 옮겨 모퉁이를 돈 케라우의 입에서 비명과도 같은 소리가 터져 나왔다. 그 역시 이니안과 같은 것을 본 것이다. 은빛 털을 가진 거대한 늑대를.

[뱀파이어인가? 겁없는 녀석들이군.]

그 말과 동시에 늑대의 몸에서 엄청난 기운이 일어났다.

이니안은 그 힘에 대항하기 위해 황급히 온몸의 마나를 끌어올렸다. 케라우 역시 자신이 가진 모든 힘을 이끌어내어 몸을 보호했다. 늑대가 뿜어내는 기운에 자신들의 몸을 지키는 것도 힘겨웠다.

[재미있군. 인간이 마나를 그렇게 순수하게 뽑아서 사용하다니.]

늑대는 이니안을 재미난 장난감을 보는 어린아이와 같은 눈으로 바라보았다.

[재미있는 것을 보여준 보답으로 살려줄 테니 어서 나가거라.]

늑대는 다시 한 번 강렬한 기운을 두 사람에게 쏘아 보낸 후 말했다. 다시 한 번 몰려오는 성난 파도와도 같은 기운을 겨우겨우 받아넘긴 둘은 바닥에 철퍼덕 주저앉아 거친 숨을 몰아쉬었다.

"헉헉헉!"

"헥헥헥!"

이것도 어디까지나 늑대가 자신의 힘을 중간에 끊었기에 가능한 일이었다. 그런 힘이 계속해서 쏘아져 왔다면 틀림없이 온몸이 찢어져 죽었을 것이다.

"다, 당신은 가디언입니까?"

케라우의 입에서도 존대가 튀어나왔다. 케라우는 지금 이니안이 존대를 한 이유를 절실히 느끼고 있었다. 절로 존대를 하게끔 하는 위엄이 늑대로부터 뿜어져 나오고 있었다.

[눈치가 빠른 녀석이군. 알았으면 어서 나가라.]

케라우의 말에서 이니안은 이곳이 심상치 않은 곳임을 알아보았다. 하지만 지금은 동굴 밖으로 나갈 수 없었다.

"죄송합니다만 기다언님."

[케이로스다.]

"케이로스님, 저희는 쫓기는 입장이라 당분간 몸을 숨겨야 합니다. 이 동굴을 벗어날 수 없습니다."

[내 알 바 아니다.]

"압니다. 그리고 이 뒤로는 절대로 갈 수 없다는 것도."

늑대 케이로스는 고개를 끄덕였다.

"그렇다면 저희가 잠시 동굴의 입구 근처에라도 머무는 것을 허락해 주십시오. 절대 이 모퉁이를 돌아오지 않겠습니다."

이니안은 진실로 간절하게 말했다. 지금 다른 동굴을 찾아 이동할 여력이 없었다. 어떻게든 이곳에서 어느 정도 몸을 추슬러야 했다.

케이로스는 잠시 생각을 하는 듯하다가 작게 고개를 끄덕였다.

[그건 허락하도록 하지. 단, 일주일이다. 일주일이 지나면 이곳을 떠나라. 그렇지 않으면……]

"알겠습니다. 감사합니다."

이니안은 즉각 허리를 숙이며 인사를 했다. 일주일 그 정도면 충분했다.

[그리고 이곳에서 소란을 피우는 것은 용납 못한다.]

인사를 하고 뒤로 돌아서는 이니안과 케라우의 머리 속에 울린 케이로스의 마지막 한마디. 둘은 돌아선 채로 고개를 끄덕이고는 즉시 그 자리를 벗어났다.

"휘유~ 십 년, 아니, 백 년은 감수했어."

모퉁이를 돌아 나와 온몸을 짓누르던 압박감이 사라지자마자 케라우는 한숨을 내쉬었다. 이니안은 예의 그 냉막한 얼굴로 돌아와 있었다.

"일단 입구로 간다."

지금껏 무슨 일이 있었는지 모른다는 듯 평화로운 얼굴로 자고 있는 로즈를 안아 든 이니안은 들어왔던 길을 다시 걸어나갔다. 얼마 지나지 않아 입구 근처에 이르자 이니안은 로즈를 다시 적당한 곳에 내려놓았다.

이니안은 가만히 동굴의 한쪽 벽을 가만히 보고 서 있었다. 그의 두 눈이 붉게 물들어갔다. 하지만 케라우는 이니안의 뒷모습만 볼 수 있었기에 그의 그런 변화를 알지 못했다.

쾅!

갑작스럽게 울린 소리.

그 소리의 원인은 동굴 벽을 파고든 이니안의 주먹이었다. 이니안이 주먹으로 동굴 벽을 후려치며 낸 소리였던 것이다.

"빌어먹을……."

흐느끼는 듯한 목소리.

"나의 힘은 이런 게 아니었단 말이다."

낮게 중얼거리는 목소리. 그 목소리 속에는 자신의 약함에 대한 절절한 한이 배어 있었다.

"어이, 이니안."

이니안의 갑작스러운 행동에 케라우가 무슨 말이라도 하려고 했으나 이니안은 그것을 거부하는 강렬한 기운을 뿌리고 있었다.

"후우, 가만히 두는 게 나으려나? 하긴, 나도 슬슬 한계야."

고개를 절레절레 흔든 케라우는 동굴 밖으로 몸을 날렸다. 동굴 속의 어둠이 그의 힘을 조금씩 갉아먹고 있었기에 빛을 찾아 밖으로 나간 것이다.

"밤이 오면 힘들 테니 적어도 햇빛이 있는 동안만은 밖에 있어야지."

안개처럼 흩어지며 절벽의 벽에 몸을 붙인 케라우는 담담한 얼굴로 하늘에서 내리쬐는 빛을 맞았다.

붉어진 눈으로 벽을 쏘아보던 이니안은 그대로 바닥에 정좌를 하고 앉았다. 그리고 두 눈을 감고 마령천참공의 수련을 시작했다. 지금 약하다면 앞으로 더욱 강해지기 위한 노력을 해야 했기에.

"그래서 지금 놓쳤다는 말인가?"

테리신이 자신의 수정구로 연결한 마법 통신을 통해 노한 공작의 목소리가 들려왔다.

"그렇습니다."

테리신은 수정구를 통해 보이는 공작의 눈치만을 힐끔힐끔 살피고 있었지만 카르세온은 담담했다.

"내가 왜 자네들을 보냈는지 잘 알겠지?"

"알고 있습니다."

카르세온의 얼굴에는 아무런 변화가 없었다.

"그런데 지금 나에게 한다는 보고가 놓쳤다는 것인가?"

공작의 얼굴에 인 노기가 점차 그 정도를 더해가고 있었다. 통신을 연결하고 그것을 유지하는 테리신의 얼굴이 핼쑥하게 말라갔지만 정작 보고하는 당사자인 카르세온은 담담했다.

"인정할 건 인정해야 하니까요. 도망친 용병은 저희의 예상보다 실력이 좋았고, 어찌 된 연유인지 흑마법도 사용했습니다. 현재 저희의 전력으로는 더 이상의 추적은 불가능하다는 판단입니다."

"끄응."

카르세온이 단정적으로 말하자 공작은 이마를 짚었다.

"그러면 어떻게 하면 쫓을 수 있겠는가?"

카르세온의 실력은 공작도 인정하는 터였기에 일단 노기를 가라앉혔다. 이 상황에서 화를 낸다고 도망친 그 용병을 잡을 수 있는 것도 아니었기에. 오히려 카르세온과 같이 냉정을 유지하고 앞으로의 대응책을 생각하는 것이 맞는 행동이었다.

"두 가지 방법이 있습니다만 둘 모두 확실하지는 않습니다."

"말해보게."

"첫 번째 방법은 대규모의 인원으로 이곳 주변의 바운더리 산맥을 뒤지는 것입니다만……."

"그러기에는 산이 너무 넓지. 이러고 있는 동안에도 시간은 흐를 테고."

공작은 중간에 카르세온의 말을 잘랐다. 말은 쉽지만 그 방법은 투자되는 시간과 돈과 인력에 비해 결과를 장담하기 힘들 정도로 비효율적이었다.

"그렇습니다."

"두 번째는?"

"도망친 녀석이 흑마법을 사용했습니다. 그리고 마법사들은 흑마법에 사용하는 마나를 암흑 마나라 부르면서 일반 마나와 구분하더군요. 그렇다면 그 암흑 마나를 감지할 수만 있다면 어떻게 쫓을 수 있을 것 같습니다. 도망치는 과정에서 아무래도 흑마법을 다시 사용할 일이 있을지도 모르니까요."

카르세온은 이니안이 흑마법을 사용한다고 단정하고 있었다. 그 암흑 마나를 느낀 테리신도 반신반의하는 상황에서도.

"그런가? 그럼 내가 시메티딘과 의논해 보고 다시 연락 주겠네."

"알겠습니다."

카르세온의 대답과 함께 마법 통신은 끊어졌다. 공작은 지금 급히 대마법사 시메티딘을 찾아가 그 일에 대해 의논하리라.

"연락이 있을 때까지 대기한다. 편히 쉬도록."

명령을 내린 카르세온은 근처 나무 둥치에 몸을 기대고는 눈을 감았다. 차가운 냉기가 눈으로부터 올라올 텐데도 카르세온은 전혀 영향을 받지 않는 듯한 모습이었다. 카르세온이 그런 모습을 보이자 나머지 아홉의 하이 나이트도 각자 편안한 자세로 자리를 잡았다. 아예 벌렁 드러누운 사람, 그저 나무줄기에 등을 기대는 사람. 저마다의 방법으로 휴식을 취했다.

"으음, 여기가 어디지?"

이니안이 가급적 편안히 있을 수 있도록 배려를 해 바닥에 누인 로즈가 몸을 꿈틀거리더니 잠에서 깨어났다.

"내가 깜빡 잠이 들었구나."

주변을 두리번거리며 로즈는 그제야 자신이 잠이 들어 있었음을 인지했다. 그녀의 시선에 벽을 보며 정좌를 하고 앉아 있는 이니안의 모습이 보였다.

"흐음, 지금은 건드리면 안 되는 거지?"

그간 몇 번 저런 이니안의 모습을 보았기에 그녀는 이니안에게 다가가지 않았다.

"여긴 동굴인가?"

몸을 일으키며 로즈는 주변을 조심스럽게 걸었다. 가장 먼저 입구 근처로 나가본 그녀는 깜짝 놀랐다. 끝이 보이지 않는 절벽이 눈 아래에 펼쳐져 있었기에. 깜짝 놀란 가슴을 진정시키며 로즈는 천천히 뒤로 물러섰다.

"휴우, 큰일날 뻔했네. 그런데 케라우 씨는 어디 있지? 그 사람 성격으로 봐서는 분명 같이 있을 텐데……."

그때 케라우는 태양의 움직임에 따라 빛이 가장 잘 드는 곳으로 이동해 있었기에 동굴에서는 제법 떨어진 곳에 있었다. 이니안과 케라우 둘 모두 케이로스에게 받은 충격이 너무 커서 잠시 그녀를 잊고 있었다.

"으음, 그럼 안쪽으로 들어가 볼까?"

자박자박.

길게 늘어뜨린 드레스를 끌며 걷는 그녀의 작은 발걸음 소리가 동굴 벽을 울리고 밖으로 퍼져 나갔다. 얼마 걷지 않아 그녀의 눈에 막다른 곳이 들어왔다.

"에이, 막다른 곳인가?"

막다른 곳을 확인하고 몸을 돌리려는 순간 로즈는 기이한 기운을 느꼈다. 생소하면서도 무언가 익숙한 느낌. 그 느낌에 로즈는 다시 한 번 막다른 곳을 자세히 살폈다.

"응? 옆으로 길이 있네? 막다른 곳이 아니었구나."

로즈는 천천히 자신이 확인한 모퉁이로 다가갔다. 그 모퉁이 너머의 무언가가 자신을 부르는 듯한 느낌을 받았기에. 그곳으로 다가갈수록 점점 거세게 뛰는 자신의 심장을 꼭 누르며 한 발 한 발 앞으로 걸음을 옮겼다.

Chapter 6

빌어먹게도 질긴 녀석들 같으니

빌어먹게도 질긴 녀석들 같으니

[내가 분명히 다시는 이곳에 오지 말라고 했을 텐데?]

분노한 음성이 로즈의 머리로 파고들었다. 깜짝 놀란 로즈는 멈칫했지만 오히려 그 목소리가 로즈의 호기심을 더욱 키웠다. 귀가 아닌 머리로 들리는 소리라니…….

로즈는 더욱 조심스럽게 발을 옮기며 모퉁이를 돌았다.

"엣!"

모퉁이를 돌자마자 보인 광경에 로즈는 입을 한껏 벌렸다. 양손으로는 그 입을 막으면서.

크르르르릉!

은빛 털을 가진 거대한 늑대의 입에서 사나운 소리가 새어 나왔다. 그와 함께 살짝 드러나는 거대한 송곳니가 날카롭게 빛나고 있었다.

"흐음."

처음에는 놀란 듯하던 로즈가 가만히 그 자리에 서서 유심히 늑대를 살폈다. 엄청 사납게 보였지만 무언가 친근한 기운이 느껴졌던 것이다.

[너는 누구냐?]

머리에 울리는 목소리.

"지금 이 말, 네가 한 거니?"

[그렇다. 너는 누구냐?]

마찬가지로 로즈를 유심히 살피던 늑대 케이로스는 언제 그렇게 로즈를 향해 적대감을 내보였냐는 듯 편안한 자세로 물었다.

"난 로즈, 로즈야. 넌?"

[케이로스라고 한다. 그 건방진 뱀파이어와 인간과 함께 왔는가?]

로즈는 고개를 갸웃거리다가 케이로스가 말한 이들이 케라우와 이니안을 지칭한다는 것을 알아차리고는 고개를 끄덕였다. 그 와중에 입 밖으로 새어 나오는 웃음을 막을 수는 없었다.

"푸훗, 맞아. 그 두 사람이랑 같이 왔어. 케라우 씨는 몰라도 이니안 오빠가 좀 건방지기는 하지."

[둘 모두 건방졌다.]

"호호홋, 그래? 그건 몰랐네. 그런데 넌 왜 여기에 있는 거야?"

기분 좋게 웃은 로즈가 궁금하다는 눈으로 케이로스에게 물었다.

[이곳을 지키라는 명을 받았다. 그것이 내 삶의 이유. 난 내 존재를 위해 이곳에 있는 것이다.]

"그래?"

로즈는 이해할 수 없다는 듯 고개를 갸웃거렸다.

"누가 지키라고 했는데? 저 문 너머에 있는 사람이야?"

[그분은 더 이상 존재하지 않으신다. 마나의 품으로 돌아가셨지.]

"그럼 이렇게 지키고 있을 필요가 없는 것 아니야?"

[이곳은 그분의 안식처. 내가 살아 있는 한 난 이곳을 지켜야 한다. 조금 전에도 말했듯 그것이 나의 존재의 이유이니까.]

"어렵구나."

로즈는 이해할 수 없다는 고개를 갸웃거렸다.

"그럼 이니안 오빠가 동굴 입구에 있는 것도 네가 여기를 지키고 있기 때문이야?"

동굴의 입구에서 벽을 보고 앉아 있던 이니안이 떠오르자 로즈는 혹시나 하는 생각에 물었다.

[그렇다. 거기에라도 있게 해준 것도 나의 배려다.]

"너, 강하구나? 지금 이니안 오빠의 성격이라면 누가 그렇게 하라고 한대서 할 사람이 아닌데."

로즈의 말에 케이로스의 두 눈이 자긍심으로 빛났다.

[그분께서 내려주신 힘이다. 결코 약할 수 없지.]

"그런데 난 왜 여기에 있어도 쫓아내지 않는 거야?"

로즈는 케이로스라는 늑대가 처음에는 자신도 쫓아내려 했던 것을 떠올렸다. 그런데 자신을 보자 적대감을 지우고 이렇게 친근하게 이야기하고 있지 않은가. 그것이 궁금했던 로즈가 물었다.

[너에게서는 그분과 비슷한 냄새가 난다. 그분이 마지막에 남기신 것에서 풍겨 나오던 냄새가 너의 몸에서도 나고 있어. 그것은 절대 보

통 인간은 가질 수 없는 것. 네가 그 냄새를 지니고 있다는 것은 인정을 받았다는 뜻. 네가 인정을 받은 인간인 이상 난 너를 어찌할 수 없다.]

로즈는 케이로스의 말을 이해할 수 없었다. 자신이 인정을 받았다니? 기억을 아무리 뒤져 봐도 그런 일은 없었다.

"무슨 말인지 모르겠는걸. 너무 어려워."

[아무래도 상관없다. 나에게는 네가 인정을 받았다는 사실만이 중요할 뿐.]

케이로스의 말에 로즈의 두 눈이 반짝 빛났다.

"저기, 그러면 말이야, 내가 저 문 뒤로 들어가 보고 싶다고 해도 들여보내 줄 거야?"

[네가 원한다면.]

"그럼 내가 다른 사람들을 데리고 들어가려 한다면?"

[네가 원하는 대로.]

케이로스의 대답에 로즈는 활짝 웃었다.

"그래? 그럼 내가 부탁 하나만 해도 될까?"

케이로스가 고개를 끄덕였다.

"이니안 오빠를 저 안으로 들어가게 해줘. 조금 전에 보니까 상당히 화가 난 얼굴이었어. 평소에 그러고 앉아 있으면 굉장히 편안한 얼굴이었는데 오늘은 어딘가가 달랐어. 아마도 여기를 못 지나가서 그런 게 아닐까?"

로즈는 나름대로 분석한 듯 빙긋 웃으며 케이로스에게 말했다.

[알았다. 단 한 번 허락하도록 하지.]

케이로스의 대답에 로즈의 얼굴에 떠올라 있던 웃음이 더욱 밝아졌다.

"고마워. 그런데……."

로즈의 시선이 케이로스의 몸통 한가운데로 향했다.

"거기 참 폭신하고 따뜻해 보인다."

[무엇을 원하는가?]

"거기에 푹 파묻혀서 자고 싶어."

차가운 돌 바닥에서 자서 그런지 몸 여기저기가 욱신거렸다. 낯선 곳에서 눈을 뜨고, 또 케이로스를 만난 사실 때문에 지금껏 느끼지 못했던 통증이 온몸을 따라 찌르르 울려 퍼졌다. 그때 로즈의 눈에 들어온 윤기 나는 케이로스의 은빛 털은 세상 어느 고급스러운 침대보다도 더 편안한 침대처럼 보였다.

[하고 싶은 대로 하라. 그대는 인정을 받은 자. 내가 어찌 할 수 없으니까.]

"꺄아! 고마워!"

케이로스의 대답이 떨어지자마자 로즈는 서둘러 케이로스를 향해 달려가더니 몸을 날려 그 폭신한 털 속에 몸을 파묻었다.

"역시 예상대로 무척이나 따뜻하고 편안하다. 그럼 난 잠시 좀 잘게."

그간의 피로가 몰려오는지 로즈는 눈을 감았다. 사실 동굴에서 눈을 뜬 것은 잠자리가 불편해서였지 피로가 풀려서가 아니었다. 바실러스 영지에서 체포되었을 때부터 지금까지 얼마나 마음을 졸였으며 얼마나 피곤하게 이동하였는가?

두 눈을 감자마자 로즈는 곧 잠의 바다에 빠져들었다.

'검을 들고 싸우겠다고 마음먹은 이상 마령천참검법을 한시라도 빨리 익혀야 한다.'

마령천참공을 운용하며 마나를 쌓던 이니안은 앞으로의 험난한 일정을 생각하며 마령천참검법의 구결을 살폈다. 그 동작과 구결은 머리 속에 들어 있었지만 익히지를 않았기에 안다고 할 수 없었다. 추적자들에게 들키지만 않는다면 이곳에서 일주일을 있을 수 있다. 자신이 예전에 익혔던 것과는 전혀 궤를 달리하는 마이너스 마나의 무공이다. 하지만 이니안은 결국 검을 움직이는 근본은 같다 여겼기에 일주일이면 기본적인 움직임은 익힐 수 있을 것이라 생각했다.

지금의 자신이 검을 잡는다면 틀림없이 피를 토하며 쓰러진다, 운용하는 마나와 검을 쓸 때의 마나 운용법이 서로 충돌하기에. 검을 들고 적을 쓰러뜨리려면 어떻게 해서든 기본적인 수준이라도 마령천참검을 익혀야 했다.

이니안은 운공을 멈추고 일어서서 동굴 입구 쪽으로 몸을 돌렸다. 어느새 그의 손에는 검이 들려 있었다.

'마령천참검법. 그것은 전삼초, 중삼초, 후삼초의 아홉 초로 구성되어 있다. 마치 대응되는 노래처럼 세 부분으로 나뉘어 있어.'

이니안은 운공을 하는 가운데 명상을 통해 익힌 마령천참검법의 구결을 떠올렸다. 그리고 머리 속에 그려지는 동작대로 서서히 움직이기 시작했다.

1초 마령소혼(魔靈召魂).

마령이 혼을 불러.

2초 귀혼천검(鬼魂千劍).

귀신의 혼이 천개의 검을 떨치니.

3초 혈화만천(血花滿天).

핏빛 꽃이 하늘을 가득 채우는구나.

"후우, 여기까지가 전삼초로, 노래로 치면 일절이군."

순서대로 검을 움직이던 이니안은 잠시 멈춰 호흡을 조절했다. 이니안의 눈은 심유한 빛을 발하며 낮게 가라앉아 있었다. 이니안의 몸이 다시 움직이기 시작했다.

4초 청검밀밀(淸劍密密).

맑은 검이 은밀히 다가와.

5초 만혼금쇄(萬魂禁鎖).

모든 귀신의 혼을 가두니.

6초 창천광휘(蒼天光輝).

푸른 하늘이 빛을 뿌리는구나.

"여기까지가 이절인 중삼초인가?"

다시 한 번 호흡을 고르며 이니안은 자신이 펼쳤던 동작을 조용히 음미했다.

"어디, 마지막까지 해볼까?"

7초 마령현신(魔靈現身).

마령이 몸을 드러내.

8초 마령노후(魔靈現身).

분노의 외침을 토해내며.

9초 마령천참멸(魔靈天斬滅).

하늘을 가르고 무너뜨리더라.

"후우, 끝이군. 하지만 조금 찜찜한 검법이군."

이니안이 가문에서 익혔던 검법들은 맑고 강하며 부드러운 느낌의 검법들이었다. 하지만 마령천참검법은 그것과 달랐다.

전삼초는 음유하면서 끈적한 느낌의 환검(幻劍)이었다. 중삼초는 그나마 맑고 강한 느낌의 검이었다. 다만 4초의 검은 맑은 느낌과는 어울리지 않아 보이는 은밀한 초식이었다. 하지만 그것이 또 절묘하게 어우러졌다. 마지막 후삼초는 어둡고 빠르며 요사스럽고 어지러운 동시에 패도적인 기운이 강한, 무어라 정의할 수 없는 느낌의 검이었다.

"으음, 노랫말이 그다지 마음에 들지 않는군."

머리 속으로 조금 전 펼쳤던 검초들을 복기한 이니안은 무엇인가 마음에 들지 않는 듯 중얼거렸다.

그도 그럴 것이, 3절의 노랫말로 풀어지는 초식 명은 마령이 귀신을 불러 세상을 어지럽히다가 귀신들이 쫓겨 나가 마령이 직접 나타나 하늘을 무너뜨린다는 내용이었다. 누구라도 찜찜하게 여길 만한 구절들이었다.

"뭐, 검이 나쁜 것이 아니라 검을 쥔 손이 나쁜 것이니까. 조금 으스스한 느낌의 초식이라 할지라도 내가 제대로 사용하면 되는 것이지."

약간은 꺼림칙하게 느껴지는 검법을 그렇게 받아들인 이니안은 주변을 둘러보았다. 자신이 눕혀놓았던 로즈를 찾기 위함이다.

"응?"

없었다. 분명히 운공을 하기 전에 편평한 바닥에 눕혀두었는데 없었다.

"설마?"

머리를 스치는 불길한 생각. 자신이 운공에 빠져든 사이에 깨어나 주변을 살폈을지도 모르는 일이었다.

"젠장."

이 동굴에서 로즈가 움직일 수 있는 공간은 한정되어 있다. 입구가 깎아지른 듯한 절벽 한가운데 있으니 깊숙한 안쪽으로 들어가는 길밖에 없었다. 그리고 그곳에는 케이로스라는 거대하고 또 강대한 힘을 지닌 늑대가 있었다. 모든 침입자들을 쫓아내려고 하는 사나운 늑대가.

이니안은 서둘러 안쪽으로 달렸다. 다시 모습을 드러내면 목숨을 버릴 각오를 하라는 경고를 들었지만 어쩔 수 없었다.

'나는 그 아이를 지키기로 약속했단 말이다.'

그렇다.

이니안은 분명 로즈를 지켜주겠다고 약속했다. 그 약속은 이니안 자신의 명예였다. 한데 무력한 자신에 대한 분노로 그 약속을 소홀히 하다니.

이니안은 스스로를 자책하며 발을 더욱 빨리 놀렸다. 케이로스가 있는 곳까지 도착하는 것은 금방이었다.

"케이로스!"

모퉁이를 돌자마자 케이로스를 거세게 불렀다.

[조용히 해라.]

이니안의 모습을 힐끗 본 케이로스의 목소리가 낮게 울렸다.

"뭐… 응?"

케이로스의 말에 무어라 대꾸하려던 이니안의 눈에 가득히 들어오는 모습이 있었다. 케이로스의 허리 부근의 털에 온몸을 파묻고 편안한 모습으로 자고 있는 로즈의 얼굴.

"후우……."

케이로스가 로즈에게 무슨 해코지를 하지 않았다는 것을 확인하는 순간 안도의 한숨이 새어 나왔다.

[무슨 일인가?]

케이로스의 물음이 이니안의 머리에서 울렸다.

"로즈를 찾아왔습니다."

[그녀는 편안히 자고 있다. 그냥 있던 곳으로 돌아가라, 깨어나면 너를 찾아갈 테니.]

케이로스의 대답에 의구심이 이니안의 머리를 가득 채웠다. 어찌 저 케이로스의 품에서 잠을 잘 수가 있단 말인가. 자신과 케라우는 이곳에 발을 들였다는 이유만으로 죽을 뻔하지 않았던가.

"어떻게 그 아이는 이곳에 있을 수 있는 겁니까?"

궁금한 것은 참지 못하는 이니안. 즉시 케이로스에게 물었다.

[그녀는 인정을 받은 자, 이곳에 있을 자격이 있다.]

인정을 받았다는 것이 무슨 말인지 알 수 없었지만 이니안은 고개를 끄덕였다. 어쨌든 이곳에서 안전히 있을 수 있다는 뜻으로 들렸기 때문이다.

"그렇다면 우리도 이곳에 있어도 됩니까?"

[인정받은 자와 함께 있으니 동굴에 머무는 것은 허락한다.]

일주일의 기한이 무기한으로 늘어났다. 충분한 시간을 확보한 셈이다.

"그럼."

로즈의 안전을 확인한 이니안은 이곳을 찾은 용건이 끝났기에 다시 동굴 입구로 걸음을 옮겼다. 로즈 덕에 무한정 이 동굴에서 머무를 수 있다는 소득을 얻고서.

'하지만 로즈 그 아이의 정체는 뭐지? 게다가 인정을 받은 자라니……?'

함께 있으면 있을수록 로즈의 정체는 더욱 깊은 미궁 속으로 빠져들었다.

품에서 옅은 빛이 깜빡거리자 테리신은 얼른 정신을 차렸다. 수정 구슬에서 마법 통신 연결을 위한 신호가 울렸기 때문이다.

"부단장님, 통신입니다."

테리신은 나무에 기대어 살짝 잠이 든 카르세온 근처로 다가가 낮게 말했다. 그의 말이 끝나자 카르세온의 눈이 천천히 열렸다. 마치 지금까지 명상을 하고 있었다는 듯한 맑은 눈빛이었다.

"카르세온."

"네, 공작 각하."

"시메티딘과 이야기를 해본 결과 자네가 말한 것을 수행하는 아티팩트를 만들 수 있을 것 같네."

"감사합니다."

공작의 말에 카르세온은 고개를 숙였다.

"다만, 내일 오후는 되어야 완성이 가능하다는군. 완성되는 대로 자네와 함께 있는 테리신에게 공간 이동 마법으로 보내주겠네."

"알겠습니다."

"반드시 잡아내게. 절대 실패는 용납할 수 없네."

단호한 목소리로 마지막 말을 남기고 공작은 마법 통신을 끊었다.

"다들 들었지? 오늘은 이곳에서 노숙이다."

카르세온의 말이 떨어지자 각자 흩어져서 쉬고 있던 하이 나이트들이 어기적거리면서 일어났다. 그리고 말의 안장에 매달린 가방을 뒤적였다. 노숙을 하기 위해 도구를 꺼내는 것이다.

"그럼 오늘 저녁은 어떤 녀석으로 하나?"

사냥을 즐기는 나르트가 즐거운 듯 중얼거리면서 산속으로 들어갔다. 해가 뉘엿뉘엿 서쪽으로 저물어가고 있을 때였다. 카르세온은 부하들이 움직이는 것을 잠시 지켜보더니 자신도 역시 산속으로 들어갔다. 자신 역시 저녁거리를 사냥하러 들어가는 것이다.

"빌어먹을, 벌써 해가 지나? 역시 겨울이라 해가 짧아."

태양의 움직임에 따라 이리저리 움직이면서 온몸으로 빛을 받아들인 케라우는 더 이상 빛이 비치지 않자 동굴로 돌아왔다. 이제 바깥은 짙은 어둠이 내려앉을 것이다. 어둠 속에 있는 것은 고통스러운 일이었다. 하지만 자신에게 내려진 저주 때문에 어쩔 수 없는 일이었으니, 찾아올 어둠을 대비해 동굴 속의 편안한 곳에 자리했다.

"이제 곧 밤인가?"

케라우가 들어오자 이니안이 중얼거렸다.

"그래, 빌어먹을 밤이다. 젠장, 뱀파이어가 어둠을 두려워하다니."

자신의 처지를 비관하는 케라우의 목소리가 낮게 깔렸다.

"빛이 없는 동굴 안에서 잘 다니지 않았나?"

"그거야 빛으로부터 얻은 힘이 남아 있으니까 가능한 일이지. 하지만 어둠 속에 들어오면 힘이 빠져나가면서 기분 나쁘다고. 내가 내색을 안 해서 그렇지."

이니안의 물음에 투덜거리며 대답한 케라우는 몸을 돌려 누웠다.

그 모습에 피식 웃음을 지은 이니안은 천천히 동굴 밖으로 향했다.

"어디 가?"

"저녁."

등을 돌린 케라우에게서 들려온 물음에 짧게 대답한 이니안은 동굴 밖으로 몸을 날렸다. 동굴 밖으로 곧장 뛰어 오른발로 왼발의 발등을 찍어 도약력을 얻은 후 이니안은 몸을 한 바퀴 회전시켜 절벽의 벽면 쪽으로 몸을 붙였다. 발뒤꿈치가 벽에 닿을 때가 되자 다시 발뒤꿈치로 절벽을 힘껏 차 위로 솟아오르면서 절벽을 마주 보도록 몸을 돌렸다. 그 다음에는 양발로 번갈아가면서 절벽을 차 올랐다. 그렇게 절벽 위로 몸을 솟구쳐 올리는 것은 순식간이었다.

그사이 태양은 완전히 넘어가 사위에는 짙은 어둠이 자리하고 있었다. 아직 달이 뜨기 전이라 어둠은 더욱 짙었다. 하지만 마나를 회복한 이니안에게 있어 이 정도의 어둠은 아무런 장애가 되지 않았다.

이니안은 암석군을 지나 나무가 무성한 곳으로 향했다. 사냥을 하려면 동물들이 몸을 숨기기 좋은 산속으로 향해야 했기에.

얼마나 숲 속을 헤맸을까? 이니안의 감각에 기척이 감지되었다. 그 순간 이니안은 즉시 몸을 숨겼다. 절대로 동물의 기척이 아니었기에. 이니안이 느낀 기척은 사람의 그것이었다.

'마령보.'

이니안은 즉시 마령보의 방위를 밟으며 주변 속으로 몸을 숨겼다.

"응? 아무것도 없나?"

이니안이 모습을 숨기자마자 경갑을 걸친 기사의 모습이 나타났다.

"분명 어떤 기척이 있었던 것 같은데."

모습을 나타낸 기사. 하이 나이트 나르트는 고개를 갸웃거리며 주변을 살폈다.

사냥을 한다고 나섰지만 좀처럼 동물의 흔적이 보이지 않아 이 깊숙한 곳까지 들어온 것이다.

'빌어먹게도 질긴 녀석들 같으니.'

이니안은 입 안에서 욕지기가 쏟아져 나오려고 하는 것을 억지로 눌렀다. 저자는 분명 자신이 마령보의 마령귀은술로 따돌렸던 하이 나이트들 중 한 명이었다.

사냥을 위해 헤매면서 이곳까지 들어온 그를 보고 이니안은 그들이 현재 자신을 추적 중이라 착각했다. 아직 추적 중인 것은 사실이었지만 지금은 단지 저녁거리를 위해 사냥을 나온 것뿐이었다.

'어디…….'

이니안은 감각을 극대화해 주변을 살폈다. 주변에 다른 동료들이 있는지를 확인해야 했다. 다행히 이니안의 이목이 미치는 곳에는 아무도 없었다. 그렇다면 상당히 떨어져 있다는 뜻. 눈앞의 기사는 지금 이곳에 혼자 온 것이나 다름없었다.

'어떻게 한다?'

눈앞의 기사가 혼자라는 사실을 확인하자 고민이 되었다. 저 기사라면 지금 자신 혼자서 충분히 감당할 수 있는 수준이다. 주변에 동료가 없는 것도 확인했다. 추적자들의 머릿수를 줄이기 위한 절호의 기회인 것이다. 마침 마령천참검법도 어느 정도 익힌 참이었고, 마령천참검법 중에는 암습에 특화된 수법도 있었다.

'죽인다. 내가 살기 위해서는 어쩔 수 없어.'

마음을 먹은 순간 이니안의 두 눈이 살기로 번들거렸다. 하지만 이니안의 몸에서 살기가 솟거나 하지는 않았다. 그랬다면 단번에 저 기사에게 들켰을 테니까.

'청검밀밀.'

초식을 떠올리자 몸이 움직였다. 오늘 조금 익힌 초식이었기에 어설프기 짝이 없었지만 그래도 예전의 실력이 있어서인지 그럴듯해 보였다. 나르트는 다른 곳으로 이동하기 위해 몸을 돌린 참이었다. 그때 등 뒤에서 스산한 기운이 느껴졌다.

놀란 나르트는 황급히 검을 뽑아 들고 몸을 돌렸다.

푸욱.

가슴에서 느껴지는 타는 듯한 고통.

"크으… 네놈은?"

나르트는 직감적으로 자신의 심장에 검을 박아 넣은 이가 자신들이 쫓고 있는 용병임을 알아차렸다.

"미안하지만 어쩔 수 없다. 나의 생명이 가장 소중하니까. 이건 모두 날 몰아세우고 있는 너희들 책임이다."

냉정하게 차가운 목소리로 나르트의 귀에 중얼거린 이니안은 검을 뽑았다. 붉은 피가 나르트의 가슴에서 뿜어져 나와 바닥의 눈을 적셨다. 아직은 그 열기를 가진 뜨거운 피에서 더운 김이 솟아올랐다.

검에 묻은 피를 나르트의 옷에 문질러 닦아낸 후 이니안의 모습이 순식간에 사라졌다. 이곳에 오래 있어 좋을 것은 없었기에.

"벌써 이곳까지 추적해 왔다니, 한시라도 빨리 떠나야겠어."

이니안은 저녁거리의 사냥을 포기하고 동굴로 돌아갔다.

나르트의 시체만이 차가운 바람 아래에 외로이 남아 있었다.

"응?"

이니안이 동굴에 들어서자 케라우가 즉각 반응했다.

"너, 사람 죽였냐?"

이니안은 대답도 하지 않고 동굴의 안쪽으로 걸어 들어갔다. 동굴의 안쪽에 무엇이 있는지 알기에 케라우는 그런 이니안의 행동에 놀라 아무 말도 못하고 그 자리에 굳었다. 케라우는 아직 로즈의 일을 모르고 있었다. 어둠으로 인한 몸의 제약 때문에 주변에 신경 쓸 여력이 없었던 것이다.

[무슨 일인가?]

이니안이 모습을 드러내자 케이로스가 물었다. 하지만 이니안의 시선은 케이로스의 품에 있는 로즈를 향해 있었다.

"아직도 자고 있습니까?"

[그렇다.]

"아무래도 떠나야 할 것 같습니다."

[오래 있어야 한다고 하지 않았던가?]

"추적자들이 근처까지 왔습니다. 조금이라도 빨리 떠나야 할 것 같습니다. 로즈가 깨어나면 불러주십시오."

이니안은 케이로스의 눈에서 자신이 로즈를 깨울 수 없음을 직감하고 몸을 돌렸다. 로즈가 깨어나는 대로 이곳을 떠날 것이다.

이니안은 몰랐다. 나르트는 단순히 사냥 중이었다는 것을. 자신이 나르트를 죽임으로 해서 근처에 자신이 존재하고 있다는 사실을 추적자들에게 알릴 수도 있다는 사실을.

"너 대체 간이 얼마나 큰 거냐? 그곳에 다시 들어가고."

이니안이 돌아오자 케라우는 질렸다는 듯 머리를 흔들었다.

"그리고 저녁 구하러 간다고 나간 녀석 몸에서 인간의 피 냄새가 왜 이렇게 진득하게 나? 배고픈 뱀파이어 식욕 동하게 말이야."

케라우의 후각을 자극하는 달콤한 혈향의 진원지는 이니안의 검이었다. 닦아내기는 했지만 극히 미세한 냄새는 남아 있었다. 케라우는 그 냄새를 맡은 것이다.

이니안은 아무런 대답도 않고 몸을 바닥에 누였다. 다시 도망치려면 체력을 보존해야 했다. 생각해 보니 자신 역시 요 며칠간 잠을 제대로 자지 못했다. 아무리 마나의 힘으로 피로를 풀 수 있다지만 인간인 이상 잠은 필요했다. 이니안은 조용히 두 눈을 감았다.

"나르트……."

마이어가 울음 섞인 목소리로 중얼거렸다. 그는 볼품없이 엎드려 있는 나르트의 시신을 붉어진 두 눈으로 바라보았다. 그 외에 다른 하이 나이트들 역시 슬픈 눈으로 그의 시신을 바라보았다. 그들의 눈동자에 맺힌 슬픔 뒤에는 지옥의 겁화와도 같은 분노가 숨어 있었다.

카르세온이 노루를 한 마리 잡아온 이후 시간이 한참을 지나도록 나르트가 돌아오지 않자 그를 찾아 나섰다. 다행히 그가 발자국을 남기며 이동했기에 흔적을 찾는 것은 어렵지 않았다. 다만 이렇게 싸늘히 식은 채 있으리라고는 누구도 생각을 못했다.

"깨끗하게 당했다. 단 일 검. 심장을 정확히 꿰뚫었어."

카르세온의 목소리는 여전히 무미건조했다. 그의 목소리에 테리신은 카르세온이라는 인간의 성정에 혀를 내둘렀다. 하지만 다른 하이 나이트들은 느낄 수 있었다, 그의 목소리에 내재해 있는 깊은 슬픔과 커다란 분노를.

"나르트를 잘 묻어주어라. 그리고 오늘은 이곳에서 노숙한다. 잠시 눈을 붙이고 새벽부터 근처를 수색한다. 나르트가 죽음으로 알려준 단서다. 그놈은 이 근처에 있다."

이 산속에서 나르트를 죽일 인간은 없었다. 제국의 하이 나이트를 누가 감히 암습으로 죽이려 할까? 있다면 단 하나. 그들이 종적을 놓친 용병이었다. 이니안은 자신의 판단 착오가 위험을 근처로 불러들였음을 꿈에도 모르고 있었다.

마이어와 하론이 검으로 근처 아름드리 나무 아래의 땅을 파기 시작했다. 검은 기사의 자존심이다. 결코 땅을 파는 도구 따위가 아니었다. 검으로 땅을 파는 행위. 이것은 기사의 검을 모욕하는 행위였다. 하지만 두 사람은 신경 쓰지 않았다. 지금 자신들이 파는 구덩이는 자신들과 생과 사를 같이했던 동료의 안식처. 결코 검을 모욕하는 행위가 아니다. 오히려 동료의 죽음을 애도하는 슬픈 몸부림이었다. 다른 여섯의 하이 나이트 역시 자신들의 검을 뽑아 땅을 파기 시작했다.

카르세온은 그런 부하들의 행동을 묵묵히 바라보았다. 카르세온의 눈동자에 슬픔의 기색이 맺히는 것을 본 사람은 아무도 없었다.

테리신은 너무도 엄숙한 그들의 행동에 아무런 말도 하지 못하고 그저 근처 나무 아래에 가만히 있을 뿐이었다.

나르트의 시신이 부하들이 판 구덩이 속으로 들어가는 것을 확인한 카르세온은 몸을 돌렸다. 카르세온은 어느새 품에서 종이 하나를 꺼내 들었다. 그 종이 위에는 이니안의 용모가 그려져 있었다.

"용병 놈, 내가 네놈의 심장을 꿰뚫어주마. 나르트의 그것과 똑같이.

네놈을 살려놓으라는 명령은 없었으니까."

살기에 찬 카르세온의 목소리가 조용히 흘러나왔다.

그들은 이니안의 이름을 몰랐다. 바실러스 자작은 그를 잡자마자 그냥 지하 감옥에 처넣었기 때문에. 이니안의 소지품은 모두 불탄 지 오래였다. 병사들이 이니안이 B급 용병이라 했기에 대수롭지 않게 여기고 불태운 것이다. 어차피 바실러스 자작의 성 지하 감옥은 살아서 나올 수 없는 곳. 게다가 그곳의 용도가 상당히 떳떳치 못한 것이었기에 그곳에 갇히는 사람에 대한 모든 것을 지워왔다. 마치 세상에서 갑자기 증발된 것처럼.

이니안 역시 그런 경우에 해당되었기에 그가 가지고 있던 모든 것을 없애 버렸다. 이니안이라는 이름도. 다만 B급 용병이라는 사실만을 기억하고 있을 뿐. 이니안의 용모파기도 그를 잡아들인 병사들의 기억에 의존한 것이었기에 조금은 어설퍼 보였다. 하지만 그 그림만으로도 충분히 이니안을 알아볼 수 있을 정도는 되었다.

"아함, 잘 잤다. 고마워, 케이로스. 따뜻하고 푹신해서 정말 잘 잤어."

기지개를 켜며 몸을 일으킨 로즈는 케이로스를 향해 생긋 웃어 보였다.

[그랬나? 다행이군.]

그 순간 케이로스의 입이 마치 미소를 짓는 것처럼 움직였다. 그 순간은 극히 짧았기에 로즈는 고개를 갸웃거렸다. 자신이 제대로 본 것이 맞나 하고. 늑대가 웃을 리는 없다는 생각에 곧 그 생각을 머리 속에서 지워 버렸다.

[인간이 와서 네가 깨어나면 연락을 달라고 했다. 그가 이니안인가?]

자신을 빤히 바라보며 고개를 갸웃거리는 로즈를 향해 케이로스가 물었다. 케이로스는 이니안과 케라우의 이름을 몰랐다. 그래서 단지 인간과 뱀파이어로 지칭하는 것이다.

"그래, 인간이 이니안 오빠야. 아까 내가 한 부탁 잊지 마."

[알았다.]

"그럼 난 그만 가봐야겠네. 그럼 고마웠어."

케이로스의 몸에서 벗어난 로즈는 그에게 손을 흔들어주고는 동굴 입구 쪽으로 달려갔다. 드레스가 바닥에 끌리며 여기저기 심하게 해졌다.

"왔군."

로즈가 동굴 입구 근처에 이르자 이니안이 바닥에서 몸을 일으켰다.

"이니안 오빠, 절 찾았다고요?"

로즈가 생긋 웃으며 말했다. 케이로스의 품에서 푹 자서 그런지 피로가 완전히 풀렸다. 온몸에서 기운이 넘쳐흘러 절로 기분이 좋아졌다. 그것이 그녀가 자는 동안 케이로스가 회복 마법을 걸어주었기 때문임은 누구도 알지 못했다.

이니안은 천천히 로즈에게로 다가갔다.

"추적자들이 근처까지 쫓아왔다. 빨리 떠나야 한다."

말을 하는 이니안의 시선이 로즈의 기다란 드레스 자락에 머물렀다.

추적자들이 벌써 근처까지 쫓아왔다는 말에 로즈의 안색이 어둡게 변했다. 조금 전까지의 생기발랄함은 사라지고 걱정이 가득 자리한 얼굴. 그녀는 문득 이니안의 시선이 머물러 있는 곳으로 자신의 눈을 움직였다. 자신의 드레스를 난감한 얼굴로 바라보고 있는 그를 보자니 자신이 어떻게 해야 할지 알 수 있었다.

그녀 역시 여행자. 이런 드레스가 이동에 얼마나 큰 불편을 주는지 잘 알고 있었다. 그렇지 않아도 지금 이니안은 자신 때문에 쫓기고 있었다. 자신을 지켜주겠다고 약속했기 때문에. 그것이 못내 부담스러운 로즈였기에 여기서 더 이상 그를 힘들게 할 수는 없다고 생각했다.

"오빠, 그 검 좀 빌려줘요."

이니안의 대답도 듣지 않고 로즈는 이니안의 허리에서 검을 뽑았다. 섬뜩한 날이 빛나는 가운데 중간중간 검붉은 것이 묻어 있었다. 로즈는 그 검을 들고 이니안과 케라우의 시선이 미치지 않는 곳으로 갔다.

지이익! 지이익!

검이 옷감을 가르고 지나가는 소리가 울렸다. 로즈는 자신의 드레스 자락 밑단을 움직이기 편한 길이로 잘랐다. 바닥에 질질 끌리던 드레스는 로즈의 종아리 부근에 내려오는 정도의 길이로 잘려 있다. 그리고 그녀는 곧 드레스의 양다리 사이의 가운데 부분을 허벅지 정도의 높이까지 앞뒤에서 길게 잘랐다.

드레스 자락이 나풀거리며 그녀의 하얀 다리가 살짝 드러났다. 하지만 이니안도 케라우도 그 모습을 볼 수 없었다. 이럴 작정을 하고 그녀가 그들의 시선이 미치지 않는 곳으로 움직여 온 것이다.

드레스 자락이 양쪽으로 벌어지자 그녀는 미리 잘랐던 드레스 밑단을 적절한 길이로 잘라 벌어진 드레스 자락들이 날리지 않게 질끈 묶었다. 임시방편이긴 했지만 드레스가 그런대로 봐줄 만한 바지로 바뀌었다. 모든 준비를 끝낸 로즈는 다시 이니안과 케라우가 있는 곳으로 갔다.

"여기요."

로즈가 생긋 웃으며 검을 이니안에게 내밀었다. 로즈의 모습에 이니안은 가는 미소를 지으며 검을 받아 검집에 넣었다.

"휘유~ 멋진걸! 엄청 매력적이에요!"

벽에 기대앉아 로즈의 새로운 모습에 케라우가 휘파람을 불며 말했다. 어떤 의미로 매력적이라는 것인지. 묶인 드레스 자락 사이사이로 하얀 살결이 언뜻 그 모습을 내비치고 있다는 것을 아는 로즈의 얼굴이 붉게 물들었다.

그녀 자신도 이 모습이 상당히 부끄러운 상태였다. 다만 상황의 여건이 그 부끄러움을 잊게 만들어주고 있을 뿐. 그런 것을 케라우가 그만 로즈가 애써 잊고 있던 것을 상기시킨 것이다.

"그만 간다."

그때 이니안이 로즈에게 등을 내밀며 말했다. 이니안의 행동이 무엇을 뜻하는지 알았기에 로즈는 얼굴을 살짝 붉히며 이니안의 등에 업혔다.

"네, 네. 그만 가십시다요."

케라우는 옷자락을 털며 자리에서 일어났다.

동굴의 입구에서 뿌옇게 밝아오는 동녘 하늘이 보였다.

호사스러운 장식이 가득한 방. 거대한 창의 틀은 갖가지 문양이 그려진 금으로 장식되어 있고, 창의 양옆으로 부드러운 곡선을 그리며 묶여 있는 커튼의 재질은 한눈에도 고급스러워 보였다. 방의 가운데 있는 멋진 세공이 가해진 테이블은 한눈에도 범상치 않아 보였다. 칠흑같이 검은 가운데 은은히 자주색의 빛을 띠는 재질이 여간해서는 보기 힘든 나무 같았다. 그 테이블 위에서 뜨거운 김을 피워 올리는 세 개의 찻잔 역시 정교하면서도 아름다운 문양과 장식이 보통 물건이 아님을 짐작케 했다.

"참으로 난감한 상황이군요. 일개 용병이 흑마법을 사용하다니……."

하얀 수염을 탐스럽게 기른 노인이 미간에 주름을 잔뜩 만든 채 중얼거렸다. 그 용병 때문에 지난밤 한숨도 못 자고 아티팩트를 만든 것을 떠올리자 노인은 다시 한 번 골이 지끈거리는 것을 느꼈다.

"그런가? 난 신기한데. 흐흐흐, 연구 대상이야. 우리 흑마법사들의 전유물인 암흑 마나를 사용하다니. 꼭 한 번 보고 싶군 그래."

회색 머리칼을 가지고 얼굴에 주름이 가득한 노인은 수염 하나 없이 깨끗한 자신의 턱을 문지르며 음산한 목소리로 중얼거렸다.

"쯧쯧, 클레비클, 지금 중요한 것은 그것이 아니지 않은가?"

흰 수염의 노인이 고개를 저으며 걱정스럽다는 듯 이야기했다.

"아아! 그만 하게, 시메티딘. 확실히 나도 클레비클처럼 흥미를 느끼던 중이었으니까."

"흐흐흐. 그렇지 않습니까, 공작님? 일개 용병 따위가 마법을 사용하다니 말이지요. 그것도 흑마법을."

공작이라 불린 온화한 인상의, 어디서나 볼 수 있는 옆집 할아버지 같은 노인의 말에 클레비클이라는 노인이 기분이 좋은 듯 웃었다.

"하지만 시메티딘의 말대로 중요한 건 그 녀석이 아니네."

뒤이어진 그의 말에 시메티딘이 조용히 고개를 끄덕였다.

"뭐, 그 용병 녀석이 암흑 마나를 흘린다면 찾는 건 그리 어렵지 않을 겁니다. 저와 시메티딘이 만든 이것이 있다면요."

세 개의 찻잔 사이 가운데에 흰색 구슬이 박힌 목걸이가 놓여 있었다. 급히 만든 듯 투박하기 이를 데 없는 모양이었지만 그것을 바라보는 시메티딘과 클레비클의 두 눈에는 자부심이 가득했다.

"8서클을 마스터한 백마법사와 흑마법사인 자네 둘이 만들었으니 뭐, 당연한 일이겠지."

공작의 칭찬에 두 사람의 얼굴에 가득하던 자부심이 더욱 진해졌다.

"그럼 어서 카르세온 자작에게 보내줘야 하지 않는가?"

"조금 전에 완성했습니다. 차 한 잔 즐기는 여유 정도는 있어야지요. 그 사이 마나도 회복하구요."

테이블 위의 찻잔을 들며 시메티딘이 대답했다. 그는 어느새 찻잔에서 피어오르는 다향에 완전히 취해 있었다.

"크흐흐흐, 그렇습니다. 조금 쉬어야지요. 완전히 기진맥진입니다. 저 작은 목걸이 하나를 만드는 것이 좀 힘들어야지요. 하룻밤 사이에 만들었으니."

두 사람의 노고를 잘 알았기에 공작은 그저 가만히 고개를 끄덕이며 둘을 바라보았다. 솔직히 그가 생각하기에도 두 사람은 간밤에 정말 고생했다. 아티팩트를 만드는 것이 쉬운 일이 아님을 공작도 잘 알고 있었다. 그것을 하룻밤 만에 만들었으니 오죽하겠는가.

"뭐, 나도 자네들 덕에 해가 뜨는 것도 보고 좋군. 이렇게 해가 떠오르는 것을 보는 게 얼마 만인지."

찻잔을 들고 창가로 간 공작의 얼굴이 막 세상에 모습을 드러낸 태양 빛에 의해 붉게 물들었다.

테리신의 품에서 수정 구슬이 옅은 빛을 내면서 깜빡였다. 테리신은 황급히 수정 구슬을 꺼내 통신을 연결했다. 수정 구슬에 나타난 얼굴은 칸세르 공작이 아닌 자신의 스승 시메티딘이었다.

"스승님."

테리신은 스승의 얼굴을 확인하고는 황급히 고개를 숙였다. 며칠 사이 스승의 얼굴이 눈에 띄게 말라 있었다.

"칠칠치 못한 녀석, 그곳에 대응 마법진을 그리고 좌표를 말하거라."

"네."

시메티딘의 말에 테리신은 황급히 품에서 마법 시료를 꺼내 눈 위에 마법진을 그렸다. 그의 행동에 하이 나이트들이 주위로 모여들었다. 곧 그 빌어먹을 용병을 쫓을 수 있는 아티팩트가 도착할 것이라는 것을 알아차렸기 때문이다.

마법진의 크기가 상당히 작았기에 완성되는 것은 금방이었다. 마법진을 완성한 테리신은 품에서 작은 책자 하나를 꺼내 뒤적였다. 그리고 주변의 마나의 흐름을 느끼며 책과 대조해 좌표를 확인했다.

"다 되었느냐?"

테리신의 얼굴이 통신용 수정 구슬에 나타나자 시메티딘이 작은 목걸이를 들어올렸다.

"이것이 내가 너에게 보낼 물건이다. 이 가운데의 하얀 구슬이 암흑 마나와 반응하면 검게 변할 테니 그것을 기준으로 용병 녀석을 쫓으면 될 것이다."

"네."

스승의 설명에 테리신은 고개를 숙였다.

"좌표를 말하거라."

"ASFK1243입니다."

"알았다."

수정 구슬의 빛이 사라졌다. 시메티딘이 통신을 끊은 것이다. 그와 동시에 테리신이 그려놓은 마법진이 빛을 발했다. 작은 물건을 이동시키는 것이었기에 굳이 이쪽에서 주문을 통해 진을 활성화시키지 않아도 시메티딘이 목걸이를 보내는 것이 가능했다.

마법진의 빛이 사라지며 눈 위에 놓였다.

"이것인가?"

카르세온이 허리를 숙여 목걸이를 집어 들었다. 그 역시 수정 구슬 근처에서 목걸이의 사용법에 대해 들었다.

"그럼 확인을 해봐야지."

카르세온은 목걸이를 들고 나르트가 죽어 있던 장소로 걸음을 옮겼다. 과연 나르트의 시신이 있던 곳에서 목걸이의 구슬이 검게 물들었다. 그 모습에 카르세온의 입가에 차가운 미소가 맺혔다.

"좋군."

그 말 한마디로 충분했다.

"추적한다."

그 말과 함께 카르세온이 앞장서 걸음을 옮겼다. 이미 험한 산속이라 말은 처음 노숙을 하려던 곳에 매어놓고 왔기에 열 사람은 눈을 밟으며 천천히 걸음을 옮겼다.

카르세온은 목걸이를 이리저리 움직여 가며 가장 강하게 반응을 보이는 곳을 따라갔다. 이니안이 전날 밤 무공을 운용하며 몸 밖으로 흘린 마이너스 마나의 흔적이 곳곳에 남아 있었다.

사실 마령천참공의 경지가 팔성을 넘어가면 지금과 같이 마이너스 마나의 흔적이 남는 일은 없었다. 지금 이니안의 성취가 2성에 불과하기에 이렇게 진하게 마이너스 마나의 흔적을 남긴 것이다. 물론 이니안은 그런 사실을 전혀 알지 못했다.

천천히 제 모습을 드러내는 태양 빛이 일렬로 늘어서서 걸음을 옮기는 열 사람의 얼굴을 비추고 있었다.

로즈를 업은 이니안은 바람같이 달려 동굴을 벗어났다. 그리고 지난밤과 마찬가지로 몸을 움직여 절벽을 차고 올라갔다. 막 떠오른 태양빛에 비친 그 모습은 한 마리의 비조가 창공을 뚫고 올라가는 듯했다.

"이야! 역시 조명이 중요하다니까!"

천천히 몸을 띄워 절벽 위로 올라가던 케라우는 그 모습에 의미심장한 감탄을 토해냈다.

등에 한 사람을 업었지만 이니안의 움직임은 전혀 변한 것이 없었다. 깎아지른 절벽의 수직 면을 가볍게 차고 위로 솟아오르자 절벽 위에 도착하는 것은 금세였다. 이니안이 도착하고 얼마 지나지 않아 케라우가 도착했다.

"빨리 움직여라!"

이니안의 차가운 목소리에 케리우는 입술을 삐죽였다.

"쳇, 일출 때의 태양 빛이 얼마나 기분 좋은 줄 모르다니. 메마른 녀석 같으니라고."

절대로 뱀파이어가 할 이야기가 아닌 듯한 말을 하며 케라우가 투덜거렸다. 이니안은 평소처럼 그 말을 무시하곤 암석들 사이로 걸음을 옮겼다. 일단 산속으로 들어가 서쪽으로 방향을 잡아야 했다. 온몸에 마나를 일으켜 눈 위에 발자국을 남기지 않도록 주의하면서 걸음을 옮겼다. 케라우 역시 눈 위에 몸을 살짝 띄워 몸을 움직였다. 케라우의 움직임은 걷는 것이 아니었다. 바닥에 닿을 듯 말 듯한 높이로 떠서 천천히 날아가고 있었다.

얼마 걷지 않아 듬성듬성 있던 나무들의 수가 점점 늘어났다. 주변을 둘러싸고 있던 바위의 모습이 거의 사라지고 빽빽이 들어선 나무의 바다가 눈앞에 보일 때쯤 맞은편에서 사람들의 기척이 나기 시작했다.

무척이나 빠른 속도로 이동하는 무리였기에 기척을 느꼈다 싶은 순간 이미 기척의 그림자가 어른거리기 시작했다.

"젠장."

그 자리에 멈춰 선 이니안의 입에서 욕설이 튀어나왔다. 그러는 사이 아홉의 인영이 이니안과 케라우로부터 10여 미터의 거리를 두고 나타났다.

"훗, 드디어 만났군."

카르세온의 낮은 목소리가 이니안의 고막을 울렸다.

Chapter 7

다음에 만났을 때는 다를 거야

다음에 만났을 때는 다를 거야

차가운 바람이 분다. 이니안과 아홉의 기사들 사이를 부는 바람은 스산한 살기에 놀라 잠잠하게 가라앉는다. 주변에는 차가운 바람이 주변을 감싸고 있건만 그곳만은 바람 한 점 없이 고요하다.

"분명 그림에 있는 얼굴이로군."

지난밤 완벽하게 외운 얼굴이었다. 이제는 하얀 백지 위에 그릴 수도 있을 정도다.

"빌어먹게 빨리도 쫓아오는군."

이니안의 얼굴이 일그러졌다.

"한 놈이 아니라 두 놈이었나? 저놈은 처음 보는데?"

지하 감옥의 케라우의 존재는 바실러스 자작으로서는 절대 알려져서는 안 되는 것이었다. 쓸 데가 있어서 150여 년을 살려둔 것인데 이

번에 이니안과 함께 사라졌다. 하지만 그것까지 카르세온에게 이야기
하지는 않았다. 그것은 자신의 가문의 비밀이었기에. 아쉽지만 어쩔
수 없었다.

"저놈에 대한 보고가 있었나?"

"없었습니다."

카르세온의 물음에 하론이 즉각 대답했다.

"상관없지."

카르세온은 무미건조한 눈빛으로 이니안을 바라보았다. 이니안은
그 눈 속에서 들끓고 있는 살기를 느낄 수 있었다.

"네놈, 포르시아님을 납치한 이유가 뭐냐?"

"포르시아님?"

갑작스러운 말에 이니안은 혼란에 빠졌다. 생전 처음 듣는 이름을
대며 자신이 납치했다고 추궁을 하다니…… 이니안은 혹시나 하는 생
각에 자신이 업고 있는 로즈를 돌아보았다. 하지만 로즈 역시 어안이
벙벙한 얼굴이었다. 그 표정에 가식 따위는 없었다. 그녀도 역시 전혀
모른다는 진실한 얼굴이었다.

"포르시아가 누구지?"

"감히 그 고귀한 이름을 그따위 더러운 입에 올리다니!"

흥분한 마이어가 검을 뽑아 들었다. 카르세온이 손을 들어 당장에라
도 뛰어나가려는 마이어를 제지했다.

"우습군. 네놈은 네가 업고 있는 분이 누구인지도 모르는가?"

그들의 말로 보아 그들이 포르시아님이라 부르는 사람이 로즈인 것
은 확실했다. 그런데 '님' 이라니? 그들은 로즈를 무척 공손한 눈으로

바라보고 있었다.

'죽이기 위해 쫓는 것이 아니었단 말인가?'

그리고 보니 바실러스 영지에서도 로즈는 상당히 호화로운 방에서 극진한 대접을 받고 있었다.

'그렇다면 그때 그 어새신들은 뭐지?'

혼란스러웠다. 목숨의 위협을 받으며 쫓기고 있다 생각했는데 이런 상황이라니…….

"어떻게 된 거야?"

혼란스럽기는 로즈 역시 마찬가지였기에 이니안의 물음에 도리질만 칠 뿐 아무런 대답을 하지 못했다.

"후우, 미치겠군."

이니안은 나직이 한숨을 쉬었다. 케라우는 이런 상황을 재미있다는 듯 바라보며 즐기고 있었다.

"처음에는 포르시아님만 무사히 구출하면 끝이라 생각했다."

카르세온이 낮은 목소리로 말했다. 테리신이 느끼기에는 평소와 다름없는 목소리였지만 그렇게 생각하는 이는 테리신 그 혼자였다. 나머지 사람들은 그 목소리에서 진득한 죽음의 기운을 느낄 수 있었다.

"하지만 이제는 아니다. 포르시아님의 안전을 확보한 후 네놈을 죽인다. 그것이 차가운 땅속에 누운 나르트를 위한 길이겠지."

그 말과 동시에 카르세온의 눈에서 불꽃이 튀었다. 그리고 그의 모습이 사라졌다.

순식간에 이니안의 눈앞에 나타난 카르세온의 주먹이 이니안의 복부에 꽂혔다. 아니, 꽂힌 것처럼 보였다. 그 순간 이니안은 마령보의 방위를 밟아 열 걸음 정도 뒤로 물러났다. 너무나 빠른 움직임으로 인해 남아 있던 잔상이 카르세온의 주먹에 흔들리며 사라졌다.

"역시 나르트를 암습할 정도의 실력은 가지고 있군."

그때 나머지 여덟의 하이 나이트가 검을 뽑아 들고 이니안이 움직일 수 있는 방위를 차단하고 나섰다. 카르세온도 자신의 검을 뽑아 들었다.

그야말로 사면초가의 상황이 눈앞에 펼쳐졌다.

"으음, 이거 정말 제대로 외통수인걸. 이니안, 어떻게 할 거야?"

여전히 위기감없는 얼굴로 싱글거리며 케라우가 물었다.

"이니안 오빠……."

등에 업힌 로즈가 걱정스러운 얼굴로 이니안을 바라보았다.

"너, 어떻게 할 거지?"

"네?"

이니안의 속삭임과도 같은 질문에 로즈는 대답을 하지 못하고 되물었다.

"저들이 원하는 것은 나의 목숨과 너의 안전. 저들은 너를 안전히 데리고 가려는 것 같다. 즉, 너를 죽이려고 쫓던 어새신들과는 다른 부류란 말이지."

이니안의 말에 로즈는 골똘히 생각에 잠겼다. 똑바로 전방을 보며 자신들을 포위한 기사들을 경계하는 이니안의 모습. 그 널찍한 등이 믿음직스러웠다.

"난 저 사람들을 몰라요. 그리고 오빠는 내가 수도에 도착할 때까지 지켜준다고 했잖아요."

로즈의 대답은 이니안의 입가에 미소를 만들었다. 이니안 자신도 왜 미소를 짓고 있는지 이해할 수 없었다. 하지만 한 가지 분명한 것은 로즈의 대답이 마음에 들었다는 것이다.

"그럼 간다. 단단히 잡아라."

이니안의 속삭임에 이니안의 목을 끌어안은 로즈의 팔에 힘이 들어갔다.

이니안이 무언가 움직임을 보이려 하자 하이 나이트들은 긴장하며 그를 노려보았다. 조금 전 카르세온의 주먹을 피한 그의 움직임은 놀라운 것이었다. 이 자리에 있는 그 누구도 카르세온의 그와 같은 기습을 그렇게 손쉽게 피할 수는 없었다.

"이 상황, 나에게 무척이나 불리해. 아니, 죽음을 피할 수 없다는 것이 더 정확하겠지."

이니안의 낮은 중얼거림은 카르세온을 미소 짓게 만들었다. 카르세온은 역시 눈앞의 용병이 아주 바보는 아니라고, 아니, 오히려 상당히 똑똑하다고 생각했다. 지금껏 자신들을 고생시킬 만한 능력을 가지고 있었다.

"네놈, 이름이 뭐지?"

일개 용병이 기사에게 감히 할 수 없는 불손한 말투였다. 하지만 이 자리의 누구도 이니안의 말투를 탓하지 않았다. 그들의 눈에 비친 이니안은 강자였다. 그들은 강자를 존중할 줄 알았다. 수많은 전장을 헤치며 살아온 하이 나이트였기에 보통의 기사들과 같은 아집과 자만심은 없었다. 강한 힘만이 자신을 지켜준다는 것을 누구보다 잘 알았다.

"카르세온. 루이스 카르세온이다."

"훗, 난 이니안."

이니안은 기묘한 웃음을 얼굴에 만들며 물었다.

"카르세온 너라면 자신이 반드시 질 거라 확신할 수 있는 싸움에서 어떻게 할 거지?"

이니안의 물음을 곰곰이 생각하던 카르세온의 얼굴이 급변했다.

"저놈의 뒤를 막아라!"

하이 나이트들이 포위한 방위에서 이니안의 등 뒤는 빠져 있었다. 학의 날개처럼 전방과 측방으로 넓게 펼쳐져 그를 둘러싸고 있었던 것이다.

이니안이 카르세온에게 한 말은 '난 도망치겠다' 는 것이었다. 카르세온 자신도 질 것이 뻔한 싸움은 하지 않는다. 질 것이 뻔하다면 피하는 것이 상책이다. 지금 이니안의 뒤가 뚫려 있었기에 그는 황급히 이니안의 뒤를 막으라 한 것이다.

그러나 이니안의 몸은 빨랐다. 순식간에 몸을 돌려 나는 듯 달려가고 있었다. 마령보의 진가가 발휘되는 순간이었다.

"후훗, 아무튼 똑똑한 녀석이라니까."

케라우는 웃으며 이니안의 뒤를 쫓았다. 지금은 태양 빛이 가장 순수하게 내리쬐는 아침. 그의 몸은 활력으로 가득 차 있었다.

"쫓아라!"

카르세온이 황급히 몸을 날리며 외쳤다. 나머지 기사들이 그 뒤를 따랐다. 여전히 이니안을 포위했던 진형을 유지한 채 각자 전력을 다해 뛰었다. 지형이 점점 변해가고 있었다. 나무들이 사라지고 바위들이 울퉁불퉁 튀어나왔다. 주변의 시야를 가리는 나무가 줄어들어 오히려 공격하기에 더 좋은 장소였다.

'저 녀석이 왜 이리로?'

지금 이니안이 도망치는 방향은 오히려 이니안에게 불리한 곳이었기에 카르세온의 얼굴에 의문이 떠올랐다.

"절벽입니다."

옆에서 달리던 마이어의 말대로 이니안이 달려가는 곳의 끝은 절벽이었다. 카르세온의 가슴 한구석에서 불길한 예감이 스멀스멀 피어올랐다.

"저 녀석, 어쩌려는 거지? 절벽에 다 이르렀는데도 속도를 줄이지 않다니……."

하론의 중얼거림에 카르세온의 머리를 스치는 생각.

"빌어먹을. 저 녀석, 절벽 아래로 뛰어내릴 생각이군."

그답지 않게 흥분한 어투였다. 추적 이후 철저하게 이니안에게 농락당했다는 기분에 결국 그도 감정의 변화를 드러낸 것이다.

과연 카르세온의 예상대로였다. 절벽의 끝에 이르자 이니안은 망설임 없이 몸을 날렸다. 그의 뒤를 따르던 은회색의 머리칼을 가진 남자 역시 몸을 날렸다. 공중으로 조금 떠오르는 듯 보이던 둘의 몸은 곧 자연의 법칙대로 자유 낙하를 시작했다.

이니안과 케라우가 빠른 속도로 아래로 떨어질 때 카르세온은 절벽에 도달할 수 있었다.

"미친."

까마득했다. 절벽은 그 바닥이 보이지 않았다. 이곳은 바운더리 산맥에서도 상당한 높이를 자랑하는 산허리였다. 짙은 안개에 가려진 절벽은 내려다보는 사람의 기를 질리게 했다.

"이 밑으로 뛰어내리다니, 정말 미친 것 아닐까요?"

절벽을 내려다본 하론이 기가 차다는 듯 혀를 내두르며 말했다.

"젠장."

쾅!

카르세온의 욕지기와 함께 커다란 소리가 울렸다. 힘껏 발을 구른 것이다. 절벽 앞의 돌 바닥에 선명한 발자국이 찍혔다. 카르세온은 그렇게 자신의 분노를 표현했다.

"그놈, 대단한 녀석이군. 부단장이 저런 모습을 보이다니……."

마이어가 하론의 귀에 대고 낮게 속삭였다. 카르세온은 나르트가 죽었을 때도 평정을 유지하는 듯한 모습을 보였었다. 비록 가슴 깊이 분노하고 있었다 하더라도 결코 흐트러진 모습을 보이지 않았다. 한데 지금 저 모습은 확실히 화가 난 모습이었다.

"어떻게 하지요? 용병이 포르시아님과 함께 절벽 아래로 뛰어내렸다고 보고해야 하나요? 저 아래로 뛰어내리면 틀림없이 죽을 텐데……."

하론의 말에 카르세온은 고개를 저었다.

"말이 있는 곳으로 가서 밧줄과 정을 가지고 온다. 놈은 살아 있다."

카르세온의 말에 여덟 사람의 얼굴이 경악으로 물들었다. 하지만 부단장은 그 말만을 남기고 먼저 걸음을 옮겼다. 카르세온이 그렇다면 그런 것이다. 여덟 기사는 경악한 표정을 지우고 서둘러 카르세온의 뒤를 따랐다.

'뒤로 물러날 때 그 녀석, 이미 이런 상황을 알고 있었다. 그때 그 녀석의 얼굴은 자신으로 가득했어. 결국 이럴 계획으로 이곳까지 왔다는 것. 반드시 잡고 만다, 이놈. 으드드득.'

자신이 내려다본 절벽의 아래.

카르세온 자신도 그곳으로 그렇게 뛰어내린다면 살아남는다고 장담할 수 없었다. 아니, 자신 스스로도 만약 내기를 한다면 자신이 죽는다 쪽에 배팅을 할 것이다.

그런데 그 이니안이라는 녀석은 그런 자신을 비웃듯이 자신만만한 얼굴로 뛰어내렸다. 살아남을 수 있다는 확신을 가지고서. 그것이 자신을 분노케 했다, 자신도 망설이는 일을 우습게 하는 인간이 있다는 사실이.

"보고는 어떻게 하지요?"

마이어가 조심스럽게 물었다.

"테리신에게 대강 이야기해 주고 보고하도록 해. 그리고 그 녀석, 귀찮으니까 그만 돌아가라고 하고. 아, 앞으로 우리는 말도 없이 도보로 이동해야 할 테니 말을 데리고 가라고 해. 우리는 앞으로 필요한 짐들을 직접 지고 간다."

차가운 목소리로 순식간에 대답한 카르세온은 걸음을 더욱 빨리 했다. 이러고 있는 사이에도 이니안은 얼마나 더 멀리 도망칠지 몰랐다. 조금이라도 빨리 짐과 장비들을 챙겨 돌아와야 했다. 추적의 고삐를 더욱 강하게 움켜쥐기 위해서라도.

휘익! 휘익!

차가운 바람이 살갗을 스치고 지나갔다. 이니안은 로즈를 업은 채 절벽 아래를 보며 떨어지고 있었다. 온몸으로 부딪쳐 오는 공기의 저항이 떨어지는 속도를 실감케 해주었다. 그 옆에서 케라우 역시 이니안과 같이 떨어지고 있었다.

"도망치는 것은 잘한 판단이야. 그게 장수의 비결이지. 케헤헷."

떨어지는 외중에도 케라우가 경박스러운 웃음을 뱉어내며 말했다.

"다음에 만났을 때는 다를 거야."

이니안은 낮게 중얼거렸다. 케라우는 그 말을 들었는지 못 들었는지 아무런 반응이 없었다.

"오우! 이제 바닥이 보이는걸."

절벽에 짙게 깔렸던 안개가 사라지며 천천히 바닥이 그 모습을 드러냈다. 위와 마찬가지로 울퉁불퉁한 돌 바닥이었다.

"쳇, 강이라도 좀 흘러주면 어디 덧나나?"

케라우의 투덜거림에 피식 웃음을 지은 이니안은 오른발과 왼발로 번갈아 반대쪽 발등을 찍으며 몸을 날렸다. 발등을 찍었을 때의 반발력으로 몸을 조금씩 절벽 쪽으로 몸을 붙였다. 손이 거의 절벽에 닿을 만한 거리에 왔을 때 로즈를 잡고 있던 손 중 하나로 검을 뽑아 절벽에 박아 넣었다. 검이 순간적으로 푸른 빛을 발했다.

"소드 익스퍼트 상급 정도인가? 아까 보여준 움직임이나 실력에 비해 성취가 낮은걸."

케라우는 이니안을 최소한 소드 익스퍼트 최상급으로 예상했기에 의외라는 듯 중얼거렸다.

끼이이이익!

마나를 머금고 절벽에 박힌 검은 요란한 소리를 내며 절벽을 긁어내렸다. 그 마찰력으로 인해 이니안의 낙하 속도가 점점 느려졌다. 그 속도에 맞춰 케라우도 자신의 낙하 속도를 조절했다.

거의 바닥에 근접했을 때 이니안은 절벽을 차며 검을 뽑고 사뿐히 바닥에 착지했다. 그 과정 중 로즈가 느낀 충격이라고는 거의 없었다. 그 정도로 자연스럽고 부드러운 움직임이었다.

"늘 생각하는 거지만 네놈의 몸놀림은 반칙이라고. 내가 아는 소드 마스터도 그렇게 움직이지 못했어."

그것은 당연했다. 대륙에 존재하는 보통의 소드 마스터와 이니안 가문의 소드 마스터는 검을 익히는 체계가 완전히 달랐으니까.

"그나저나 기분 나쁜 곳이군."

그랬다. 으스스한 기운이 감돌고 옅게 깔린 안개가 절로 기분 나쁘게 만들었다. 하지만 그것은 평범한 인간의 기준이었다. 당장이라도 뱀파이어 따위가 나올 것만 같은 분위기였으니까. 결코 뱀파이어인 케라우가 할 말은 아니었다.

"쳇, 아직 해가 한창 뜨고 있을 때인데 이렇게 어두워서야 어디……."

케라우가 기분 나쁘다고 한 것은 빛이 제대로 들어오지 않는 상황 때문이었다. 끝이 보이지 않을 정도로 솟아 오른 양쪽의 절벽. 그 사이의 협곡과도 같은 이곳의 지형은 하늘의 태양이 발하는 빛이 그 바닥에 도달하는 것을 막고 있었다.

"설마 이곳에서 하루 이상 있어야 하는 것은 아니겠지?"

케라우가 불안한 듯 중얼거렸다. 평소의 장난기 가득한 얼굴과는 다른 정말 심각한 모습이었다. 보통 때와 기색이 다르다는 것은 느꼈지만 이니안은 평소처럼 신경 쓰지 않았다.

이니안은 로즈를 내려주었다. 이제 혼자서 걸을 수 있는 곳에 내려왔으니 굳이 자신이 업고 갈 이유가 없었다.

이니안은 천천히 걸음을 옮겼다. 어차피 자신들의 목적지는 수도. 서쪽 방향으로 이동해야 했다. 우선 이 협곡을 벗어나는 것이 먼저였지만. 로즈는 이니안의 뒤를 따라 걸음을 옮겼다. 케라우 역시 아무 말 없이 걸음을 옮겼다. 바닥에서 살짝 떠서 날아가던 평소의 이동 방법과는 달리 지금은 직접 걷고 있었다.

쿠아아아아!

얼마나 걸었을까? 사나운 울음소리가 일행의 귀에 들렸다.

"오빠……."

이니안의 뒤에서 걸음을 옮기던 로즈가 이니안의 옷자락을 잡으며 바짝 달라붙었다.

"잘됐군."

울음소리를 들은 이니안의 얼굴에 웃음이 떠올랐다. 울음소리로 봤을 때 분명 트롤이었다. 따지고 보면 자신이 이런 상황에 처하게 된 원인이나 다름없는 트롤.

예전이라면 분명 도망쳤을 것이다. 하지만 이제는 아니다. 3년 전만큼은 아니지만 이제 어느 정도 힘을 찾았다. 트롤 정도는 어렵지 않게 상대할 수 있는 힘을.

이니안은 로즈의 손을 가볍게 떨쳐 내고 걸음을 빨리 했다. 어느새 이니안의 손에는 검이 들려 있었다. 검은 섬뜩한 살기를 뿌리고 있었다. 검을 이리저리 살핀 이니안은 무엇인가 마음에 안 드는 표정을 지었다.

"역시 병사들이 쓰던 검이어서인지 싸구려로군."

이니안은 근처의 바위에 검을 세게 후려쳤다. 기교를 부리지도 않고 마나를 주입하지도 않은 채 순수하게 검의 강도로 바위를 후려친 것이다.

쩔그렁.

거친 소리와 함께 검의 절반이 뚝 부러져 나갔다. 절벽을 내려오면서 검에 쌓인 피로로 인해 결국 부러진 것이다. 이니안은 검을 살피며 곧 부러질 것을 알았기에 미리 부러뜨린 것이었다. 전투 중에 검이 부러져 튀어나가는 것보다는 차라리 부러진 반검을 들고 싸우는 편이 나았다.

트롤 역시 이곳에 있는 이니안과 로즈의 냄새를 맡고 이동해 오고 있었는지 곧 그 흉측한 모습을 드러냈다. 트롤의 모습을 확인한 이니안의 얼굴에 차가운 웃음이 걸렸다.

"이젠 예전의 내가 아니니까."

전광석화와 같은 움직임으로 이니안은 트롤의 옆으로 돌아갔다. 마나를 한껏 머금은 검을 휘두르자 트롤의 팔이 뚝 떨어졌다. B급 용병의 실력으로는 절대 보일 수 없는 모습이었다.

크아아앙!

트롤은 고통과 분노의 외침을 토해냈다. 잘려진 팔의 끝 부분이 부글부글 끓어오르며 서서히 재생을 시작했다.

쾅!

트롤은 순간 몸을 돌려 남아 있는 한쪽 팔로 이니안이 있던 곳을 후려쳤다. 요란한 소리가 협곡을 울렸다. 하지만 그곳에 이니안은 없었다. 마령보의 방위를 밟아 순식간에 그 자리를 벗어난 것이다. 트롤은 자신이 사냥감을 맞추지 못했다는 것을 깨닫자마자 발을 굴렸다. 트롤의 거대한 발이 이니안의 전신으로 짓쳐들었다.

이니안은 가볍게 몸을 띄워 트롤의 발 위에 올라섰다. 그리고는 트롤의 다리를 타고 트롤을 향해 쇄도해 들었다. 놀란 트롤은 다리를 흔들어 이니안을 떨쳐 내려 했다. 그 순간 훌쩍 뛰어오른 이니안은 트롤의 왼쪽 어깨에 가볍게 내려앉았다.

"잘 가라."

서걱.

이니안이 휘두른 검이 트롤의 목을 깨끗이 가르고 지나갔다.

트롤의 몸이 서서히 뒤로 넘어갔다.

쿵!

트롤의 몸이 땅에 부딪치는 소리가 요란하게 울렸다.

"후와! 한두 번 잡아본 솜씨가 아닌데?"

그야말로 능숙한 움직임에 케라우는 순수하게 감탄했다.

"그런데 저 몸놀림은 아무리 봐도 반칙이란 말이야?"

케라우는 아래로 떨어지면서 이니안에게 했던 말을 다시 한 번 중얼거렸다. 로즈는 멍한 얼굴로 이니안과 트롤을 번갈아 보았다. 사실 이곳까지 이동하면서 이니안에 대한 의구심이 가슴에 자리하고 있었다. 동굴에 들어갈 때는 자신이 잠에 빠져들어 있었다 하지만 그전에 나뭇가지를 밟으며 이동한 것이나 이 절벽 아래로 내려온 것이나 절대 평범한 용병의 실력이 아니었다. 그런데 트롤을 저렇게 간단히 상대하는 모습이라니.

"거짓말쟁이."

로즈는 짤막하게 중얼거렸다.

"응? 왜 그러시죠, 로즈 양?"

로즈의 중얼거림을 들은 케라우가 흥미로운 표정을 지으며 물었다.

"이니안 오빠가 절 처음 만났을 때 그랬단 말이에요. 트롤을 만나면 도망쳐야 한다고. 그런데 저게 뭐예요? 순식간에 트롤 한 마리를 잡았잖아요."

말을 하면서 속은 것이 점점 더 분해지는지 로즈의 볼이 부풀어 올랐다.

이니안은 로즈가 어떤 반응을 보이는지 전혀 신경 쓰지 않은 채 익숙한 손길로 검을 놀리고 있었다. 이니안의 검이 지나갈 때마다 트롤의 가죽이 갈라지며 녹색의 피가 바닥으로 쏟아져 내렸다. 이니안의 검은 트롤의 전신 가죽을 능숙하게 벗겨내고 있었다.

검을 몇 번 더 움직이자 깨끗하게 벗겨진 트롤의 가죽이 곱게 접혀 옆에 놓였다. 이니안은 반 토막 난 검을 세차게 흔들어 검에 묻은 트롤의 피를 털어냈다. 트롤의 피는 특히 점성이 강해서 검에 묻은 후 빨리 닦아내지 않으면 검이 심하게 상한다. 이니안은 어차피 버릴 검이었기에 대강 털어낸 것이다.

가죽이 벗겨진 트롤의 시체가 보기 흉하게 널브러져 있었다. 이니안은 자신이 벗겨낸 트롤 가죽을 어깨에 짊어지고 걸음을 옮겼다. 이니안이 하는 양을 가만히 지켜보던 케라우와 로즈도 이니안이 걸음을 옮기자 그 뒤를 따랐다.

"어이, 이니안. 너, 그건 왜 가지고 가는 거야?"

"너, 돈 있어?"

이니안의 대답에 케라우는 고개를 끄덕이며 입을 닫았다. 그랬다. 그들 중 돈을 가진 사람은 아무도 없었다. 이니안과 케라우는 지하 감옥에서 입고 있던 죄수복 차림 그대로였다. 가진 것이 있을 리 없었다. 그나마 이니안은 바실러스 영지를 탈출하며 빼앗아온 검 한 자루라도 들고 있었지만 케라우는 그야말로 맨몸이었다. 로즈의 경우 호화로운 드레스를 입고 있었다. 그것도 탈출에 편한 복장으로 바꾸느라 여기저기 잘려 보기 흉하게 변해 있었지만 어쨌든 로즈 역시 방에 있다가 이니안과 함께 탈출했기에 가진 것이 옷밖에 없었다. 다만 이니안과 케라우와는 달리 고급 옷감으로 만들어진 드레스를 입고 있다는 게 다를 뿐.

계속해서 산속으로 도망칠 순 없었다. 지금 이들은 도망을 치는 것이 아니라 수도라는 목적지를 향해 가고 있었다. 당연히 마을에 들러야 할 것이고, 돈도 필요했다. 그래서 이니안이 군이 시간을 들여 트롤의 가죽을 벗겨낸 것이다. 자신들을 쫓는 하이 나이트들이 있음에도 불구하고.

"빨리 가야 한다. 카르세온 그놈, 절대 포기할 인간이 아냐."

그 말을 끝으로 이니안은 입을 닫았다.

왼쪽 어깨에 트롤의 가죽을 짊어지고 오른손을 내려다보았다.

'조금은 익숙해졌나?'

트롤과 싸우며 이니안은 마이너스 마나를 제대로 된 운용법으로 움직였다. 이니안이 트롤을 공격한 수법은 마령천참검법의 일초식인 마령소혼이었다. 상대가 몬스터였기에 변화를 크게 일으키지 않아 그저 부드럽고 깔끔하게만 검을 움직였지만 그 속에는 마령소혼의 이치가 담겨 있었다.

'마령천참검법. 생각보다 훨씬 훌륭한 검법이다. 이 상태라면 예전의 상태를 회복하는 데 그리 오래 걸리지 않을 것 같아.'

오른손을 몇 번 쥐락펴락하던 이니안은 가늘게 웃었다. 이니안의 뒤를 따르던 케라우와 로즈는 그런 이니안의 미소를 볼 수 없었다.

"이니안, 얼마나 더 가야 하지? 나는 조금 더 빨리 이곳을 벗어났으면 하는데."

한참 걸음을 옮기던 케라우가 불안한 듯 말했다. 이 협곡에 떨어져 움직이기 시작한 지 다섯 시간쯤 지난 상태였다. 이니안은 힐끔 그의 얼굴을 보았다. 보통 때와는 다른 느낌의 목소리였기 때문이다. 케라우의 안색이 약간 하얗게 질려 있었다. 하얀 피부야 뱀파이어의 특징 중 하나였지만 분명 평소보다 더 하얗게 변해 있었다.

'그러고 보니 이곳은 빛이 거의 들어오지 않는군.'

협곡의 양쪽 벽에 부딪쳐 반사된 빛이 조금씩 협곡 아래로 내려오고는 있었지만 협곡은 어두웠다. 잔뜩 구름이 낀 흐린 날과 같은 정도라고 할까? 이곳은 그 정도로 어두웠다. 그 정도의 날이면 보통의 뱀파이어가 밤이 아님에도 활동이 가능하다는 것을 고려하면 지금의 상태는 분명 케라우에게는 고역일 것이다. 반대로 말하면 케라우가 제대로 힘을 쓸 수 없는 상황이라는 말이었으니까.

이니안은 몸을 돌려 로즈에게로 다가갔다. 그리고는 등을 내밀고 몸을 낮췄다. 이제 익숙해졌는지 로즈는 별다른 표정의 변화 없이 이니안의 등에 업혔다. 한 팔로 트롤의 가죽을 안아 들고 한 팔로는 등에 업힌 로즈를 받치고 이니안은 달리기 시작했다.

그다지 크게 마음에 드는 녀석은 아니지만 도움을 받은 것이 사실이었으니 조금은 사정을 봐주는 것도 괜찮다 싶었다. 귀찮기는 했지만 이니안은 빚을 지고 그 빚을 잊을 정도로 몰상식하지는 않았다.

"케케케케, 고마워. 역시 이니안 너는 그렇게 차가운 녀석이 아니라구. 넌 천성이 차갑지를 못하거든."

이니안에 대해서 마치 모든 걸 안다는 듯 케라우는 웃으며 말했다. 그의 말에 이니안의 얼굴이 살짝 일그러졌다.

'아혈을 점해 버릴까? 아니, 뱀파이어도 인간과 같은 곳에 혈이 있을까?'

혈(穴). 이니안의 가문의 고서에 적혀 있던 용어로 마나가 흐르는 길의 중간에 마나가 모이는 곳을 이르는 말이다. 이니안 가문의 사람들은 마나 홀(Mana Hole)이라고도 불렀다. 바로 마나 마킹의 수법을 사용하는 위치다. 그중에서 아혈이란 곳을 막으면 말을 하는 것이 불가능해진다.

연신 쉬지 않고 움직이는 케라우의 입에 이니안은 그런 생각까지 떠올렸다.

"크크크크, 이니안 너니까 내가 말해주는데 내가 어둠 속에서 버틸 수 있는 시간은 24시간이다. 어둠 속에서 열 시간 이상을 있으면 서서히 말라가다가 만 하루가 지나면 죽어. 크크크, 갈아 마셔도 시원찮을 코쿠스 녀석. 뭐, 이미 죽어 흙으로 변했겠지만."

코쿠스라는 이름을 중얼거릴 때 케라우의 눈이 살기로 번들거렸다.

'24시간이었나?'

이니안은 케라우가 오랜 시간 어둠 속에 있으면 죽는다는 사실은 그에게서 들었지만 정확한 시간까지는 알지 못했다. 지금 케라우가 그 시간을 알려준 것이다.

'그래서 조금 전 그렇게 불안한 듯 말한 것인가?'

이니안은 땅을 박차는 다리를 더욱 빠르게 놀렸다.

협곡은 무척이나 길었다. 이니안이 마령보의 수법으로 보통 사람으로서는 상상도 못할 빠른 속도로 이동하였는데도 협곡을 벗어나는 데무려 열다섯 시간이 걸렸다. 시간이 흐름에 따라 점차 긴장으로 물들어가던 케라우의 표정이라니. 그리고 협곡의 출구를 발견했을 때 그기뻐하던 얼굴. 모두 이니안을 웃음 짓게 했다. 물론 얼굴에 드러나진 않았다. 그저 속으로 조용히 미소 지었을 뿐이다.

"벌써 밤이군."

협곡을 벗어나는 중에 이미 해가 진 걸 알 수 있었다. 달빛조차 들지 않아 더욱 짙은 어둠이 깔린 협곡 안이었기에. 하지만 이니안은 협곡을 빠져나오자마자 눈에 들어온 검은 하늘에 펼쳐진 별의 커튼을 보며 그렇게 중얼거렸다.

그저 어둡기만 하던 협곡 안보다는 이렇게 별이 총총히 맺힌 하늘이 밤이구나라는 느낌이 들었다.

"다행이군, 빠져나와서. 그나마 오늘은 보름이고."

케라우의 말대로 밤하늘 한가운데 별 무리를 헤치고 커다란 달이 밝게 빛을 발하고 있었다. 달빛을 맞으며 케라우의 얼굴에 한줄기 안도의 미소가 스쳐 지나갔다.

"으응? 이제 밖으로 나왔어요?"

깜빡 잠이 들었던 로즈가 눈을 비비며 일어났다. 지난밤 케이로스의 품에서 충분히 수면을 취했지만 계속해서 똑같은 풍경이 펼쳐지자 그만 깜빡 잠이 든 것이다.

"이니안 오빠 등도 참 편안하네요. 헤헤, 케이로스의 품만큼 따뜻하고 편안해요."

이니안의 등에서 내려서며 로즈가 멋쩍은 웃음을 지으며 말했다. 하지만 이니안은 그런 로즈를 보고 있지 않았다. 시선을 돌려 밤하늘의 별을 바라볼 뿐.

로즈가 그런 웃음을 짓고 자신을 보며 이야기할 때면 항상 그 얼굴에 겹쳐 떠오르는 얼굴이 있었다. 가슴 깊은 곳에 새겨놓은 얼굴. 하지만 머리 속에서는 잊기를 원하는 얼굴.

'쉐이나······.'

다시 한 번 쉐이나를 만났다. 곁눈질로 로즈의 웃음을 보는 순간 쉐이나가 웃으며 자신에게 다가왔다. 그래서 얼른 시선을 밤하늘로 돌린 것이다. 하지만 한번 나타난 쉐이나는 좀처럼 돌아갈 줄을 몰랐다. 반짝반짝 빛나고 있는 별들 사이에서 더욱 화사하게 빛나는 웃음을 머금고 자신을 내려다보고 있었다.

눈가로 뿌연 습막이 차 오르는 것이 느껴졌다.

'빌어먹을······.'

그것이 느껴지는 순간 이니안은 협곡 앞에 펼쳐진 숲으로 내달렸다.

"어이, 이니안! 갑자기 어디 가?"

만월의 월광 속에서 기분 좋게 빛을 받고 있던 케라우가 놀라서 외쳤다. 가만히 서 있던 이니안이 갑자기 사라졌기에 로즈 역시 눈을 동그랗게 뜨고 이니안의 뒷모습을 바라보았다.

"뭐, 돌아오겠죠."

동그랗게 뜨여졌던 눈이 평소로 돌아올 때쯤 로즈가 그렇게 중얼거렸다. 그녀의 눈에 비친 이니안의 등이 그녀에게 그렇게 말하는 것 같았다. 지켜줄 테니 믿고 기다리라고. 그런 느낌 때문일까. 로즈는 빙그레 웃으며 근처 나무 둥치에 기대앉았다.

케라우 역시 이니안이 곧 돌아올 것이라 생각했다. 다만 너무 갑작스럽게 달려나가 조금 놀랐을 뿐이다. 하지만 로즈의 믿음에 찬 눈을 보니 역시 조금은 신기한 생각이 들었다. 대체 이니안의 어디를 그렇게 믿는 것인지. 이니안에게 듣기로 그녀는 이니안의 고용주라 했다. 하지만 단순한 고용주와 용병으로 보기에는 두 사람 사이에 흐르는 미묘한 기류가 거슬렸다.

'참, 보고만 있어도 재미있단 말이야?'

달빛이 가장 잘 들어오는 곳에 가만히 서서 로즈의 모습을 보며 웃음 짓던 케라우의 얼굴이 미묘하게 변했다.

지금 로즈는 아름드리 나무의 둥치에 등을 기대고 고개를 젖힌 채로 앉아 있었다. 한쪽 다리는 땅에 쭉 편 채였고, 다른 다리는 무릎을 세우고 앉아 있었다. 케라우의 눈이 무릎을 세운 다리 쪽으로 슬금슬금 움직였다. 드레스 밑단을 잘라낸 천으로 세로로 자른 치마를 묶었기에 치마를 묶은 천 사이사이로 로즈의 새하얀 다리가 드러나 있었다. 어두운 밤에 달빛을 받아 하얗게 빛나는 그녀의 피부는 케라우의 눈을 매혹시키기에 충분했다.

케라우의 눈이 조금씩 붉게 변했다. 하지만 다른 생각에 빠져 있던 로즈는 그런 케라우의 변화를 눈치채지 못했다. 케라우의 양손의 손톱이 꿈틀거리며 조금씩 날카롭게 솟아나기 시작했다. 입가가 실룩이며 조금씩 길게 자라 나오는 송곳니가 섬뜩하게 빛났다.

비록 밤과 낮에 대한, 아니, 빛과 어둠에 대한 그의 몸 상태가 완전히 뒤바뀌었다고 해도 밤에 솟아오르는 흡혈에 대한 본능은 남아 있는지 사람들이 흡혈귀라 부르는 그 모습으로 조금씩 변해갔다. 케라우의 눈동자가 점점 더 붉어지고 손톱도 더욱 길어졌다. 송곳니가 입술을 비집고 밖으로 조금씩 그 모습을 드러냈다.

아우우우우~!

그 순간 멀리서 들려오는 늑대의 울음소리.

그 울음소리에 케라우는 흠칫 정신을 차렸다.

'젠장! 이게 무슨 꼴이냐, 케라우야, 케라우야.'

스스로를 책망한 케라우는 서둘러 평정심을 찾고 몸을 평소의 상태로 되돌렸다. 흡혈을 할 때 변하는 흉측한 모습. 케라우 자신도 그다지 좋아하지 않는 모습이었다.

그때 케라우와 로즈의 시선이 마주쳤다. 마침 늑대의 울음소리에 퍼뜩 상념에서 깨어난 로즈가 주위를 둘러보았기 때문이다. 하지만 그녀는 케라우의 변화한 모습을 보지 못했다. 그전에 케라우가 정상으로 돌아왔기 때문이다.

"무슨 일 있나요?"

하지만 케라우의 기색이 변한 것을 느꼈기에 로즈가 조심스레 물었다.

"하하하! 별일 아닙니다, 로즈 양. 다만 조금 전에 하마터면 제 목이 이니안의 검에 잘릴 뻔했다는 것이죠."

섬뜩한 말을 아무렇지도 않게 농담처럼 말하며 케라우는 짐짓 크게 웃음을 터뜨렸다.

조금 전 그의 변화를 로즈가 보지 못한 듯하자 그는 안도했다. 혹시라도 그것을 보고 로즈가 이니안에게 이야기했다면 현재 이니안이 보여주는 모습으로 보아 자신과 끝장을 내려 했을 것이다. 물론 이니안에게 당하지 않을 자신은 있었지만 그렇게 되면 몰래 숨어서 뒤따라야 한다. 이니안의 기민한 이목을 속이고 몰래 따라붙는다는 것은 무척이나 피곤한 일이었기에 그것은 사양하고 싶었다.

케라우의 어색한 웃음에 로즈는 고개를 갸웃거렸으나 곧 그러려니 했다. 지금까지 그녀가 본 케라우의 모습은 '종잡을 수 없다' 그 한마디로 정리가 가능했기에 이번에도 그러려니 한 것이다.

"그 말 그대로다."

그때 케라우의 귀에 울린 음산한 목소리. 케라우는 전신의 모공이 곤두서는 듯 섬뜩한 느낌을 받았다. 어느새 그의 뒤에 바짝 다가온 이니안이 그의 귀에 대고 작은 소리로 속삭인 것이다.

'빌어먹을, 눈치챘구나. 저 녀석은 어떻게 된 것이⋯⋯.'

분명 이니안이 없는 자리에서 일으켰던 변화였고, 금세 정신을 차렸다. 그런데 어찌 알고 이런 살기를 자신에게 쏘아내는 것이다.

"이번은 용서해 주지. 한 일이 있으니. 하지만 다음엔 용서없다."

낮게 말한 이니안이 케라우를 향해 무언가를 던졌다. 케라우는 손을 들어 이니안이 던진 것을 받아 들었다. 그것은 온몸을 부들부들 떨고 있는 회색 털의 토끼였다. 붉은 눈을 이리저리 굴리는 것이 분명 살아 있는 토끼였다. 하지만 전혀 움직이지 못하고 있었다.

"너……."

케라우의 시선이 이니안을 향했다.

"동물의 피를 마셔도 된다고 했지? 앞으로 쓸데없는 생각 하지 마라."

그렇게 차갑게 말하고 이니안은 고개를 돌려 로즈에게로 다가갔다. 그의 어깨 위에는 협곡에서 잡은 트롤의 가죽이 빵빵하게 무엇인가를 감싼 채 올려져 있었다.

이니안은 로즈 앞에서 트롤의 가죽을 펼쳤다. 그 가죽에 안에는 잘 손질된 산돼지 한 마리와 몇몇 가지의 산초(山草), 그리고 장작으로 쓸 나무들이 쌓여 있었다. 결코 길지 않은 시간 안에 그 모든 것을 준비해 온 것이다.

"녀석, 솜씨도 좋군."

로즈의 앞에 나뭇가지들을 잘 모아 쌓는 이니안의 모습을 잠시 본 후 케라우는 몸을 돌렸다. 살아 있는 토끼에 이빨을 박고 피를 빼는 모습을 로즈에게 보일 수는 없었기에. 아니, 그것보다는 피를 빨기 위해 흉측하게 변하는 자신의 모습을 보이기 싫었다는 것이 더 옳은 말일 것이다.

'역시 따뜻한 녀석이야.'

붉게 변해 번들거리는 눈으로 숲을 향해 걸어 들어가던 케라우는 작은 미소를 배어 물었다. 자신이 지하 감옥에서 지나가는 말로 식사에

소량의 동물 피가 들어갔다고 했던 것을 기억하고 있었던 것이다. 그리고 자신의 몫으로 토끼 한 마리를 가지고 오는 행동. 말로는 귀찮다, 귀찮다 하고 있지만 이니안의 본성을 알 수 있었다.

얼음 가면을 쓰려고 안간힘을 쓰고 있지만 그의 몸은 얼음 가면을 쓰기에는 너무 따뜻했다. 어찌어찌 쓴 얼음 가면도 금세 녹아버릴 정도로.

이니안은 손에 바짝 마른 나뭇가지를 들고 마나를 집중했다. 그러자 손에서 열기가 피어오르기 시작하더니 곧 불꽃으로 화해 나뭇가지에 불이 붙었다. 이니안은 그 나뭇가지로 잔뜩 쌓아놓은 장작에 불을 붙였다.

그리고는 제법 양이 되는 산초들을 손으로 쥐어짜 그 즙을 산돼지에 뿌렸다. 소금이 없는 산속. 그렇다고 그냥 익혀서만 먹기에는 야생동물의 고기는 너무 비렸다. 자신은 몰라도 로즈가 먹을 만한 것이 못 되었다.

그래서 이니안은 산초 즙을 손질한 산돼지에 뿌린 것이다. 초보 용병 시절 야생동물의 노린내에 구역질을 할 때 닳고닳은 고참 용병들이 알려준 방법이었다. 용병으로 일이십 년 굴러먹으면 자연스럽게 알게 된다고 했던가? 그들의 배려로 이니안이 알게 된 방법이었다.

이니안은 준비를 마치자 어느새 활활 타오르고 있는 불속으로 산돼지를 집어넣었다. 곧 고기가 익는 구수한 냄새가 피어오르기 시작했다.

꼬르륵.

그러고 보니 로즈는 바실러스 자작과 함께한 식사 이후 지금껏 아무것도 먹지 못했다는 것을 떠올렸다. 아니, 자신의 배에서 울린 부끄러운 소리가 그 사실을 알려주었다고 해야 할 것이다. 보기 좋게 익어가는 산돼지 고기의 모습을 지켜보는 로즈의 얼굴이 붉게 물들었다. 그나마 다행스러운 것은 붉게 넘실거리는 불꽃이 얼굴을 발갛게 비추고 있어 그다지 티가 나지 않는다는 정도일까?

"저… 이니안 오빠."

고기가 완전히 익기까지 시간이 있었기에 로즈는 조심스레 입을 열었다. 이니안은 무심히 불꽃을 바라보고 있었다.

"아까 그 토끼……."

로즈는 이니안이 케라우에게 아무렇게나 던진 그것이 토끼라는 것을 알아보았다. 그것도 살아 있는 토끼. 빨간 눈동자가 빛나는 것을 그녀는 분명히 볼 수 있었다. 빨간 눈을 이리저리 뒤룩뒤룩 굴리는 모습이 얼마나 귀여웠던지. 그 토끼를 케라우가 들고 갈 때 로즈는 그 토끼의 운명을 대강 짐작할 수 있었다. 케라우가 뱀파이어라는 것을 알고 있었으니까. 알지만 너무 불쌍했다.

"그놈은 뱀파이어다."

로즈가 무엇을 말하려고 하는지 알아차린 이니안이 차가운 목소리로 말을 잘랐다.

"하지만……."

"우리가 살기 위해 음식을 먹듯 그 녀석에게도 필요한 일이야."

조금 전보다 더욱 차가운 목소리. 로즈는 곧 아무런 말도 하지 못하고 고개를 숙였다.

탁. 타닥. 탁.

나뭇가지가 불타면서 튀어 오르는 소리만이 고요한 산속에 울렸다.

'토끼라도 주지 않으면 언제 사람을 덮칠지 알 수 없는 일이지.'

이니안은 그 말은 속으로 삼켰다. 지금까지 케라우가 보여준 모습은 뱀파이어 같지 않았기에 잊고 있었지만 케라우는 뱀파이어다. 동물보다는 사람의, 그것도 젊고 아름다운 여성의 피를 가장 좋아하는.

'그때 그 느낌……'

한창 산돼지 손질을 마치고 필요한 것들을 모두 챙겼을 때쯤 이니안은 등줄기를 훑어가는 기분 나쁜 느낌을 받았다. 그 느낌은 전에 동굴에서 케라우의 생각이 자신의 머리 속에 저절로 흘러들어 왔을 때와 같은 것이었다. 그래서 서둘러 돌아왔다. 과연 케라우의 모습을 보니 당장에라도 로즈의 목을 잡고 피를 빨 듯한 상태였다. 입술을 비집고 나온 그 흉측한 송곳니라니.

그때 마침 울린 늑대의 울음소리에 케라우는 정신을 차렸다. 자신을 자책하는 듯한 모습을 보이는 케라우의 얼굴에서 이니안은 그가 순간적으로 본능에 져 정신이 나간 것임을 알 수 있었다. 사람도 극한 상황에 몰리면 이성을 본능이 지배할 때가 있지 않은가. 이니안은 케라우도 그것과 마찬가지라 생각했다.

'그러고 보니 저 녀석도 계속 굶었지?'

거기에 생각이 미쳤기에 작은 토끼 한 마리를 더 잡아온 것이다. 물론 경고를 하는 것도 잊지 않았다. 항시 긴장을 하게끔 만들어놓지 않으면 언제 사고를 칠지 몰랐으니.

솔직히 죽여 버릴까도 생각했었다. 언제 터질지 모르는 폭탄을 달고 다니는 것보다는 제거해 버리는 것이 나았으니까. 하지만 곧 고개를 저으며 그 생각을 지웠다.

우선 죽일 자신이 없었다. 케라우와의 단 한 번의 싸움. 그때 이니안은 케라우가 결코 만만치 않다는 것을 느꼈다. 그랬기에 케라우와 함께 있는 로즈를 두고 사냥에 나설 수 있었던 것이다. 그리고 케라우의 변화에 반응하는 자신의 몸. 그것은 분명 마령천참공 때문일 것이다. 자신도 제대로 알지 못하는 마령천참공과 마이너스 마나. 케라우의 변화에 자신이 반응을 했다는 것은 분명 케라우가 보인 변화의 그 무엇과 마령천참공이 관련이 있다는 소리였다. 마령천참공의 비밀을 완전히 파악하기 위해서는 케라우가 필요할지 모른다는 생각이 들었다.

그래서 그렇게 일을 끝낸 것이다.

'그래도 앞으로 로즈와 케라우 둘만 함께 있도록 해서는 안 되겠어.'

서투른 판단으로 하마터면 큰일날 뻔했던 상황을 다시 떠올리며 이니안은 긴장의 끈을 더욱 바짝 조였다.

"응? 다 익었군."

잠시 상념에 빠진 사이 고기가 딱 먹기 좋을 만큼 익었다. 그러고 보니 완전히 익은 고기에서 식욕을 동하게 하는 구수하고도 향기로운 냄새가 퍼져 나오고 있었다. 이니안은 아무렇지도 않게 불속으로 손을 집어넣어서는 돼지의 앞다리 부분을 죽 찢었다. 그리고 다시 먹기 편할 정도의 크기로 찢어서 잠시 들고 있었다. 고기가 어느 정도 먹기 적당한 온도로 뜨거운 기운이 가셨다 생각될 때쯤 그것을 로즈에게 내밀었다.

"고마워요."

이니안이 불속에 손을 집어넣을 때부터 유심히 바라보고 있던 로즈가 활짝 웃으며 냉큼 받아 든 고기를 맛있게 먹었다. 얼마나 허기가 졌었는지 알 수 있는 행동이다. 그 모습에 살짝 웃은 이니안은 자신도 고기를 입으로 가져갔다. 그 역시 몹시 배가 고팠기에. 로즈는 먹는 데 정신이 팔려 이니안의 미소를 보지 못했다. 한번 봤다면 절대로 눈을 뗄 수 없을 정도로 매력적인 그 미소를.

두 사람이 막 고기를 먹으며 허기를 채우기 시작했을 무렵 케라우가 숲에서 걸어나왔다. 그의 얼굴은 밤임에도 불구하고 조금 전보다 생기가 도는 듯했다. 히죽 웃은 그는 아무 말 않고 달빛이 잘 드는 곳에 앉았다. 그의 몸에서 희미하게 혈향이 풍겼지만 곧 산돼지가 구워진 냄새에 묻혀 사라졌다.

흑발의 아름다운 여인이 사박거리며 긴 복도를 걷고 있었다. 앞을 바라보는 검은 눈동자에 알 수 없는 걱정과 슬픔이 자리해 있다. 얼마간 걷던 그녀는 걸음을 멈춰서 몸을 돌렸다. 그리고는 마주하고 있는 문을 열고 천천히 안으로 들어갔다.

방에는 임자가 없는 듯 깨끗했다. 사람이 사용한 흔적은 어디에도 없었다. 단지 매일 청소와 정리를 하는지 먼지 하나 없이 깨끗했다. 하나 그뿐이다.

여인은 그리움에 물든 눈으로 방 안을 둘러본다. 그리고 한쪽 벽에 붙여져 있는 책상으로 걸음을 옮겼다. 의자를 빼내 그곳에 몸을 의지한다. 그리고 익숙한 손길로 책상 오른쪽에 위치한 서랍장의 밑에서 두 번째 서랍을 연다. 그리고 그곳에 들어 있는 책 몇 권을 모두 꺼낸 후

서랍을 길게 빼냈다. 그러자 서랍의 중간 부분에 가는 선이 두 개 있었다. 그 선 사이의 나무 판자를 들어올리자 작은 노트 한 권이 나왔다.

메이린 케이 사이몬.

서랍에 숨겨진 공간에서 노트를 꺼낸 이 여인의 이름이다. 이니안이 그토록 좋아했던 막내누나이다.

그녀는 이니안의 방에 노크도 없이 들어올 정도로 친했기에 그녀만이 알 수 있었던 비밀 공간이다. 물론 이 비밀을 들킨 후 이니안은 그녀에게도 방에 들어올 때는 노크를 할 것을 요구했지만 말이다.

메이린은 그렇게 비밀 공간에서 노트를 꺼낸 후 가만히 그것을 바라보았다.

"벌써 3년이 지났구나."

맑은 목소리다. 하지만 맑은 목소리에 스며 있는 걱정스러움은 절로 듣는 이의 마음을 아프게 만들었다.

메이린은 일주일에 두세 번 습관적으로 그러는 것처럼 오늘도 이니안의 방에 들어와 이니안의 비밀 공간에서 노트를 꺼냈다. 노트에는 메이린의 손때가 검게 물들어 있었다. 그 노트의 표지에는 Diary라고 적혀 있었다. 메이린은 오늘도 어김없이 그 표지를 넘겼다. 너무 많이 읽어 이제는 글자 하나 틀리지 않고 외우고 있는 일기이건만 그래도 그녀의 시선은 노트로 향했다.

대륙력 658년 4월 7일.

나는…….

천재다.

분명 천재다. 열다섯 살의 나이에 소드 마스터의 경지를 이루었는데 어떻게 천재가 아닐 수 있겠는가.

한데 그렇지가 않다.

나의 곁에 진정한 천재가 있기 때문이다.

예전부터 알아왔지만 나의 형 이슈데인. 열세 살에 소드 마스터를 이루고 지금은 전 대륙에 단 세 명 있다는 그랜드 마스터의 경지를 눈앞에 두고 있다니…….

젠장.

언젠가는 꼭 따라잡을 거다.

메이린은 킥 하고 소리를 내며 웃었다. 항상 이 부분을 읽을 때는 절로 웃음이 나왔다. 이슈데인 오빠의 진정한 상황을 알지 못하는 이니안의 질투와 열등감. 그것이 절절히 드러난 일기의 내용은 매번 그녀에게 웃음을 선사했다.

대륙력 658년 10월 28일.

빌어먹을 시험이란 건 대체 누가 만들었을까? 나는 공부가 싫단 말이다, 검을 휘두르는 것이 좋지. 물론 몇 번 읽어주면 몽땅 외우는 건 일도 아니지만 어쨌든 책을 보는 건 싫다. 그런 나를 마일론 녀석이 잡아끌었다. 어떻게든 공부를 해야 한다고. 그러던 차에 쉐이나가 자신의 집에서 같이 공부하자고 했다. 항상 전교

수석을 놓치지 않는 쉐이나의 제안에 나보다도 마일론이 먼저 쌍수를 들어 환영했다.

방과 후 우리 셋은 나란히 쉐이나의 집으로 향했다. 쉐이나 집에서 마차가 마중을 나왔기에 편안히 갈 수 있었다. 어쨌든 쉐이나는 미에른 후작가의 딸이었으니까.

확실히 공부 잘하는 아이가 가르쳐 주니 공부하기가 편하기는 했다. 수업 시간에도 열심히 들었으면 이 정도는 아무것도 아니었겠지만 학교 수업은 지루하기 짝이 없다. 잠만 올 뿐이다. 게다가 아무 필요도 없는 내용이지 않은가. 그런 거 듣고 앉아 있느니 잠이나 자면서 체력 보충을 해두는 것이 나았다.

그런데 이상하게 쉐이나가 설명해 주는 내용은 머리에 쏙쏙 들어왔다. 졸리지도 않고 집중도 잘되었다. 같은 내용인데 왜 그런 것일까?

쉐이나가 가르쳐 줘서 그런 건가?

대륙력 661년 7월 21일.

우쒸! 이게 뭐란 말이냐! 뭐가 지키기 위한 검이고 뭐가 가드나이트란 거야!

난 지키기 위해서만 검을 들어야 한다고 가문에 의해 세뇌되어 왔다. 그런데 그 결과가 이것이다.

두 눈 멀쩡히 뜨고 소중한 사람이 죽어가는 것을 지켜봐야만 했다.

지키기 위해서만 검을 뽑아야 한다기에 알면서도 놔두었었다. 절대 먼저 공격해서는 안 된다는 가문의 금기 때문에. 타인의 목숨을 빼앗는 것은 지킬 때만 허용된다는 그 빌어먹을 가율(家律) 때문에 말이다.

난 그 녀석들이 이렇게 일을 벌일 줄 알았다. 그래서 미리 제거하려고 했다. 하지만 가율이 나의 발목을 잡았다. 그 결과가 이거다.

소중한 사람이 내 눈앞에서 죽고 나는 살았다. 이럴 수가 있을까? 뭐가 지키기 위한 검인가?

지키기 위해서만 뽑아야 한다기에 보고도 못 본 척했는데 지키지 못했다. 그러면서 뭐가 지키기 위한 검이란 말인가!

이럴 수는 없는 것이다.

메이린의 눈가가 파르르 떨린다. 이니안이 얼마나 고통스러워했을까? 이 부분을 읽을 때면 가슴이 저려왔다.

메이린의 손이 일기를 다음 장으로 넘겼다.

대륙력 661년 7월 25일.

급한 일들의 처리가 끝난 후에야 나는 집으로 올 수 있었다. 집에 오자마자 아버지를 찾았다. 마침 오늘이 쉬는 날인지 아버지는 서재에 계셨다. 아버지께 물었다. 지키기 위한 검이라 했으면서 왜 일이 이렇게 되었는지.

"네가 약하기 때문이다. 아직 너의 검은 소중한 사람을 지킬 수 있을 정도가 아닌 모양이구나."

이런 어이없는 대답이 나에게 돌아왔다.

내가 약하다고? 왕국에 고작 일곱 명밖에 없다는 소드 마스터 중의 한 명인 내가 약해? 그렇다면 대체 어느 정도가 되어야 강하다는 걸까? 나는 다시 한 번 아버지께 물었다.

"지키기 위한 대상을 지킬 수 있을 때에야 비로소 강하다고 할 수 있다."

이런 엉터리 같은 대답이 어디 있단 말인가.

나는 아버지의 대답에 분노했다. 그리고 다시 물었다. 지키기 위해 지킴의 대상이 될 존재에게 해악이 될 것들을 미리 제거할 수는 없느냐고. 아버지는 고개를 저을 뿐이었다.

"그럴 수는 없다. 해악이 될 가능성이 곧 해악이라는 것은 아니니까 말이다."

하지만 그들은 분명 해악이 되었다. 내가 미리 손만 썼어도 되었을 일인 것을. 아버지의 말이 귀에 들어오지 않았다. 나에게는 전부 구구절절한 변명일 뿐이다.

아버지와 대화를 했다기보다는 일방적인 화풀이였다. 내가 지른 소리에 놀란 집사가 서재 밖에서 안절부절못하고 있었다. 아버지는 나를 납득시키지 못했다. 이 빌어먹을 가율에 대한 나의 의구심을 떨쳐 내지 못한 것이다.

지긋지긋하다.

어릴 때부터 그랬다. 나는 전장을 내달리는 멋진 기사가 되고 싶었지, 왕궁에 숨어 요인 경호 따위나 하는 그런 기사가 되고 싶지는 않았다.

하지만 우리 가문은 반드시 그런 가드 나이트가 되어야만 했다. 난 그렇게 컸다. 자라온 대로 행동한 것이 이 비극의 원인이었다.

우리 가문이 이 비극의 원인이었단 말이다.

그날의 일은 메이린도 똑똑히 기억했다. 3년이 지난 지금도 그려낼 수 있을 정도로. 아버지의 서재 안에서 울려 퍼진 요란한 소리들을. 시녀가 자신에게도 급히 달려오지 않았던가. 소식을 들은 그녀는 헐레벌떡 서재로 달려갔고, 그때 본 것은 얼굴이 시뻘겋게 변한 채 숨을 씩씩 몰아쉬며 나오는 동생의 모습이었다.

"이니안……."

안타깝게 동생의 이름을 중얼거린 메이린은 일기의 다음 장으로 시선을 돌렸다.

대륙력 661년 7월 27일.

무려 이틀간이나 고민했다. 사실 고민을 시작하기 전에 답이 나와 있는 것이었지만 이틀이란 긴 시간을 망설인 것은 아쉬움 때문이었다.

내가 가진 힘이 어느 정도인지 알기에 이 힘을 버린다는 것에 대한 아쉬움, 그것이 나의 발목을 이틀이나 잡고 있었던 것이다.

하지만 이제는 완전히 결정을 내렸다.

소중한 쉐이나가 나의 무력함 때문에 그렇게 떠났는데 나에게 집착할 것이 더 이상 무엇이 남아 있을까?

떳떳하게 모두 버리면 되었다.

검도, 성(姓)도, 가문도, 힘도.

모든 것을 버릴 것이다.

이미 아버지께 드릴 편지는 써놓은 상태다. 마지막 몇 줄만 더 쓰면 된다. 그 몇 줄 때문에 나는 이틀이나 망설인 것이다.

가문을 떠날 결심은 이틀 전 아버지의 서재에서 나오는 그 순간 이미 가슴속에 있었으면서도 말이다.

마침 아버지께서는 왕궁에 들어가셨다. 왕궁에서 돌아온 멍청하기 짝이 없는 이슈데인 형도 잠에 빠져들었다.

편지의 나머지 구절을 쓰고, 마나 스피어의 마나를 흩어버리고, 편지와 검을 이곳에 놓아두고 난 사라지면 되는 것이다.

마지막 장을 읽은 메이린의 눈에서 눈물이 또르르 굴러 떨어졌다. 지난 3년 간 이렇게 흘린 눈물이 얼마던가.

"이니안… 이 멍청한 아이야……."

눈물과 함께 메이린의 입을 비집고 나오는 서글픈 목소리. 들을 대상도 없음에도 이 말 역시 지난 3년간 똑같이 반복하고 있다.

그때 메이린의 귀로 익숙한 소리가 들려왔다. 이것 역시 지난 3년간 늘 겪어온 일이다.

이니안이 기분 좋을 때마다 불었던 휘파람 소리.

그것이었다.

"오늘도 여전히 환청이 들리는구나."

그녀는 어쩌면 이니안의 휘파람 소리의 환청을 듣기 위해 매번 이렇게 이니안의 방을 찾아 일기를 읽는 것인지도 몰랐다. 이니안이 부는 휘파람 소리를 듣고 있노라면 절로 마음이 평안하게 가라앉았으니.

"그래, 이제 찾으러 가야지. 언제까지 환청만 듣고 있을 수는 없으니까."

메이린은 지난 몇 달간 고민해 오던 일에 대해 결국 결심을 했다. 이미 오빠인 이슈데인을 통해서 여러 가지 사실을 알고 있었다. 다만 그와 함께 시행해야 할 일이 있기에 망설였을 뿐이다.

"오빠는… 막내인 이니안을 어쩜 그렇게 생각하지 않을까? 집을 나간 지 3년이 지난 그 아이를 찾아서 데려오는 것보다 큰언니 일을 먼저 생각하다니."

메이린은 알 수 없다는 듯 고개를 저었다. 그런 그녀의 목소리에는 이슈데인에 대한 섭섭함이 묻어 있었다.

Chapter 8

자꾸 내 주위를 맴도는 이것들은 뭐야?

자꾸 내 주위를 맴도는 이것들은 뭐야?

"깨끗하군."

카르세온은 눈앞에 놓인 트롤의 시체를 보며 무심히 중얼거렸다. 정말로 깨끗하고 깔끔하게 베어진 목. 그 한 수에서 자신들이 쫓고 있는 용병의 실력을 짐작할 수 있었다.

"이니안이라고 했던가?"

절벽을 내려오는 데 꼭 하루가 걸렸다. 중간에 해가 져 몸을 밧줄로 고정하고 절벽에 매달려 잠시 눈을 붙이며 해가 뜨길 기다렸다. 한겨울의 밤은 춥고도 길었다. 그렇게 바닥에 도착한 그들을 기다리고 있는 것은 딱딱하게 얼어 있는 트롤의 시체였다.

"아무래도 마을에 들를 모양이군요."

"그렇지. 트롤의 가죽을 벗겨간 걸 보면 돈이 필요하다는 이야기니까."

하론의 말에 카르세온이 동조했다. 쫓기는 입장에서 굳이 시간을 들여 트롤의 가죽을 벗겨갔다면 결국 마을에 들러 쉬는 데 필요한 돈을 마련하겠다는 소리였으니까.

"그러면 아마도 바웬 마을 정도이겠군요."

하론은 잠시 이 근방의 지도를 떠올려 생각하더니 단정하듯 말했다.

"왜 하필이면 바웬 마을이야?"

가만히 듣고 있던 마이어가 물었다. 마이어는 카르세온을 제외한 이 자리의 하이 나이트 중 가장 강했다. 대신 다른 이들에 비해 생각하는 걸 싫어했다. 나름대로 추적술에 일가견이 있기는 했지만 머리 쓰는 것은 싫어하는, 그야말로 단순무식한 인물인 것이다.

"지금까지 이니안이란 용병은 계속해서 서쪽으로 이동했어. 그놈의 목적지가 이곳에서 서쪽 어딘가에 있다는 말이지. 그리고 이 협곡을 벗어나서 서쪽에 있는 가장 가까운 마을이 바웬이야. 내 기억이 분명하다면."

하론의 설명에 마이어는 신기하다는 듯 그를 쳐다보았다.

"너는 귀찮지도 않냐? 어떻게 그 지도를 외우고 그런 걸 생각을 하냐?"

마이어의 말에 하론은 한숨을 쉴 뿐 별다른 대꾸는 하지 않았다. 그는 항상 이런 식이었기에 익숙해질 대로 익숙해져 버린 것이다.

"이곳에서 얼마나 걸리지?"

"전력으로 달렸을 경우 3일 정도입니다. 하루 여섯 시간 잔다는 가정 하에서요. 아, 속도는 저희들 기준입니다."

카르세온의 물음에 잠시 생각을 하던 하론이 확신에 찬 어조로 대답했다.

"전력으로 달린다. 하론, 앞장서라."

카르세온의 명령에 하론이 선두에 서고 나머지 기사들은 전력으로 달리기 시작했다. 아홉의 인원이 전력을 다해 바람같이 달리고 있었지만 별다른 소리는 나지 않았다.

"이 마을은 그냥 지나친다."

차가운 이니안의 목소리에 케라우는 그러려니 했다. 다만 이제는 따뜻한 곳에서 마음 편히 쉬고 싶었던 로즈의 입에서 불만에 찬 소리가 흘러나왔다.

"피곤한데 이곳에서 쉬면 안 돼요?"

등 뒤에서 들려온 목소리에 이니안은 차갑게 대답했다.

"추적자들도 그렇게 생각할 거다."

카르세온의 차가운 그 눈빛을 떠올린 이니안은 그 말만 남기곤 바웬 마을을 지나쳐서 달려가는 속도를 더욱 빨리 했다.

"하하하! 걱정 말아요, 로즈 양. 이곳에서 하루거리에 조금 더 큰 마을이 있다고 하니까요. 이 녀석 속도면 다섯 시간이면 충분할 겁니다. 해질녘이 되겠군요."

케라우는 이니안의 옆에서 바로 선 자세로 낮게 몸을 띄워 날아가며 박쥐들로부터 얻은 정보를 말했다. 그의 말에 그제야 로즈의 얼굴이 조금 밝아졌다.

하루를 꼬박 달려 바운더리 산맥 자락의 작지 않은 마을에 막 도착한 참이었다. 그런데 그냥 지나친다고 하니 기분이 상할 수밖에 없었다. 그나마 멀지 않은 곳에 더 큰 마을이 있다고 하니 기분이 조금은 풀린 것이다.

"더 빨리 간다."

이니안은 낮게 중얼거리고 자신이 펼칠 수 있는 최대의 속도로 마령보를 밟았다. 배꼽 아래의 마나 스피어에서 마나가 썰물처럼 빠져나가는 것이 느껴졌다. 그도 슬슬 한계였다. 마을에서 몸을 쉬고 싶은 마음은 이니안 자신이 가장 강했다.

"넌 대체 몸이 뭐로 만들어졌냐? 인간이 이런 체력을 보이다니."

이니안의 속도에 맞춰 더욱 빨리 날아가는 케라우의 얼굴이 조금 굳었다. 그도 슬슬 한계에 이른 속도였기 때문이다. 어느새 쉬지 않고 움직이던 입이 조용해졌다. 더 이상 말을 하면서 날아갈 여력이 없었던 것이다.

갈림길이 나올 때마다 케라우가 길을 알려주는 것 외에는 세 사람 사이에 오가는 말이 없었다. 이니안이야 원래 필요한 말 이외에는 하지 않았고, 항상 이야기를 하던 케라우가 조용히 하자 로즈도 뭐라 말을 꺼내기 힘든 분위기였기 때문이다. 그 덕분이라고 할까. 마을에 훨씬 빨리 도착할 수 있었다. 케라우는 다섯 시간이라 했지만 세 시간 만에 도착한 것이다.

"차타르 마을이라……."

마을 입구에 세워진 기둥에 적힌 마을의 이름을 읽으며 케라우는 마을 입구로 들어섰다. 변방의 마을이라 그런지 마을 사람들이 외지인인 이니안 일행을 신기하다는 듯 쳐다보았다. 아니, 어쩌면 그들의 남루한 행색 때문에 그랬는지도 모른다.

이니안이 가장 먼저 향한 곳은 마을의 잡화점이었다. 어디에 있는지 몰랐기에 행인들에게 물어물어 찾았다. 지금 그들이 가진 것이라고는 트롤의 가죽이 전부였다. 그것을 돈으로 바꿔야 했다.

"어서 오세요!"

문이 열리는 소리에 힘차게 인사를 하던 잡화점 점원의 얼굴이 일그러졌다. 문을 열고 들어온 삼 인의 복장 때문이었다. 그의 눈에 비친 이니안들의 모습은 딱 거지였다.

"줄 것 없으니까 어서 꺼져!"

척하면 착이라고, 점원은 그들을 척 보고 거지라고 판단하자 바로 험악한 얼굴로 내쫓으려 했다. 하지만 이니안은 그런 점원을 무시하고 잡화점의 주인인 듯한 사내가 앉아 있는 카운터 쪽으로 걸음을 옮겼다. 이니안이 자신을 향해 다가오자 주인은 사나운 눈초리로 점원을 쏘아보았다. 저런 거지들도 제대로 쫓아내지 못하느냐는 눈빛이었다.

"어이, 이봐!"

주인의 눈빛에 점원은 이니안의 등을 향해 거칠게 소리쳤다. 케라우는 그런 그의 모습을 재미있게 바라보았다. 로즈는 그저 케라우의 곁에 서서 주위의 눈치를 살필 뿐이었다. 거지 취급을 받는 것이 기분 나쁘기는 했지만 자신이 봐도 자신들의 행색은 남루하기 이를 데 없었다. 이런 경험은 처음이었기에 그녀는 어쩔 줄 몰라 하며 이니안이 하는 양을 가만히 지켜볼 뿐이었다.

"이 거지 새끼가!"

이니안이 여전히 자신을 무시하자 화가 난 점원은 이니안의 등을 향해 달려들어 거칠게 그의 어깨를 잡아챘다.

"응?"

하지만 이니안은 꿈쩍도 하지 않았다.

쿵!

대신 주인이 앉아 있는 카운터의 테이블에 어깨에 메고 있던 녹색 덩어리를 거칠게 내려놓았다.

"얼마지?"

이니안의 물음에 주인이 눈을 빛내며 트롤의 가죽을 살폈다. 장사꾼의 오랜 경험으로 카운터에 놓이는 순간 그것이 트롤의 가죽임을 알아본 것이다.

"아니, 이 거지 새끼가 어디다 저런 더러운 걸!"

퍽!

아무것도 모른 채 다시 이니안에게 뭐라 하려던 점원은 순식간에 날아온 이니안의 주먹에 얼굴을 맞고 그대로 뒤로 나동그라졌다.

"한 번만 더 지껄이면 그땐 죽인다."

음산한 살기가 잡화점 안을 지배했다. 트롤의 가죽을 살피던 주인의 등 뒤로 축축한 땀이 배어 나왔다.

"최상품의 트롤 가죽이군요. 이렇게 깨끗한 상태의 가죽은 보기 힘든데 말입니다."

트롤은 그 지독한 재생력 덕에 사냥하기가 무척 힘들었다. 그리고 사냥을 하더라도 무수한 상처로 인해 가죽의 품질이 떨어졌다. 그런데 이니안이 내려놓은 가죽은 깨끗했다. 어디에도 상처 따위는 없었으며 가죽을 발라낸 기술도 좋아 그야말로 최상급이었다.

"다만……."

주인은 이니안의 눈치를 살피며 말을 끌었다. 이니안이 말을 해보라는 듯 눈짓을 보내자 주인은 뒷말을 계속했다.

"한쪽 팔이 없는 것이 조금……."

주인은 제대로 말을 맺지 못했다. 그의 행동은 분명 어떻게 해서든 값을 깎으려는 것이었다. 다만 조금 전 이니안이 보여준 살기에 주눅이 들어 제대로 말을 잇지 못한 것이다.

"얼마지?"

이니안은 짧게 주인이 말하고 싶어하는 것을 물었다.

"15골드 정도밖에는……."

피식.

이니안의 얼굴에 같잖다는 웃음이 걸렸다. 그도 3년간 용병 생활을 그냥 한 것이 아니었다. 몬스터 사냥으로 나오는 부산물의 가격 정도는 대강 알고 있었다.

"50골드."

한쪽 팔이 잘려 나가고 없다 하더라도 자신이 가져온 가죽은 그 정도의 값어치는 충분히 됐다. 대도시에 가지고 나가면 70골드도 받을 수 있는 품질이었다.

"그것은 좀……. 30골드까지라면 어떻게……."

이니안을 두려워하는 가운데 상인은 간사한 웃음을 지으며 조심스레 말을 끌었다. 그는 뼛속까지 상인이었다.

"흥정하려 하지 마라."

이니안의 눈이 찌릿 빛났다. 그의 눈빛을 받은 주인은 온몸으로 땀을 흘리며 몸을 부들부들 떨었다.

"아, 알겠습니다. 여기 50골드 있습니다."

놀란 주인은 황급히 카운터의 서랍을 열어 50골드를 꺼내 주머니에 담아 건넸다. 금화가 가득 차 묵직한 느낌을 주는 주머니를 받아 든 이니안은 미련없이 밖으로 향했다. 한 겹의 죄수복밖에 없었기에 그냥 손에 든 채로 움직였다.

"저기, 조금 전 그거, 협박한 거 아니에요?"

차마 이니안에게 직접 묻지는 못하겠는지 로즈가 케라우에게 속삭이듯 물었다.

"하하, 아닙니다. 이니안은 적당한 가격을 받은 거예요. 150년 사이에 트롤의 가죽은 시세가 그다지 변하지 않았나 보네요. 이 마을에 저 정도 가죽이라면 이니안이 양심적으로 받은 것이지요. 대도시로 나간다면 충분히 80골드 이상도 받을 수 있습니다. 다만 저 주인 녀석이 우리 행색을 보고 감히 사기를 쳐 먹으려고 든 거죠."

케라우의 대답에 그제야 로즈의 얼굴이 밝아졌다. 금전적인 면에서는 풍족하게 여행을 해온 그녀로서는 모르는 것 투성이였기에 여간 조심스러운 것이 아니었다.

이니안이 다시 길을 물어 향한 곳은 옷가게였다. 그곳에서 간단한 여행자용 옷과 튼튼한 로브를 구입하고 셈을 치른 후 드디어 모두가 염원하는 여관으로 향했다. 여관에 들어 그들이 가장 먼저 한 것은 따뜻한 물로 목욕을 하는 것이었다.

깨끗이 씻고 새로 산 옷을 입고 식당으로 내려오자 그들을 처음 맞았던 점원이 깜짝 놀란 얼굴로 그들을 바라보았다. 들어올 때의 모습을 상상할 수 없을 정도로 변해 있었기에, 아니, 세 사람 모두 이런 마을에서는 볼 수 없는 눈부신 외모였다. 그뿐이 아니라 일반인은 보일 수 없는 알 수 없는 고귀함과 위엄 같은 것이 은은히 풍겨 나왔다.

"로즈 양, 어서 오세요. 역시 아름답군요. 바실러스 그 썩을 놈이 탐낼 만한 미모입니다.

가장 먼저 내려와 있던 케라우가 로즈를 보자마자 감탄을 토했다. 뒤의 말이 조금 그렇긴 했지만 케라우는 순수한 의미에서 로즈의 아름다움을 찬양하고 있었다. 그때 막 여관의 식당에 딸린 펍에서 맥주 한 잔을 들고 오던 이니안이 로즈를 찬찬히 살펴보았다.

'그러고 보니 그동안 얼굴도 제대로 살피지 않았었군.'

로즈를 보면 쉐이나가 떠오르기 때문인지 이니안은 의도적으로 로즈의 얼굴을 보는 것을 피했다.

로즈는 조금 전 옷가게에서 산 갈색의 여행용 가죽 바지를 입고 역시 가죽으로 된 부츠를 신고 있었다. 아무래도 힘든 일정이 될 것 같았기에 이니안이 튼튼한 가죽 재질의 옷을 주로 사게 했기 때문이다. 상의는 평범한 디자인의 하얀색 블라우스를 입고 그 위에는 가죽 조끼를 걸치고 있었다.

로즈의 코랄 블루의 머릿결에 녹색 눈동자가 절묘하게 어울렸다. 투명하고 커다란 눈망울에 오뚝한 코, 도톰하면서 붉은 입술은 새하얀 피부에서 유난히 시선을 끌었다.

'분명 예쁘긴 하군.'

테이블의 의자에 걸터앉은 이니안은 그런 생각을 하며 맥주를 시원하게 들이켰다. 얼마 만에 맛보는 차가운 맥주인지. 추운 겨울에 마시

는 차가운 맥주야말로 맥주의 참맛을 느끼게 해준다고 생각하는 이니
안이었기에 맥주를 쉼없이 들이켰다. 커다란 맥주 잔이 비워지는 것은
순식간이었다.

테이블에 턱을 괴고 앉은 로즈는 그런 이니안의 모습을 가만히 지켜
보았다.

'역시 잘생겼단 말이야?'

검은 가죽 바지에 하얀색 셔츠를 입은 이니안의 모습은 평범하기 그
지없었지만 그 외모가 그의 복장을 평범하지 않게 만들었다.

반듯한 이마에 계란형으로 이어지는 깔끔한 턱 선, 높지도 낮지도
않은 딱 적당한 높이의 콧날에 짙은 눈썹, 흑요석같이 빛나는 검은 눈
동자는 검은 머리칼과 어우러져 신비스러운 분위기를 풍기고 있었다.
굳게 닫힌 입술은 그의 고집을 말해주는 듯했지만 그것이 또 남자다워
서 좋아 보였다.

'지금까지보다 더 잘생겨진 것 같아. 역시 사람은 깨끗이 하고 나서
제대로 봐야 해.'

이니안의 얼굴을 꼼꼼히 뜯어본 로즈는 괜히 심장이 조금씩 빨리 뛰
는 것을 느꼈다.

"왜 그러지?"

추가로 맥주를 한 잔 더 가져온 이니안이 물었다. 조금 전부터 로즈
가 자신을 힐끔거리는 것이 마치 무언가 할 말이 있는 듯했기 때문이
다.

"아, 아니에요."

로즈는 얼굴을 빨갛게 물들이며 고개를 가로저었다. 평소와 다름없

는 차가운 목소리가 이니안의 얼굴과 그렇게 잘 어울릴 수가 없었다. 이곳까지 오는 동안 처음과 다르게 차가워진 그의 행동에 섭섭함도 느꼈는데 이렇게 보니 또 그것이 그렇게 멋질 수가 없었다.

'조각이야……!'

로즈는 멍하니 그런 생각을 떠올리며 이니안을 흘끔거렸다. 그러다가 그의 시선이 케라우를 향했다. 그러고 보니 케라우를 제대로 살핀 적이 없었다는 것이 떠오른 것이다. 워낙 정신없이 도망을 쳤으니. 게다가 그는 오랜 시간을 지하 감옥에 갇혀 있다가 막 탈출한 상태였기에 지저분하기 이를 데 없었다.

사실 처음에 자신에게 말을 하는 케라우를 알아보지 못했었다. 그의 자리를 향해 오고 있는 이니안이 아니었다면 다른 사람이라 착각했을 것이다. 그 정도로 달라져 있었다. 그러나 이니안을 살피느라 스쳐 지나가듯 대강 봤을 뿐이다. 로즈는 찬찬히 케라우를 살폈다.

일단 케라우는 키가 컸다. 그녀 자신의 키는 165센티미터 정도이다. 자신의 키로 추측해 본 이니안의 키는 180전후. 케라우는 그런 이니안을 내려다보는 것이 190은 되어 보였다. 케라우는 키에 비해서 몸이 가냘퍼 보였다. 잘 단련된 이니안이 곁에 있어 더욱 가늘어 보였다. 그런 체형과 마찬가지로 케라우의 얼굴 선은 상당히 가늘었다. 남자가 아니라 여자라 착각할 정도로.

은회색의 머리칼과 은빛 눈동자는 어찌 보면 약간 공포스러워 보이기도 했지만 선이 가는 그의 얼굴에 딱 어울리기도 했다. 새하얀 그의 얼굴은 남자의 피부라고는 믿기 어려웠다. 뱀파이어의 특징이 하얀 피부라 하지만 이 정도로 하얗다니, 여자인 로즈가 질투를 느낄 정도였다. 게다가 약간 얇은 듯하면서도 붉은 입술.

이니안과 그 둘 중 단지 누가 더 아름답느냐고 한다면 로즈는 케라우라고 말할지도 몰랐다. 케라우는 성별의 구분이 무의미하다 할 정도로 아름다웠다. 그가 자신에게 아름답다 하였지만 그녀는 오히려 케라우가 더 아름답다고 생각할 정도였으니.

일반적으로 뱀파이어의 외모는 아름답다. 이성을 유혹하여 흡혈을 하였기에 매혹적인 외모는 생존을 위한 필수 조건이나 다름없었다. 하지만 분명 케라우는 그런 뱀파이어의 범주에서도 많이 아름다웠다.

"이제 보니 너, 여자같이 생겼군."

맥주를 마시며 역시 케라우의 외모를 힐끔거리던 이니안이 지나가는 듯한 어투로 무심히 말했다.

쾅!

이니안의 말이 끝나기도 전에 케라우가 테이블을 세차게 내려쳤다.

"뭐야?"

케라우는 도끼눈을 뜨고 사납게 이니안을 쏘아보며 으르렁거렸다. 흡사 맹수가 적을 앞에 두고 살기를 흘리듯이.

'놈, 외모가 콤플렉스로군.'

케라우의 반응에서 이니안은 그 사실을 어렵지 않게 알 수 있었다.

"아무것도 아니다."

이니안은 무심히 시선을 돌리며 맥주를 입으로 가져갔다.

'큰일날 뻔했네.'

두 사람의 모습에 로즈는 조용히 가슴을 쓸어내렸다. 이니안이 아니었다면 자신이 말했을지도 몰랐다.

'케라우 씨, 여자가 질투를 느낄 정도로 아름다우시네요' 라는 말이 목구멍까지 올라온 상황이었기에. 지금 케라우의 기색으로 봐서는 자신이 그런 말을 했다가는 정말 큰일이 벌어졌을지도 모르는 일이었다.

"흥."

이니안의 반응에 기분이 굉장히 나쁘다는 듯 코웃음을 친 케라우는 테이블에 놓인 와인 잔을 집어 들었다. 마치 피같이 검붉은 레드 와인이 찰랑거리며 그의 입속으로 흘러들어 갔다. 뱀파이어가 마시는 레드 와인. 요사스러운 기운이 그 주위로 흐르는 듯했지만 그 분위기는 케라우와 절묘하게 어우러졌다.

그때 그들이 주문한 식사가 나와 테이블 위에 올려졌다.

"아함, 졸려. 전 먼저 올라가서 잘게요."

개운하게 목욕을 하고 허기진 배를 채우자 졸음이 몰려오는지 로즈가 하품을 한 후 자리에서 일어섰다. 그러고는 곧 계단으로 올라가 이층의 자기 방으로 향하자 케라우가 이니안에게 물었다.

"여기서 얼마나 있을 거야?"

"이틀."

이니안이 짧게 대답했다. 그 대답에 케라우는 짐짓 놀란 듯했다.

"그렇게 오래 이곳에 머물러도 되는 거야?"

날이 밝자마자 이동할 것이라 생각했던 케라우는 이니안이 의외로 이 마을에서 이틀이나 머물겠다고 하자 은근히 걱정되있다. 그 역시 추적자들이 무서운 실력자들이라는 것을 알았기에 이니안이 쓸데없는 여유를 부린다는 생각이 들은 것이다.

"그들이 절벽을 내려오는 데 하루, 절벽을 내려와서 바웬 마을까지 사흘, 바웬 마을에서 이곳까지 한나절, 그리고 바웬 마을에서 우리의 흔적을 찾는 데 한나절이 걸릴 테니 둘을 합하면 다시 하루. 꼭 오 일이 걸린다. 우리가 절벽에서 뛰어내린 그 시점에서. 그리고 우리가 그곳에서 이곳까지 오는 데 걸린 시간은 하루 하고 한나절. 사흘 하고 한나절의 시간은 앞서 있어. 이틀 정도 쉬어도 돼."

이니안은 마치 카르세온과 그의 부하들이 움직이는 것을 보고 있는 것처럼 말했다. 그런 그의 추측은 거의 정확했다.

"네 예상이 틀리면?"

"가고 싶으면 먼저 가."

이니안은 케라우가 자신의 말을 믿든 말든 상관하지 않았다. 물론 카르세온이 부하들을 버리고 혼자만 온다면 더 빨리 도착할 수도 있다. 이니안은 그의 부하들의 실력을 기준으로 그들의 이동 시간을 예상한 것이니까. 하지만 이니안이 본 카르세온이라는 인물의 성격상 절대 그럴 리가 없었다.

이니안의 대답에 케라우는 그저 와인 잔을 입으로 가져갔다. 이제 슬슬 저 차갑게 쏘아붙이는 듯한 말투에 넌더리가 나고 있었다.

"가디언이라는 게 뭐지?"

이니안은 조금 여유가 생기자 케라우가 케이로스에게 했던 말을 떠올리며 물었다. 그때 케라우는 케이로스의 정체에 대해 어느 정도 짐작한 듯했다.

"가디언? 말뜻 그대로야. 지킴이지."

가디언의 말뜻이 지킴이라는 것은 알았다. 가문의 업이었으니까. 이니안의 가문 사람들은 대대로 가드 나이트, 또는 가디언이라 불리는 지킴이 기사였다. 물론 현재 이니안의 아버지와 형도.

"그 정도는 알고 있어."

이니안의 반응에 케라우가 히죽 웃었다.

"지킴이기는 한데 지키는 대상이 좀 특별하지. 사실 지킬 필요가 없는 것을 지키거든."

"그게 뭐지?"

"드래곤."

케라우는 와인을 목구멍으로 넘기며 짧게 대답했다. 그 대답을 할 때 그의 얼굴에 음산한 기운이 어렸다. 단지 입 밖에 내는 것만으로도 긴장하게 하는 이름, 드래곤.

인간들이 여러 이종족과 함께 모여 사는 대륙 라칼트.

라칼트 대륙에 존재하는 모든 생명체 중에서 가장 강한 존재가 바로 드래곤이다. 한 번의 숨결로 한 도시를 먼지로 만들어 버리고 모든 마법을 완벽하게 사용하며 그 수명이 일만 년에 이른다는 종족.

인간의 입장에서는 도무지 생물이라 부를 수 없는 절대적인 존재.

그것이 드래곤이다.

그렇기에 케라우는 가디언이 지킬 필요가 없는 것을 지킨다고 한 것이다.

"으음, 드래곤이라……."

이니안은 침음을 삼켰다. 그렇다면 자신들은 드래곤의 레어 바로 입구까지 갔던 것이다.

이니안은 드래곤의 존재를 믿지 않았다. 단지 허풍 떨기 좋아하는 마법사들이 지어낸 이야기라 생각했다. 드래곤이 존재한다는 수많은 증거가 있었고, 모든 사람들이 그 존재를 믿었지만 이니안만큼은 믿지 않았다. 자신의 상식으로는 너무나 터무니없는 이야기였기에 두 눈으로 직접 보기 전에는 절대 믿지 않겠다고 결심했던 것이다.

"드래곤들은 그 능력 때문인지, 커다란 덩치 때문인지 움직이는 것을 무척 귀찮아 해. 일단 호기심이나 재미를 느낀 것에 대해서는 무서울 정도의 관심과 집착을 보이지만 말이야. 그래서 일일이 집 밖으로 나오기 귀찮으니까 집 지키라고 세워둔 개와 같은 존재가 가디언이지."

'집을 지키는 개의 능력이 그 정도라…….'

이니안은 잠시 케이로스의 그 강대한 힘을 다시 떠올려 보았다.

'어쩌면 드래곤에 관한 이야기가 모두 사실일지도 모르겠군.'

케이로스와의 만남으로 이니안은 조금은 드래곤의 존재를 믿게 되었다.

'그런데 드래곤의 가디언이 왜 로즈에게는 친근하게 굴었을까?'

처음 보았을 때부터 궁금하게 여기던 일이다. 하지만 알 수 없는 일이었고 크게 문제될 것이 없었기에 머리에서 지웠었다. 한데 케이로스가 드래곤의 가디언이라는 이야기를 듣자 다시 그 의문이 머리 속에 떠올랐다.

'뭐, 어찌 되었든 나랑은 상관없는 일이니까.'

세차게 머리를 흔들어 잡념을 떨쳐 낸 이니안은 몸을 일으켰다.

"응? 올라가려고? 잘 자라구. 난 이곳에서 좀 더 있다가 올라가야겠어. 150년 만에 와인을 마시니 좀처럼 놓을 수가 없군."

어느새 테이블 위에는 와인 병이 두 개가 텅 비어 있었다. 그것도 이 식당에서 가장 비싼 것으로. 이니안은 그 와인 병을 힐끗 쳐다봤다. 한 병에 무려 1골드나 하는 와인이었다. 평범한 4인 가족의 한 달 생활비가 10골드인 것을 감안하면 절대 싼 가격이 아니었다.

"잊지 마라. 빌려주는 거다. 네놈이 쓸 건 네놈이 마련해."

그 말을 끝으로 이니안은 이층으로 올라갔다.

"쳇, 녀석. 빡빡하기는."

케라우는 알지 못했다, 그 빡빡함은 원래 로즈에게서 시작되었다는 것을.

여관방은 단출했다. 작은 테이블 하나와 창문, 그리고 그 곁의 침대와 작은 옷장과 서랍장, 그것이 전부였다. 방으로 들어온 이니안은 바닥에 가부좌를 틀고 앉았다. 현재 마나 스피어의 마나가 완전히 바닥나 있었기에 마나를 보충하기 위해서 운공을 시작했다.

'하긴, 내가 너무 마음을 놓고 있는 것인가? 지금 카르세온 그 자식을 만나면 꼼짝도 못하고 당할 테니.'

이 마을에 도착하는 순간 마나 스피어가 텅 비어버렸다. 서둘러 운공을 해 마나를 보충해야 했지만 당분간은 큰일이 없을 거란 생각에 잠시 여유를 가졌다. 함께 있는 로즈와 케라우가 걸리기도 했고, 무엇보다 마을 안에서 운공을 할 만한 적당한 장소도 없었다.

그래서 이제야 운공을 시작하는 것이다.

눈을 감고 이니안은 호흡을 깊고 느리게 했다. 호흡에 따라 이니안의 가슴 속으로 들어가는 숨은 짙은 마나를 품고 있었다. 이니안은 가슴 속에 들어온 숨을 잠시간 붙잡았다. 호흡을 멈춘 것이다. 빠져나갈

구멍을 잃은 숨 속의 마나가 이니안의 기맥으로 흡수되기 시작했다. 그렇게 흡수된 마나 중 마이너스 마나만이 기맥을 따라 이니안의 몸속을 돌기 시작했고, 나머지 마나는 이니안이 내뱉는 숨과 함께 몸 밖으로 나갔다.

그렇게 몸속으로 들어오는 마나를 이니안은 정해진 길로 움직였고, 이니안의 몸을 한 바퀴 돈 마나는 배꼽 아래의 마나 스피어에 차곡차곡 쌓였다. 그에 따라 이니안의 몸에 활력이 솟기 시작했다.

'곳곳의 혈이 막혔군.'

운공을 하는 도중 이니안의 얼굴이 찌푸러들었다. 마나가 흐르는 통로인 기맥의 곳곳에 마나가 모여 있는 혈은 마나 스피어의 마나가 기맥을 따라 몸을 순환하는 것을 방해했다. 그것을 혈이 막혔다 한다.

혈이 마나의 흐름을 방해하도록 막힌 것은 탁기가 쌓여 있기 때문이었다. 그런 혈을 강력한 마나의 힘으로 넓혀 마나의 흐름을 방해하지 않게끔 만드는 과정을 혈을 뚫는다고 한다.

이니안은 전신의 모든 혈이 뚫려 있었다. 어릴 때부터의 지속적인 수련으로 혈이 채 막히기도 전에 모두 뚫어버린 것이다.

혈이 가득 쌓인 탁기로 막혀 있는 것은 그곳에 마나가 모이기 쉬운 만큼 세상의 탁기가 모이기도 쉽기 때문이다. 즉, 갓 태어난 아기는 단 한 줌의 탁기도 흡수하지 않았기에 전신의 혈이 모두 뚫려 있는 것이다.

이니안은 꾸준한 수련으로 자신의 몸을 갓난아기와 같은 상태로 돌렸다. 그 덕에 마나의 흐름에 막힘이 없었고, 같은 양의 마나로도 더욱 강력한 위력을 발휘할 수 있었다.

그러던 것이 마나 스피어를 파괴하고 삼 년을 보낸 사이 다시 모두 막혀 버린 것이다.

'막혔으면 다시 뚫어야지.'

혈을 뚫고 안 뚫고는 무공을 사용하는 데 있어서 현저한 차이가 있기에 이니안은 마나 스피어의 마나를 일으켜 막혀 있는 혈로 부딪쳐 갔다.

'우선 소주천의 경로부터.'

마나를 운행하는 길에는 소주천과 대주천의 두 가지 방법이 있다. 그중 이니안은 우선 소주천부터 완벽히 이루려고 했다. 소주천의 다음 단계가 대주천이었기에 우선은 소주천이 완벽해야 했기 때문이다.

강대한 마나의 기운이 탁기로 막힌 혈에 부딪칠 때마다 온몸을 울리는 고통이 느껴졌다. 혈에 단단히 붙어 있는 탁기가 떨어져 나가면서 기맥을 심하게 뒤흔들었기 때문이다.

하지만 이미 한 번 뚫은 경험이 있는 이니안은 차례차례 소주천의 경로를 막고 있는 혈의 탁기들을 부수어 혈을 뚫어갔다.

얼마나 시간이 지났을까? 이니안의 얼굴이 땀으로 흠뻑 젖어들었다.

"후우, 오늘은 이만 해야겠군."

한숨을 내쉬며 눈을 뜬 이니안은 얼굴의 땀을 닦아내며 몸을 일으켰다.

"이제 3할 정도 뚫은 건가?"

온몸이 땀으로 흠뻑 젖어 있었지만 이니안의 눈은 전보다 더욱 맑아져 있었다. 소주천의 경로에 있는 혈들이 뚫리면서 더욱 깨끗하고 순수한 마나가 흐르게 된 결과였다. 그에 따라 이니안의 마령천참공에 대한 성취도 올랐다. 2성 정도였던 성취가 4성 정도로 오른 것이다.

이니안은 창가로 다가가 창문을 열었다. 차가운 바람이 방 안으로 들어왔지만 이니안은 시원하게만 느껴졌다. 이니안의 시선이 밤하늘로 향했다. 만월에서 크기가 조금 줄었지만 하늘 가운데 뜬 달은 여전히 밝은 빛을 세상에 뿌리고 있었다. 하늘을 촘촘히 수놓은 별들도 저마다의 빛을 하늘 아래로 뿌리고 있다.

"응? 저건 뭐지?"

이니안의 눈에 별빛 사이의 희끄무레한 것이 눈에 들어왔다. 마치 깨끗한 유리 한곳에 진 얼룩같이 보이는 것. 이니안이 고개를 갸웃거리는 가운데 그런 것들의 수가 점점 늘어났다.

"내 눈이 잘못됐나? 아님 그간 너무 피곤했던 건가?"

이니안은 눈을 깜빡이며 비볐다. 그리고 창을 닫고 방으로 시선을 돌렸다.

그곳에도 있었다. 방 안에도 몇몇 개의 희끄무레한 기운들이 여기저기를 맴돌고 있었다.

"뭐지, 이건?"

이니안의 얼굴에 주름이 졌다. 운공을 마치고 나서 갑자기 일어나는 현상에 혼란을 느낀 것이다. 회색빛으로 탁하게 보이는 기운? 아니, 연기 덩어리가 더 맞는 표현인 것 같았다. 어릴 적 저택 밖에서 친구들과 가끔 사 먹었던 솜사탕이라는 설탕과자와 비슷하게 생긴 것 같기도 했다.

아무튼 그 덩어리들이 둥둥 떠다니는 것이 이니안은 몹시 기분이 나빴다. 그래서 사라지게 할 요량으로 손을 휘저었다. 하지만 손은 그 덩어리들을 뚫고 지나갈 뿐이었다. 마치 허깨비마냥 정말로 연기 속에서 손을 움직인 듯했다.

"어라?"

그런데 그 순간 기운 덩어리들의 움직임이 바뀌었다. 단지 방 여기저기를 둥둥 떠서 움직이기만 하던 것들이 이니안의 주위로 모여든 것이다.

"젠장."

더욱 기분이 나빠진 이니안은 방문을 열고 밑으로 향했다. 맥주라도 한잔 더할 요량이었던 것이다. 일층으로 내려온 이니안의 얼굴이 다시 일그러졌다. 이곳에도 곳곳에 존재했다, 그 기분 나쁜 기운 덩어리들이.

"어라? 이니안, 자러 간 것 아니었어? 그런데 무슨 땀을 그리 흘렸냐? 혹시 악몽이라도 꾼 거야? 케케케!"

아직도 일층에서 와인을 마시고 있던 케라우는 와인 잔을 빙글빙글 돌리며 평소의 경박한 웃음소리를 흘렸다.

그 모습에 이니안의 얼굴이 더욱 일그러졌다.

케라우가 앉아 있는 테이블 위에 텅 빈 와인 병이 네 개로 늘어나 있었다. 그리고 반 정도 와인이 차 있는 병이 하나.

"5골드다."

"알아. 알고 있으니 걱정 말라고. 쫌생이 같긴!"

이니안의 말에 기분이 상한 듯 케라우는 인상을 팍 쓰고 투덜거렸다.

이미 밤이 깊어 식당에는 이니안과 케라우 둘뿐이다. 오늘밤 당번인 듯한 점원이 이니안이 테이블에 앉자 곁으로 다가왔다.

"생맥주 한 잔. 차갑게."

이니안의 주문에 점원은 펍으로 갔다. 점원이 맥주 잔을 가지고 오기까지는 오래 걸리지 않았다. 이니안은 테이블 위에 놓인 맥주를 입으로 가져갔다. 쌉싸름하면서도 차갑게 톡 쏘는 이 맛. 이 맛 때문에 이니안은 차가운 맥주를 즐겼다.

좋아하는 맥주가 입 안을 자극하며 목구멍으로 넘어가고 있건만 이니안은 도통 맥주 맛을 느낄 수 없었다. 처음의 한 모금만이 이니안이 좋아하는 그 맛을 느끼게 해주었을 뿐이다.

그 원인은 자신의 주위를 맴돌고 있는 희끄무레한 것들 때문이었다. 방에 있을 때보다 수가 더욱 늘었다. 이니안의 얼굴에 점점 짜증이 어렸다.

"응? 왜 그래?"

기분 좋게 와인을 홀짝이던 케라우가 이니안의 변화를 발견하고는 물었다. 이니안은 처음에 그의 물음을 무시하려 했다. 하지만 이내 그 생각을 바꾸었다. 이 기이한 것들이 자신의 눈에만 보이는지, 아니면 다른 사람도 볼 수 있는지 알아볼 생각에서였다. 자신에게만 보인다면 자신에게 무언가 이상이 생겼다는 뜻이었기에.

"이것들이 보이나?"

이니안은 자신의 주위를 맴도는 희끄무레한 기운 중 하나를 가리켰다.

"뭐야? 농담해? 아무것도 없잖아."

케라우는 지금 자기를 데리고 장난을 치냐는 듯 피식 웃고는 와인을 한 모금 더 삼켰다. 그의 대답에 이니안의 얼굴에 생긴 주름이 더욱 깊어졌다.

"쯧쯧, 헛것이 보이나 보군."

케라우는 혀를 차며 장난스레 말했다. 그러나 곧 그의 얼굴에서 장난기가 사라졌다. 헛것이라 말하면서 머리 속에 무언가 떠올랐기 때문이다. 이니안은 자신을 보자마자 자신이 뱀파이어인 것을 알아보지 않았던가. 지하 감옥에서의 그의 몰골은 더러운 인간 죄수의 그것과 꼭 같았다. 자신에게 식사를 주는 병사들조차 자신을 징하게도 오래 갇혀 있는 인간으로 생각했을 정도로.

케라우의 은색 눈동자가 점차 붉게 물들었다. 그 변화에 이니안은 흠칫 긴장했다. 이니안은 그때 본 케라우의 흉측한 모습을 똑똑히 기억하고 있었다. 하지만 변화한 것은 눈동자 색뿐이었다. 그것을 확인한 이니안은 긴장을 풀었다. 하지만 경계를 늦추지는 않았다.

"너, 아까 가리킨 것 다시 한 번 가리켜 봐."

이니안은 다시 한 번 더 그 기분 나쁜 기운 덩어리를 가리켰다. 그 사이 그것이 움직였기에 조금 전과 다른 위치였다. 이니안의 행동에 케라우의 눈이 조금 커졌다.

"그것 하나만 보여?"

케라우의 말에 이니안의 눈이 반짝였다. 방금 케라우가 하나만이라고 말했다. 그 말은 케라우 역시 이니안이 보고 있는 것을 볼 수 있다는 말이다. 이니안의 손이 빠르게 움직였다. 눈에 보이는 모든 것을 한 번씩 가리키고 지나갔다. 그에 따라 케라우의 눈도 점점 커졌다.

"정말 보이는 거야?"

끄덕.

"정말?"

케라우가 다시 한 번 물었다.

"그래. 자꾸 내 주위를 맴도는 이것들은 뭐야?"

케라우가 그것들의 정체를 안다 생각한 이니안은 답답한 마음에 즉시 질문을 던졌다.

"거참, 신기한 인간일세."

케라우는 이니안의 물음에 답할 생각은 하지 않고 그저 멍한 눈으로 그를 바라보고 있었다.

『2권으로 이어집니다』

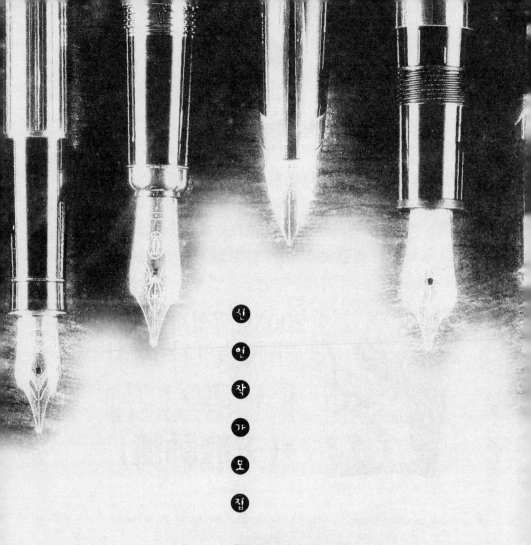

신인작가모집

시작이 반이라고 했습니다.
작가의 길에 대한 보이지 않는 벽을 과감히 깨뜨리십시오!
청어람은 작가 지망생 여러분들의
멋진 방향타가 되어드리겠습니다.

저희 도서출판 청어람에서는
소설 신인 작가분들을 모집합니다.
판타지와 무협을 사랑하시는 분들의 많은 참여를 바랍니다.
소정의 원고(A4용지 150매)를 메일이나 우편으로 보내주시면
검토 후 출판 여부를 알려드리겠습니다.

주소:경기도 부천시 원미구 심곡1동 350-1 남성B/D 3F 우편번호420-011
TEL:032-656-4452 · **FAX**:032-656-4453
http://**www.chungeoram.com**
e-mail:chungeoram@chungeoram.com